15

ECKHARD HENSCHEID

DIE VOLLIDIOTEN

Ein historischer Roman aus dem Jahr 1972

Zweitausendeins

1. Auflage als Zweitausendeins-Taschenbuch Nr. 15, April 2010.
2. Auflage als Zweitausendeins-Taschenbuch Nr. 15, August 2012.

Lektorat: Ekkehard Kunze und Martin Weinmann, Wiesbaden.
Foto auf der Umschlagseite 3 von Isolde Ohlbaum.
Umschlaggestaltung: Heine/Lenz/Zizka Projekte GmbH, Frankfurt.
Satz und Herstellung: Dieter Kohler GmbH, Wallerstein.
Druck und Bindung: CPI – Ebner & Spiegel, Ulm.
Printed in Germany.

Dieses Buch gibt es nur bei Zweitausendeins im Versand, Postfach 110 307, D-10833 Berlin (für Bestellungen). Telefon 069-420 8000, Fax 069-415 003. Internet www.Zweitausendeins.de. E-Mail Service@Zweitausendeins.de.
Oder in den Zweitausendeins-Läden 2 x in Berlin, Düsseldorf, Frankfurt am Main, Freiburg, 2 x in Hamburg, Hannover, Köln, Leipzig, Mannheim, München, Nürnberg und Stuttgart.
Oder in den Zweitausendeins-Shops in Augsburg, Bonn, Braunschweig, Bremen, Darmstadt, Erfurt, Göttingen, Karlsruhe, Kiel, Koblenz, Ludwigsburg, Marburg, Münster, Neustadt an der Weinstraße, Oldenburg und Ulm.

In der Schweiz über buch 2000, Postfach 89, CH-8910 Affoltern a. A.

ISBN 978-3-86150-915-8

Die Vollidioten

Ein historischer Roman aus dem Jahr 1972

Die Arbeit an dem Roman »Die Vollidioten«
begleitete beratend Bernd Eilert.

»Obwohl er bereits blind vor Liebe war,
gefiel er sich immer noch
in der Rolle eines scharfsichtigen Beobachters«
(Svevo, Senilità)

»In der Tat, ich muß mich selbst darüber wundern,
was für eine Klatschbase ich doch
geworden bin«
(Dostojewski, Der Spieler)

VERZEICHNIS DER HAUPTKRÄFTE

Herr Jackopp	Schweizer
Frau Doris Jackopp	dessen angeblich geschiedene Frau
Herr Johannsen	Geliebter von Frl. Majewski und Frl. Czernatzke
Frl. Czernatzke	außerdem von Herrn Jackopp geliebt
Frl. Majewski	außerdem vom Erzähler geliebt
Herr Kloßen	Mann aus Itzehoe
Herr Domingo	Mann aus Baden und Beobachter
Herr Rösselmann	Angestellter
Frl. Bitz	dessen Begleiterin und Angestellte
Herr Jungwirth	Büromaler
Herr Stefan Knott	Frauenfreund
Herr Peter Knott	Ibiza-Reisender
Frau Johanna Knott	dessen Gattin und Tänzerin
Herr Hoffmann	Kulturverantwortlicher
Herr Edel	Werber
Herr Rudolph	höherer Angestellter
Frl. Witlatschil	von Herrn Jackopp geliebt
»Max Horkheimer«	Spieler
Der Erzähler	Berater und Sekretär von Herrn Jackopp

VON SEITEN DES AUTORS

Indem ich mit der Niederschrift all der Vorgänge beginne, die in diesem Roman beschrieben werden, befinde ich mich in einer gewissen Verlegenheit. Es handelt sich nämlich um folgendes: In unserer Stadt, genauer gesagt in einem Teil dieser Stadt und innerhalb einer ganz bestimmten Gruppe von Menschen und Personen, haben sich seit nunmehr genau sieben Tagen sehr seltsame Ereignisse und überaus merkwürdige Vorkommnisse abgespielt, die im Auftrage einiger daran Beteiligter aufgeschrieben und nachgezeichnet werden sollen, weil diese Damen und Herren der Meinung sind, daß die Vorkommnisse es verdient hätten. Auch ich teile übrigens diese Meinung, obwohl ich gleichzeitig der Meinung bin, daß man zwar solche Ereignisse sehr achtsam verfolgen und möglichst begreifen soll, daß man aber nicht immer alles gleich aufschreiben und der breiten Öffentlichkeit zu lesen geben soll, so wichtig sind diese Dinge oft gar nicht.

Nachdem ich aber so freundlich und dringlich gebeten wurde, alles aufzuschreiben (mein besonderer Dank gilt dem Drängen von Frl. Bitz, die auch vorkommt), habe ich schließlich gehorcht und es getan.

Ich muß dazu noch sagen, daß ich vermutlich deshalb ausgewählt und aufgefordert wurde, weil ich sowohl in der Erfindung von gar nicht wirklichen Geschichten als auch in der Beschreibung von tatsächlich geschehenen Sachen eine gewisse Erfahrung habe. Ich habe sogar schon einige Male und mit wechselndem Erfolg in unseren regionalen und gelegentlich auch schon in überregionalen Journalen etwas veröffentlicht, obwohl ich eigentlich nicht das besitze, was man Stil oder nach einem neueren, heute rasch hochgekommenen Begriff *Chuzpe* nennt – eine überaus törichte Modeerscheinung, die hoffentlich bald wieder verschwinden wird. Ich für mein Teil bin da durchaus für das Alte und Zeitlose, das unmittelbar in das Zentrum des Weltgeistes greift und so dem liebwerten, wiewohl geteilten Vaterland letztlich auch was nutzt.

Doch nun zu dem Problem, dessentwegen ich dieses Vorwort verfasse. Das heißt, es sind eigentlich mehrere Probleme. Dies ist besonders verhängnisvoll, denn spätestens jetzt wird der Leser sagen: Was soll denn das? Was hat er nur? Warum diese blöden Krämpfe und Windungen? Verhängnisvoll sind diese Fragen vor allem deshalb, weil ich natürlich damit rechnen muß, daß der Leser irgendwann einmal das Buch enttäuscht weglegt und lieber ins Kino, zum Kartenspielen und Kickern geht oder zu sonst einem der zahllosen Amüsements unserer heutigen Zeit. Diese Gefahr kann ich nicht ausschließen, ich muß mich ihr tapfer stellen, selbst wenn ich dabei mehr als einen Leser verliere. Also noch einmal, es gibt da eine ganze Anzahl von schwierigen Problemen, die sich mir bei der Niederschrift des folgenden Buches in den Weg stellen. Ja darfst du denn dieses Buch überhaupt schreiben, so frage ich mich immer wieder und stecke mir aufgeregt eine Zigarette an, ja ist das denn überhaupt möglich? Dafür gibt es mehrere Gründe. Ich muß hier nämlich vorausschicken, daß es sich bei den seltsamen Ereignissen der letzten sieben Tage im Kern um eine Liebesaffaire gehandelt hat, eine Sache, die man zwar bei der anschließenden Überstürzung der gesamten Vorkommnisse leicht vergessen könnte, und oft war es ja wirklich scheinbar keine Liebesaffaire mehr, sondern nur noch der reinste Saustall und ein mächtiges Affentheater. Aber ursprünglich war es ganz sicher einmal eine Liebesgeschichte, zumindest von einer Seite her, aber auch da bin ich mir nicht mehr so sicher. Was bilden sich doch die Menschen heute alles so ein und setzen es sich hartnäckig in den Kopf!

Jedenfalls war ich bei den Teilen der Gesamtaffaire, welche die Liebe betrafen, nicht nur ein kleiner, sondern sogar ein großer Beteiligter, ohne daß ich selbst richtig geliebt hätte. Einmal kam es allerdings bei mir zum Geschlechterverkehr, völlig überraschend, obwohl ich diese Frau schon lange liebe, und das spielt sogar ein bißchen in die Hauptgeschichte hinein. Ich liebe diese Frau durchaus, wenn ich auch allerdings genaugenommen eine ganz andere liebe. Aber diese ist inzwischen, wahrscheinlich in der Türkei da drunten, verstorben ...

Kurz, ich war bei der hauptsächlichen Liebesaffaire eine Art Bote, Berater, ein *Postillon d'amour,* um es einmal so zu sagen. Zum Teil gegen meinen Willen, zum Teil hat es mir aber auch große Freude gemacht. Es ist ja immer so schön, den Leuten dabei zuzusehen. Insgesamt darf ich sagen, daß ich mich bemüht habe, ein ehrlicher Makler zu sein nach beiden Seiten der Betroffenen, und das war nicht immer ganz leicht. Denn das Dümmste bei der ganzen dummen Affaire war ja, daß ich erstens etwas viel Besseres zu tun gehabt hätte (ich bemühe mich im Augenblick vor allem darum, viel Geld zu kriegen), zweitens konnte ich oft nur mit schlechtem Gewissen den übrigens nicht zustande gekommenen Erfolg der betreffenden Liebe befördern, denn ich habe dank meiner akademischen Ausbildung sofort und von Anfang an gemerkt, daß es gar keine Liebe war, sondern was ganz anderes. Allerdings hat mir das der liebende Herr trotz zahlreicher zarter Andeutungen nicht geglaubt, sondern hat stur seinen Stiefel an Leidenschaft heruntergezogen – und das war natürlich auch wieder gut so, denn sonst wäre ja die ganze Geschichte nie so schön und packend zustande gekommen.

Jetzt kommt ein zweites Problem dazu. (Es gibt noch viele, allerdings kleinere, von denen möchte ich erst gar nicht anfangen, sonst wird es ganz langweilig.) Die weibliche Hauptperson der Geschichte glaubt nämlich mit einem gewissen Recht, daß ich gegen sie intrigiere, ich habe es ihr nämlich einmal in einer schwachen Stunde selber gesagt. Inzwischen habe ich dieser Dame natürlich nachdrücklich versichert, daß diese neue blöde Geschichte nichts, aber auch gar nichts mit meiner schon monatelang laufenden Intrige zu tun hat, denn ich achte bei meinen Intrigen durchaus eine gewisse Intimsphäre und weiß da meist wohl zu unterscheiden. Nun ist es aber so, daß mir diese Dame erstens nicht glaubt bzw. nur so halb glaubt, und zweitens ist es natürlich auch so, daß ich bei ihr erneut in Mißkredit komme, wenn sie erfährt, daß ich die ganze Geschichte jetzt auch noch niedergeschrieben und dabei vielleicht sogar noch Ruhm und viel Geld erworben habe, während es doch bei ihr in erster Linie wohl mehr um den erlittenen Seelenschmerz geht.

Ich verstehe diese ganze Haltung und gebe auch zu, daß das alles zusammen mit dem vorhin schon Gesagten echt problematisch ist. Es kommt sogar noch dazu, daß mir die Gunst der weiblichen Hauptperson sehr wichtig ist, weil diese Dame wiederum sehr stark befreundet ist mit jener anderen Dame, die wiederum ich liebe, und beide stecken Tag und Nacht die Köpfe zusammen und tuscheln und trinken Malteser und haben einen mächtigen Einfluß aufeinander. So daß mir die Niederschrift auch von daher nur schaden kann, denn auf diese Weise komme ich wahrscheinlich nie mehr ans Ziel meiner Wünsche.

Indessen, die Redlichkeit meiner schriftstellerischen Intentionen im Verein mit dem zunehmenden Drängen der Freunde haben endlich gesiegt und alle Bedenken hinweggeräumt. Im übrigen freue ich mich sogar, daß durch diese ganzen schwierigen Verhältnisse ein Vorwort zustande gekommen ist, das den Leser schon gleichsam etwas einführt und ihm sogar schon die ersten Einblicke in die Charaktere der Handlung gibt, in ihre Welt, ihre Gedanken, ihre Wünsche und Sehnsüchte.

Nun, damit ist auch mein Vorwort schon abgeschlossen. Ich gebe zu, daß es nicht unbedingt nötig war, aber doch vielleicht ganz nützlich, auch zu meinem persönlichen Schutz. Und ich bin durchaus dafür, daß auch Autoren, die sehr tief und bohrend in die Seelen der Handelnden eindringen, daß diese Autoren auch geschützt werden müssen, wie immer das aussehen mag.

So. Und nun zur Sache!

ERSTER TAG

Das heißt, ich muß vorerst noch etwas vorausschicken. Ich kann natürlich alle die zum Teil erstaunlichen und bewundernswerten, zum Teil aber auch ganz gemeinen Vorkommnisse der letzten sieben Tage nur so weit und so genau berichten, wie ich ihnen beigewohnt habe, und außerdem das, was ich alles sonst gehört und aufgeschnappt habe. Ich darf aber sagen, daß ich in dieser Beziehung sehr rührig war und mich eifrig umgehört habe. Auf diese Weise gelang es noch wichtige Informationen zusammenzukriegen, die für den Verlauf der Ereignisse mitentscheidend waren und die vielleicht vieles erklären helfen.

Außerdem darf ich vielleicht noch sagen, daß ich zuerst gegen meinen Willen, später mit einer gewissen fast wissenschaftlichen Neugierde fast immer in den Gang der Hauptereignisse einbezogen war, fast als ob das Schicksal mich dazu ausersehen hätte. Manchmal erkaltete mein Interesse zum Teil schon wieder und machte einem gewissen Zorn Platz, daß ausgerechnet ich, ein Vollakademiker, der doch etwas ganz anderes wollte und zu tun gehabt hätte, ständig mit solch fremdem, abgelegenem und zuletzt schon ganz dummem Unfug und Kramzeug belastet wurde.

Aber nun endlich zum Gang der Ereignisse. Hier stellt sich jedoch erneut ein Problem ein: Wo sie beginnen lassen? Ich habe über dieses Problem selbstverständlich sehr lange nachgedacht, denn eigentlich liegen die ganzen Vorkommnisse natürlich schon in der Vergangenheit begründet. Es gibt, wie ich einmal gehört habe, sogar wissenschaftliche Sparten, die alles in die Kindheit verlagern oder gar bis zu unseren Ureltern Adam und Eva. Doch genug davon! Im engeren Sinn begann die Handlung natürlich an einem und ganz bestimmten Tage. Das heißt am Abend bzw. mitten in der Nacht eines Samstagabends. An diesem Abend verliebte bzw. verknallte sich Herr Peter Jackopp in ein Fräulein Evamaria

Czernatzke. Ich war auch dabei, aber weil ich mit einer oder mehreren anderen Damen scherzte und sogar Händchen hielt, habe ich das eigentlich überhaupt nicht richtig mitgekriegt. Ich erfuhr erst am Abend des nächsten Tages davon, vielleicht hat der Herr Jackopp aber auch erst am Tag darauf gemerkt, daß es die Liebe war. Dies ist einer der Punkte, über die ich nie ganz sicher bin, obwohl Herr Jackopp mehrfach und unnachgiebig behauptete, es sei »alles schlagartig« gekommen, und »so eine verfluchte Scheiße« habe er schon seit 1957 nicht mehr erlebt. Aber, wie gesagt, ich bin da überhaupt nicht sicher, denn, wie ich schon von früheren Erfahrungen her wußte, widerspricht sich Herr Jackopp häufig und bildet sich dann, was ganz schlimm und verheerend ist, völlig aufrichtig Sachen ein, die gar nicht wahr sind.

Aber, und darüber habe ich lang und eindringlich nachgedacht, eigentlich begann die Folge der sich dann furchtbar ausweitenden Ereignisse schon am Nachmittag dieses Tages, indem dieser wiederum meinen persönlichen Zustand prägte und ich deshalb nicht mehr rettend oder doch verhütend einzuschreiten vermochte bzw. wenn ich in Topform gewesen wäre, wäre vielleicht noch alles zu verhindern gewesen. Was mich betrifft, ich saß da mit einem Herrn Eilert im Kaffeehaus, wir hatten allerlei strategisch-technische Dinge zu besprechen sowie zugunsten der Firma Maggi kleine Gedichte über Kartoffel-*Chips* zu erledigen. Als das geschehen war, tranken wir etwas Weinbrand, und wie ich dann mit dem Auto nach Hause fuhr, war ich nicht mehr ganz nüchtern, wenn auch noch längst nicht betrunken.

Ich liebe es aber gegenwärtig, am Nachmittag einen völlig klaren Kopf aufzuweisen (am Abend ist es unterschiedlich). Um also den Weinbrand zu vertreiben, ging ich jetzt zu einem Bekannten, einem Herrn Bernhard Rösselmann, einem stattlichen und dennoch regsamen Herrn in den besten Jahren mit Hornbrille und ernsthaften Gesichtszügen, der einen ungeheuer dicken und ganz ausgezeichneten Friesentee zu brauen versteht und der sich auch diesmal nicht lange bitten ließ und sogar noch Plätzchen hinstellte. Es war auch noch ein Fräulein Bitz da, eine langjährige sehr gute Bekannte von Herrn Rösselmann, die bei ihm zuhause sozusagen die Geschäftsführung besorgt und gelegentlich sogar für den Tee verantwortlich sein darf. Diese trank ebenfalls mit. Wir kamen rasch ins Plaudern und Scherzen, denn Herr Rösselmann ist um köstliche Einfälle und allerlei Redensarten nie verlegen, und Frl. Bitz sitzt immer brav und still dabei und ist stolz auf diesen Herrn, und jedenfalls zuletzt hatte ich vier Tassen von diesem wirklich mörderischen Tee ausgetrunken. Da lief ich heim, denn ich wollte noch rasch eine Art Glosse für ein Journal schreiben, eigenartigerweise gegen Kartoffel-Chips, für welche ich soeben noch kleine empfehlende Gedichte gemacht hatte.

Jedenfalls stellte sich während des Abfassens ein heftiges Flattern und Herzflimmern ein. Das kam vom Friesentee. Weil ich wußte, daß dies nach vier Tassen absolut unvermeidlich war (nur Herr Rösselmann selbst packt ohne jede Gefahr sogar sieben Tassen), geriet ich in eine echte Wut und trank als Antwort und Gegenmacht zu diesem Tee fast eine viertel Flasche Whisky in mich hinein, deren verwirrende Wirkung glücklicherweise erst genau in dem Augenblick begann, als meine Glosse schon fast fertig war. Sie war mir sogar sehr gut gelungen, wäre aber, wenn ich den Whisky schon früher zu trinken begonnen hätte oder aber die Glosse später begonnen hätte oder aber die Glosse wäre länger geworden, sicherlich vollständig blöd geworden.

Aber, wie gesagt, ich hatte Glück. Als die bekannte Betäubung im Hirn eintrat, war die Glosse gerade fertig, und zum Nochmaldurchlesen und Kommafehlerberichtigen braucht man ja keinen großen Geist. Ich legte mich ein bißchen auf meine hübsche schwarzrotgestreifte Couch (die Farben meiner Lieblings-Fußballmannschaft) und war im Begriff einzuschlafen, da schellte es an der Tür. Ach ja, Herr Jackopp wollte ja an diesem Abend kommen und irgendwelche Tonbandaufnahmen von meinen Schallplatten machen.

Nun, da erschien Herr Jackopp auch schon unter der Türe. Ich muß sagen, Herr Jackopp ist 25 Jahre alt, in der Schweiz beheimatet und hier in unserer Stadt irgendwie tätig. Er ist sehr zierlich, mittelgroß, trägt einen dunklen Schnauzbart im hübschen Gesichtchen und macht fast immer einen sehr wachsbleichen, düsteren, gequälten, fast kranken und irgendwie existentiell bedrohten Eindruck. Gleichzeitig aber ist er immer äußerst modisch eingekleidet (*Pep* nennt man das wohl heute) und vor allem überaus schweigsam. Ich weiß es nicht genau, es gibt aber einige Gründe zu der Annahme, daß Herrn Jackopps Ehe kürzlich an dieser Schweigsamkeit zerbrochen ist. (Es ist allerdings nicht ganz sicher, ob die Ehe wirklich zerbrochen ist, doch davon später.) Übrigens war diese große Schweigsamkeit auch Frau Doris Jackopp eigentümlich, einer winzig kleinen, äußerst zierlichen, ja zerbrechlichen Person ebenfalls aus der Schweiz. In Gesellschaft schwiegen meist sowohl Herr als auch Frau Jackopp, höchstens, daß er manchmal betrunken war und sie dann ziemlich heftig anpfurrte. Ich fand das oft schon gar nicht mehr schön.

Aber seit kurzem war die Rede von Scheidung und von einer gewissen Abfindungssumme, man munkelte von 7000 Mark, aber auch diese Zahl aus dem Munde des Herrn Jackopp ist natürlich zweifelhaft. Herr Jackopp erzählte nämlich erst vor ein paar Tagen drei verschiedene Versionen über den gegenwärtigen Aufenthalt seiner Gattin. Herrn Rösselmann teilte er mit, er lebe »technisch« noch mit seiner Frau zusammen, mir erzählte er, er habe »keine Ahnung, wo die Büchse« sei, ob in Deutschland oder schon wieder in der Schweiz. Und drei Stunden später wiederum sagte er mir, irgendwo in der Stadt treibe sie sich rum, »aber das macht nichts«. Übrigens könnten solche ersten Einblicke in das Wesen und Verhalten des Herrn Jackopp vielleicht den Eindruck erwecken, dieser Mann rede sehr viel und sehr dummes Zeug durcheinander. Das zweite kann man sicher nicht abstreiten, wenn es auch wieder nicht völlig stimmt, ab und zu gelingt Herrn Jackopp schon einmal ein überzeugender Satz. Aber viel reden tat Herr Jackopp eigentlich nur an einem einzigen Tag, seitdem ich ihn kenne: an dem Tag, der jenem folgte, welcher seine Liebe zu Frl. Evamaria Czernatzke mit sich brachte. Sonst redete Herr Jackopp direkt auffallend und manchmal schon unheimlich wenig.

Und da brummte er dann nur ganz tief. Wiederum übrigens genau wie seine Frau Doris Jackopp, diese so überaus kleine und zierliche Person! Ich habe es neulich auf dem Klavier einmal nachgemessen, Herr Jackopp brummt durchschnittlich das tiefe *ges,* seine Frau trifft immerhin einen Ton höher das *as.* Ein normaler Mensch redet zwischen *c* und *g* herum, also eine halbe Oktave höher …

Ich meine, vielleicht erklärt auch das einiges.

So redete Herr Jackopp auch während der Überspielung der Schallplatte auf Tonband fast nichts, sondern brummte nur zweimal »verflucht« und einmal »Scheiße«. Unterdessen legte ich mich auf mein Sofa und dämmerte ein bißchen vor mich hin. Die Überspielung wurde dann technisch sehr schlecht, aber der Fehler war nicht aufzufinden. So ließen wir denn ab davon. Gleichzeitig fiel mir ein, daß ich Herrn Jackopp 10 Mark schuldete, und ich gab sie ihm. Und anschließend, nachdem ich nicht recht wußte, was ich mit Herrn Jackopp anstellen könnte, machten wir uns auf den Weg in die Gaststätte »Mentz«, um irgendwie in den Abend zu starten.

Dieses Lokal bezieht einen gewissen Ruf vor allem dadurch, daß es sowohl »Krenz« als auch »Mentz« – das ist der Name des Wirtes – als auch »Zillestube« und neuerdings sogar noch »Opas letzte Pinte« heißt, das letztere ein völlig unpassender Schmuckname, wie man hört von dem Sohn des Wirtes erfunden und an die Wand gemalt – offenbar erhoffte sich dieser Sohn durch solche Flottheiten stimmungsmäßigen Aufschwung. Wir verkehren dort alle recht häufig, manche sogar jeden Tag. Es gab zum Beispiel mal einen Herrn Jürgen Meister, der war praktisch immer drin.

Im »Krenz« war es noch ziemlich ruhig, die vielen Studenten unserer Stadt, die immer hierherkommen, hatten offenbar ihre Hausaufgaben noch nicht gemacht oder vielleicht auch nicht genügend Geld, schon um 8 Uhr anzufangen. Ich begann mit Herrn Jackopp sofort ein Kartenspiel, das »Watten« heißt und aus dem Tirolerischen kommt – der Dichter Thomas Bernhard hat neulich einen sehr netten Roman darüber geschrieben. Man kann zu zweit oder zu viert watten, manche Leute tun es auch zu dritt, dann wird es aber schon recht einfältig. Übrigens darf ich für mich in

Anspruch nehmen, daß ich dieses Spiel in unsere Stadt eingeführt habe, wo es mittlerweile schon recht weite Kreise gezogen hat. Das Wattspiel erwähne ich deshalb, weil gerade an diesem so folgenreichen Abend Herr Jackopp verhältnismäßig gut wattete, ja zum Teil fast meisterliche Taktiken an den Tag legte (Watten ist eine Art Bluff-Spiel, ein bißchen verwandt mit dem Pokern, ein Spiel, bei dem es im wesentlichen auf Bauernschläue ankommt). Ich watte sehr gut. Aber, wie gesagt, Herrn Jackopp gelangen diesmal ein paar fast erleuchtete Spielzüge, und so gewann ich nur einen Schnaps, während es früher sogar einmal acht waren. Herrn Jackopps kluges Watten verwunderte mich im nachhinein um so mehr, als dieser Mann gerade im Anschluß an das Spiel und während der nächsten Tage so eigenartige, ja krumme und unvernünftige Verhaltensweisen an den Tag legte. Vielleicht war es das letzte Aufbäumen des Intellekts. Aber wahrscheinlich kann man daraus einfach nur ersehen, daß die Qualität des Kartenspielens nichts mit Geist zu tun hat.

Doch zurück zu den Ereignissen. Gerade in dem Augenblick, als das dritte Spielchen zuende war, schlich Herr Rösselmann mit Frl. Bitz zur Tür herein und setzte sich mit einem lustig lauernden »Na?« zu uns. »Guten Abend, Herr Rösselmann«, sagte artig Herr Jackopp und dann lange Zeit nichts mehr. Weil ich weiß, daß Herr Rösselmann ein sehr neugieriger Herr ist, den praktisch alles interessiert und der auch immer mal gern hört, was sich so alles abspielt, erzählte ich ihm sogleich die Geschichte vom Abend des Vortags, gewissermaßen um mich für seinen Tee vom Nachmittag zu bedanken. Ich bin in dieser Beziehung sehr förmlich.

Gestern abend war nämlich auch etwas sehr Eigenartiges passiert. Ein Herr Joachim Kloßen, übrigens mein Wohnungsnachbar, hatte wieder einmal für einen stürmischen Umtrieb gesorgt. Herr Kloßen ist jetzt seit ungefähr einem Monat in unserer Stadt und hat in dieser Zeit schon so viele Possen und Faxen gemacht wie oft ein anderer nicht in fünf Jahren. So daß man meint, Herr Kloßen sei schon von jeher bei uns. Einmal z. B., als ich bei einem bekannten Fräulein übernachtete, hatte Herr Kloßen aus irgendeinem Grund keinen Zugang zu seinem Wohnungsschlüssel, deshalb gab ich ihm meinen, so daß er in meiner Wohnung schlafen konnte. In der Nacht muß Kloßen aber sehr viel und groben Unfug gemacht haben, denn am anderen Tag war mein kleines geschecktes Kätzchen, das ich kurz zuvor von Frl. Mizzi Witlatschil geschenkt bekommen hatte und an dem ich sehr hing, nicht mehr da. Außerdem lagen mehrere Wandbilder kreuz und quer am Boden, und der Plattenspieler war kaputt. Ganz offenbar hatte dieser Kloßen betrunken in meiner Wohnung getanzt. Mir gegenüber gab er dann an, daß er sich vielleicht in der Nacht auf den Hausflur verirrt habe und dabei sei wohl das – sicherlich erschrockene – Kätzchen auf und davon. Wir haben dann alle mal nachgezählt, daß Herr Kloßen allein in dieser einen Nacht mindestens neun Fehler gemacht hatte!

Aber Frl. Bitz und Herrn Rösselmann – Herr Jackopp saß immer schweigend dabei und sah reglos vor sich hin – erzählte ich nicht diese Geschichte, die kannten sie schon ganz gut, sondern die neue vom Vortag. Herr Kloßen hatte da nämlich seine alte Zechmannschaft aus Itzehoe und Umgebung durch einige Lokale unserer Stadt geschleift und sie zum Tagesabschluß ins »Krenz« mitgebracht, gleichsam um sie uns vorzustellen. An diesem Abend waren aber nur Herr Stefan Knott und ich im Lokal. Wir hatten am frühen Abend zu watten begonnen, es war sehr schön, doch gegen zehn Uhr hatte ich plötzlich den Eindruck, daß Herr Stefan Knott, übrigens ein Bruder von Peter Knott, irgendwie geistesabwesend sei und daß ihm irgend etwas fehle. Ich wußte auch sofort, was das sei und an was nämlich Herr Knott dauernd denken müsse. Ich schlug ihm deshalb vor, das Spiel abzubrechen und ein anderes zu beginnen, nämlich jeder sollte auf einem Wunschzettel jene 20 Damen notieren, die er am liebsten besitzen möchte. Herr Stefan Knott war sofort Feuer und Flamme und all seine Müdigkeit schlagartig entflogen. Wir machten uns an die Arbeit, und ich beobachtete genau, wie Herr Knott mit angestrengt gefurchter Stirne die Namen hinschrieb. Ich hatte meine 20 bereits beisammen, bemerkte aber, daß Herrn Stefan Knott nach Nummer 19 nichts mehr einfiel. Da riet ich ihm endlich, doch zur Not seinen Bruder Peter hinzuschreiben. Erfreut auflachend tat es Herr Knott, und dann verglichen wir die Ergebnisse. Es gab viele Übereinstimmungen, aber auch echte Überraschungen auf beiden Seiten, wir unterhielten uns noch lange darüber und beschlossen endlich, die Listen aufzubewahren und nach Möglichkeit viel abzuhaken. (Diese Listen sind später leider verschwunden und kursieren irgendwo – ich wollte, ich hätte die meine wieder.)

Immerhin, wir waren beide nun plötzlich sehr aufgeräumt und beschlossen deshalb, noch ein bißchen Schach zu spielen. Da eben schleppte Herr Kloßen seine Itzehoer Crew zur Tür herein, und diese Personen besetzten auch sogleich schauerlich lärmend unseren Tisch. Es waren dies aber schon ganz ausgemacht ordinäre Flegel, rohe, geistlose Figuren, die einfach nicht zu uns paßten – so auffällig, daß es sogar der betrunkene Herr Kloßen merkte und sich etwas schämte. Das war mir an Herrn Kloßen bis dahin völlig unbekannt, ein solches enormes Feingefühl. Unter diesen Menschen befand sich auch ein gewisser »Hajo, der Ballspieler«, d. h. er betonte immer wieder, daß dies sein Name sei, und er war offenbar der Meinung, daß das schon spaßhaft genug sei, und wir ihn deshalb schon freudig aufnehmen würden, und er warf auch sogar gleich einige der Schachfiguren um und rief mehrmals: »Matt! Schachmatt!« Herr Kloßen sagte: »Laß das, Hajo!« Hajo, der Ballspieler, sah zwar wegen seines dicken dunklen Bartes und seiner langen Haare ziemlich bedrohlich, ja fast genial aus, er erwies sich aber auch in den nächsten Tagen und Wochen als die allergrößte Enttäuschung und als der weitaus wertloseste unter den Herren von Herrn Kloßen. Leider ist er mittlerweile ständiger Gast bei »Mentz«. Nach einigem weiteren Lärmen trieb dann Herr Kloßen seine Leute wieder aus dem »Mentz« in eine gegenüberliegende Nachtbar. Er sagte noch, wir sollten nachkommen. Wir waren aber nicht ganz blöd und kamen nicht nach.

Passiert war an diesem Abend eigentlich nicht viel oder auch gar nichts.

Doch nun, nachdem ich Frl. Bitz und Herrn Rösselmann, die

beide ebenfalls großen Anteil an den mächtigen Umtrieben des Herrn Kloßen nahmen, diese dumme und inhaltslose Geschichte erzählt hatte, nahm sofort die Katastrophe ihren Lauf. Das heißt, zuerst merkte ich noch gar nichts, und auch Herr Jackopp saß noch immer ruhig da und scheinbar so ausgeglichen wie beim Watten vorher. Aber in einem einzigen Augenblick war alles entschieden. Es zogen nämlich zur Tür herein Herr Ulf Johannsen, Frl. Birgit Majewski und Frl. Evamaria Czernatzke, und vor allem die letztere war ein großer Fehler und richtete all das undeutliche Zeug an, das die nächsten Tage so machtvoll überfluten sollte. Ich meine, in unserem Volk und Vaterland passiert ja an sich dauernd der größte Unsinn und das albernste Zeug, aber *hic et nunc* kam es nun schon ganz dick.

Im übrigen aber muß ich mich jetzt sehr zusammennehmen, um die ganze Dramatik der nun folgenden Vorgänge sauber hinzukriegen. Denn, wie ich schon gesagt habe, ich, der Berichterstatter, bekam ja erst am nächsten Tag alles richtig und zuverlässig in den Griff – der heutige Abend kam mir sogar eher munter und fast lyrisch vor.

Die drei Neuankömmlinge wurden herzlich begrüßt, vor allem Herr Johannsen und Frl. Majewski, welche nämlich zusammen weg und drei Wochen in Vernazza in Italien gewesen waren. Es ergab sich, wie ich nachträglich zusammenkonstruierte, folgende Tischordnung rundum: Herr Rösselmann, Frl. Bitz, Herr Jackopp, Frl. Czernatzke, Herr Johannsen, ich und Frl. Majewski. Und diese Tischordnung erwies sich als nicht gut.

Obgleich ich dadurch Gelegenheit fand, sofort und aufgrund der Wiedersehensfreude Frl. Majewski herzlich zu begriffeln und zu betätscheln. Dazu ist leider wieder etwas zu sagen und vorauszuschicken. Frl. Majewski war nämlich ungefähr 15 Jahre lang mit Herrn Ulf Johannsen verlobt bzw. jedenfalls bekannt, aber die Verlobung ist vor einem halben Jahr an »zu großer Gewöhnung« zerbrochen – so heißt es jedenfalls. Aber seit ungefähr sechs Wochen ist anscheinend die Gewöhnung wieder überwunden, und die beiden lieben sich jetzt wieder. Zwischendurch soll allerdings der Herr Ulf Frl. Czernatzke gepackt haben, so daß er sie jetzt im Augenblick beide liebt. Auch wohnen seit genau dieser Zeit Frl. Majewski und Frl. Czernatzke zusammen in einer lila gestrichenen Wohnung, übrigens ganz in der Nähe von mir, ich habe auch die beiden schon einige Male besucht, habe mit ihnen Grappa getrunken und sogar beim Umzug geholfen. Früher war Frl. Czernatzke meine Nachbarin, sie wohnte da, wo Herr Kloßen jetzt wohnt, dieser allerdings nach wie vor ohne jedes Möbelstück außer einem von Frl. Majewski geliehenen Fernsehkasten, einer Matratze und einem Pappkarton.

Zweitens muß ich sagen, daß Frl. Majewski und Frl. Czernatzke die allerbesten Freundinnen sind, sie sagen es jedenfalls überall laut, vielleicht allzu laut, ich für mein Teil habe da jedenfalls einige Bedenken. Bedenken nicht allein wegen der Aufteilung des Liebhabers (ich bin da nicht kleinherzig und durchaus allen Neuerungen aufgeschlossen!), vielmehr weil das nun schon zum zweiten Male passiert. Vor einem knappen halben Jahr hatte nämlich Frl. Majewski zwischendurch schon einen anderen Freund, einen Jürgen Steltzer, ein neckisches Männlein ohne Geist und Verstand, das plötzlich mit großer Geste an Frl. Czernatzke übergeben wurde, sie sechs Wochen lang angeblich toll liebte, dann eine andere heiratete, sich von dieser scheiden ließ und schließlich als Presseattaché nach Burma ging. So geht es bei uns oft und oft.

Außer daß es vielleicht noch ganz andere erotische Verstrickungen um die Personen Johannsen, Majewski und Czernatzke gibt, darf ich hier erklärend anfügen, daß auch ich seit etwa einem halben Jahr, als sie nämlich der Herr Ulf herausgab, Frl. Majewski liebe (außer der verstorbenen Frau natürlich!), allerdings bisher ohne rechten Sinn und Zweck. Das heißt ein Küßchen hier, ein Schenkeldruck dort, gut, aber sonst hat Herr Johannsen mit seinen 15 Jahren Liebeserfahrung natürlich wieder den Vorrang. Ich meine auch, so etwas muß man als Tribut an unsere Zivilisation schon respektieren. Ich bin in solchen Fällen durchaus für Zurückhaltung, einmal habe ich dabei von Frl. Majewski immerhin schon eine »Aussprache« im Automobil erreicht, mit *Petting,* wie man sagt. Andererseits ist das in meinem Alter noch ziemlich ungesund, das sollten wir doch besser unseren Greisen überlassen.

Wir waren also jetzt sieben Personen rund um den Tisch. Übrigens war es inzwischen schon, wie fast immer, ziemlich laut in diesem Lokal. Die beiden Wirte hinter der Theke, der alte und der junge Mentz, beide von der Natur mit einem kreisrunden Kopf ausgestattet, schimpften laut und sehr eindringlich auf einen Thekengast ein, der mir noch neu war, der aber seit jenem Abend fast immer kommt und Dr. Mangold heißt. Nach dem, was ich so höre, soll das, trotz Herrn Kloßens Mitarbeitern, der bisher flegelhafteste Mann in unserem Lokal sein, der sich andauernd aufführt und andere Gäste aus Genuß beleidigt und anfährt.

Während ich, wie gesagt, mit Frl. Majewski kleinere Zärtlichkeiten austauschte, an ihren haselnußbraunen, langabfallenden Haaren zupfte und sie nach ihren gegenwärtigen erotischen Verhältnissen ausforschte, achtete ich natürlich gar nicht auf Frl. Czernatzke und schon gar nicht auf Herrn Jackopp. Frl. Majewski war von der bestandenen Italienreise her recht aufgeräumt, hatte glühende Wangen und trank auch zügig mehrere Biere in sich hinein, was ihr immer etwas so Feuchtschimmerndes in den Augen verleiht, das ich so rasend, wenn auch zurückhaltend liebe. Ich erzählte ihr deshalb auch die jüngsten Geschichten über Herrn Kloßen und die anderen Herren aus Itzehoe, worüber Frl. Majewski sehr lachen mußte, und was dies für eminent niedrige Charaktere seien. Ich erzähle übrigens oft die gleichen Geschichten mehreren Leuten hintereinander, ich weiß auch nicht, warum. In diesem Fall war es natürlich auch so, daß mich so unheimlich flache Menschen, die das auch noch voll ausspielen und sich keine Schranken auferlegen, daß mich die sehr faszinieren, ja oft begeistern.

Dagegen ist Frl. Czernatzke eine kleine und sehr adrette Frauensperson, die stets zugleich kampflustig und hingebungsvoll dreinschaut und ihr reizendes Stupsnäschen keck und erwartungsvoll in die Luft hält, ganz so, als ob der Bräutigam schon im Anzug wäre. Nun, in dem Fall traf das leider auch zu, wenn Herr Jackopp auch noch immer keinen Ton redete. Aber auch Herr Johannsen, ein sportlicher junger Mann mit viel blondem Haar über das ganze Gesicht verteilt, flüsterte nur einmal kurz und fast geheimnisvoll mit Frl. Czernatzke. Ich zum Beispiel rede gern, auch Herr Rösselmann redet viel und zügig, wobei ich mehr feuilletonistisch plaudere, Herr Rösselmann dagegen mehr zierlich und pointiert daherquatscht, insgesamt kommt es aber meist auf das gleiche heraus. Frl. Bitz redet wenig und immer sehr Nachdenkliches. Bzw. wenn sie glücklich ist, toskanisch.

Da plötzlich vernahm man auf einmal die Stimme von Herrn Jackopp: »Herr Rösselmann, heute in einer Woche steigt hier ein riesiges Scheidungsfest. Ich lade Sie ein. Sie kommen?« Ich erinnere mich dieses Satzes genau. Herrn Jackopps wie immer tiefe, brummende, leidende Stimme, der aber, wie mir schien, bei diesem Satz eine Spur hektischer Freude beigemischt war. Gerade aber, als wir uns zu wundern begannen und nachfragen wollten, wie er, Jackopp, das denn so meine, stieß plötzlich vorne an der Theke der uns allen bekannte Herr Gerd Winkler, der dort seit einigen Minuten mit einem anderen kleinen und dicken Herrn stand, einen hohen und schrillen Schrei aus, worauf beide sehr laut lachten. Herr Winkler ist ein Hersteller von lustigen Sachen, z. B. Filmen, und offenbar war das wieder einmal so etwas spontan Lustiges, so eine Art *»action«,* wie man heute sagt. Weil aber auf den Kunst-Schrei offenbar nicht alle Leute lustig antworteten, wiederholte Herr Winkler kurzentschlossen seinen Schrei. Daraufhin lief der alte Herr Mentz zu dem Schreienden und redete beschwörend auf ihn ein, so etwas könne er »bei der Apo, aber nicht in meinem Lokal« machen, worauf auch Herr Winkler wieder etwas zurückfeuerte, da mischten sich auch Herr Dr. Mangold und noch andere Herren in die Streitsache, und es gab einen regelrechten Tumult, in dessen Verlauf Herr Winkler sich zu uns wandte und uns freundlich zuwinkte. »Hallo!« winkte Frl. Majewski zurück, während Herr Ulf leise »Arschloch!« sagte.

Allmählich beruhigte sich alles wieder, und ich drückte erneut die Händchen von Frl. Majewski, welche immer verklärter vor sich hinlächelte, da spielte wahrscheinlich noch der südliche Himmel mit. Ich spürte aber schon schmerzlich, daß Herr Johannsen bei ihr wieder vollständig die Vorherrschaft gewonnen hatte, und als sich mein Engagement deshalb ein wenig abkühlte, tauchte genau im rechten Augenblick Frau Johanna Knott unter der Türe auf, die Gattin des Herrn Peter Knott, der zu diesem Zeitpunkt mit einer größeren Gruppe Reisehungriger auf Ibiza weilte. Frau Knott, eine Berufs-Tänzerin mit hoher gertengleicher Gestalt und langen flachsblonden Flechten, trug an diesem Abend einen Rollkragenpullover mit einem sehr aparten Ringelmuster, das mich offenbar erotisch stark elektrisierte, denn schon kurz nach ihrer Ankunft ließ ich von Frl. Majewski ab und machte Frau Knott eifrig den Hof. Schließlich ließ ich mich sogar dazu hinreißen und trug ihr an, mit ihr jetzt bitte nach Hause gehen zu dürfen.

Dazu muß ich sagen, daß das vielleicht nicht ganz so ungezogen war, wie es sich anhört. Ich stand nämlich schon einmal vor langer Zeit und auch ohne den Pullover auf einem äußerst herzlichen Fuß mit ihr, d.h. wir haben uns recht wacker geherzt und abgeküßt und sogar viel getanzt, bis mir der Atem ausging. Frau Knott war da als Berufstänzerin natürlich im Vorteil. Ja, ich habe sogar im Urlaub einmal eine ganze Woche lang bei Frau Knott geschlafen, es ist aber dabei nichts von Bedeutung passiert. Damit möchte ich nun wiederum auch nicht sagen, daß der Geschlechterverkehr etwa besondere Bedeutung hätte, nein, das glaube ich nun wirklich nicht. Vielleicht hat Frau Knott mich auch nur deshalb bei sich schlafen lassen, weil sie weiß oder ahnt, daß mir der Geschlechterverkehr über weite Strecken ziemlich gleichgültig ist, so daß also auch der Gatte nichts dagegen haben konnte. Sicher, er muß schon irgendwie sein, aber ich bin da nicht mehr so unbedingt und hemmungslos erpicht darauf und gebrauche keine Gewalt. Außerdem kann man dabei nicht rauchen.

Trotzdem kam ich also an diesem Abend unverzüglich mit Frau Knotts Eintreffen auf unsere seinerzeitigen Zärtlichkeiten zurück und wollte deshalb den Geschlechterverkehr nachvollziehen. Frau Knott indessen, die nebenbei auch eine leidenschaftliche Psychologin ist, durchschaute natürlich rasch die tieferen bzw. seichteren Beweggründe meines Ansturms und wies mich darauf hin, daß ich mir das ja auch nüchtern einfallen lassen könne, und sie sehe absolut nicht ein, daß sie sich schnurstracks einem Angetrunkenen hingeben solle, nur weil es diesem gerade so in den Sinn flog. Ich gab Frau Knott gegenüber sofort zu, daß sie damit zwar prinzipiell recht habe, daß sie es aber ebenso prinzipiell schon mir und den Eingebungen meiner meist hochkomplizierten Psyche überlassen müsse, welchen Zeitpunkt ich mir dazu aussuchte.

Im übrigen finde ich es interessant, daß Frau Knott sagte, ich könne mir das ja auch nüchtern einfallen lassen. Heißt das, daß dann …

Damit war für mich der erotische Teil des Abends auch schon abgeschlossen, nachdem Frl. Bitz zu weit von mir entfernt saß und außerdem Herrn Rösselmann treu ergeben ist, wie man hört. Inzwischen hatte aber, was ich erst nachträglich erfuhr, das eigentliche, ja das alles überragende erotische Hauptgeschehnis des Abends, sogar der ganzen Woche, längst begonnen und seinen Kreis gezogen.

Der Start muß, wie ich erfuhr, kurz nach Herrn Jackopps festlicher Ankündigung eines »riesigen Scheidungsfestes« und dem daran anschließenden Tumult an der Theke erfolgt sein. Gleich darauf hatte nämlich, nach der Aussage des guten Beobachters Rösselmann, Herr Jackopp Frl. Czernatzke an die Theke des Herrn Mentz eingeladen, Schnaps zu trinken. Und dort muß dann passiert sein, was Herr Jackopp im nachhinein »diese verfluchte Scheiße« nennt, daß er sich nämlich, nach eigener Darstellung, dort »schlagartig in die Czernatzke verknallt« und von ihr nach einigen Handgreiflichkeiten und parallelen Kniebewegungen, welche »sie mitgemacht hat«, den sofortigen Vollzug des Geschlechterverkehrs begehrt habe, ganz wie vorher ich so töricht. Wiederum nach Herrn Jackopps späteren Aussagen habe Frl. Czernatzke zwar noch einen Schnaps getrunken, aber geantwortet, sie »treibe es doch jetzt mit dem Ulf«. Worauf Herr Jackopp sinngemäß gesagt haben muß, das mache überhaupt nichts.

An dieser Stelle muß erläutert werden, daß Herrn Jackopps schlagartiges Verknallen keinerlei *Coup de foudre* im wirklichen Wortsinn war, indem dieser Frl. Czernatzke schon recht lange kennt, bis zu diesem Abend aber war nach den Aussagen von Frl. Czernatzke »dieser Blödmann« noch nie auf die Idee gekommen, ihr das zu sagen und also den Geschlechterverkehr zu vollziehen.

Ergänzt sei in diesem Gesamtzusammenhang auch die möglicherweise wichtige Beobachtung des Herrn Rösselmann und des Frl. Bitz, die beide übereinstimmend berichten, daß in den entscheidenden Minuten an der Theke nicht nur Herr Jackopp, sondern auch Frl. Czernatzke nach dem dritten Schnaps durchaus aufnahmebereit gewesen sei, insofern als Frl. Czernatzke es nicht an kleineren Aufmerksamkeiten wie heftige Blicke, Greifeln und Quetschen der Knie habe fehlen lassen, was Herrn Jackopps Darstellung ja indirekt bestätigt. Frl. Czernatzke bestreitet das und gibt an, das Quetschen sei allein von Herrn Jackopp ausgegangen, aber »natürlich« habe sie »nicht gerade was dagegen gehabt«.

Doch was immer hinter diesem geheimnisvollen Widerspruch stecken mag – für mich, um es noch einmal zu betonen, war dieser so vieles auslösende Abend zu dieser Zeit schon längst beendet, ich war nämlich, was mir nur noch selten zustößt, auf dem Tische eingeschlafen, wahrscheinlich aufgrund der anstrengenden Folge von Weinbrand, Tee, Whisky und sexueller Verstrickung. Im nachhinein schäme ich mich sogar, daß ich durch meine durchaus zweitrangigen Liebesenergien den Glanz der Hauptereignisse nicht nur verschlafen und nicht mitbekommen, sondern gleichsam in seiner Naturschönheit, seiner elementaren Kraft beschädigt habe. Denn was waren schon meine läppischen Artigkeiten gegen das, was da vorne an der Theke vor sich gegangen sein muß!

Ahnungslos verließ ich, nachdem ich den alten Herrn Mentz angeblich noch als »Haupt-Faschisten« beleidigt hatte, gegen Mitternacht zusammen mit Herrn Rösselmann und Frl. Bitz das Lokal, und jedes ging dann seiner Wege. Für die beiden Liebespersonen war das Geschehen für diesen Tag aber noch längst nicht abgeschlossen. Wie ich erst zwei Tage später erfuhr, muß es vor der gemeinsamen Wohnung der Gruppe Majewski-Czernatzke-Johannsen noch zu einem erstaunlichen Auftritt und Vorgang gekommen sein. Angeblich soll es da, während diese drei Personen um zwei Uhr früh am Fenster gestanden und (aus vermutlich abwegigen sexuellen Motiven) gemeinsam in die Nacht hinaus und auf den Sternenhimmel geschaut haben, plötzlich an der Türklingel geschellt haben. Man habe dann nach unten geblickt, aber keinen Menschen gesehen. Doch plötzlich sei eine Gestalt aus dem Gebüschschatten getreten, welche man klar und zweifelsfrei als diejenige von Herrn Jackopp ermittelt habe. Dieser, später von mir so ganz nebenbei auf die Richtigkeit dieser Aussage befragt, gab mir keine Antwort. Er schaute mich aber lang und verständnislos an, ganz als ob er aus einer anderen Welt käme. Bzw. ich.

Nun, zum Abschluß dieses Kapitels, möchte ich den Leser noch bitten, mir zu verzeihen, daß mir aus Blödigkeit der erste und alles auslösende Tag weitgehend entglitten ist und ich deshalb vieles erst im nachhinein zusammenklauben mußte. Ich darf aber jetzt schon versprechen, daß ich ab der Mitte des folgenden Tages, als ich schlagartig alle Zusammenhänge erkannte, meine Augen und Ohren gut aufhielt und deshalb praktisch alles weiß, ja als treuer Gefährte von Herrn Jackopp die Kontrolle nicht mehr aus der Hand gab und über dessen Liebe streckenweise besser Bescheid wußte als dieser selber. Und ich also das absolute Vertrauen des Lesers verdiene.

ZWEITER TAG

Am frühen Morgen kamen zunächst einmal drei Telefonanrufe, die ich alle, weil ich müde war, nicht abnahm, und das war vielleicht gut so, denn sie hätten sicherlich die folgenden Unruhen nur noch erhöht.

Der erste Anruf, den ich entgegennahm, kam von Herrn Jackopp. Dieser teilte mir mit, daß wir vereinbart hätten, heute auf den Fußballplatz zu gehen. Davon wußte ich zwar nichts, aber gut. Er, Jackopp, komme gegen 14 Uhr bei mir vorbei. Wenig später rief Herr Rösselmann an, er und Frl. Bitz ließen zum Frühstück bitten. Ich sagte, dies ginge nicht, weil ich Herrn Jackopp erwarte und wir auf den Fußballplatz gehen würden. Herr Rösselmann sagte, er und Frl. Bitz würden auch gern hinkommen. Ich sagte Herrn Rösselmann, dann müsse er sich mit dem Frühstück aber ziemlich beeilen, denn in zwei Stunden beginne schon das Spiel. Gut, sagte Herr Rösselmann, das klappe schon. Wir würden uns dann alle am Eingang treffen. Ich glaubte aber schon zu diesem Zeitpunkt nicht an das Gelingen, weil Herr Rösselmann unter allen Umständen maßlos frühstückt, man glaubt das oft gar nicht.

Gleich darauf rief Frl. Czernatzke an, auch sie, Herr Ulf und Frl. Majewski wollten auf den Fußballplatz (anscheinend war da am Vortag tatsächlich so etwas vereinbart worden, was nur ich nicht mitbekommen hatte). Wir träfen uns dann alle um 14.30 Uhr bei mir.

Fußball hin und her – Frl. Majewski würde also kommen, wenn auch mit Herrn Ulf. *Que c'est beau!* Ich darf an dieser Stelle erklärend einfügen, daß ich Frl. Majewski deshalb so liebe, weil sie mich an eine Musik gemahnt, oder besser die Musik gemahnt mich an sie, nämlich das Duett Eboli–Carlos aus dem 3. Bild der Oper *»Don Carlos«* von Verdi, an jene wunderbar melancholisch aufschwingende B-dur-Kantilene, die voll Wehmut und Entsagung ist und schon gar nichts mit Frl. Majewski zu tun hat, die leider sehr oft ein recht tolles und lautes Wesen zeigt. Und am dümmsten ist, daß mich Carlos' kurzer Einwurf *»Rodrigo!«,* der den Gesang der Eboli kurz unterbricht, am meisten an Frl. Majewski erinnert und fesselt. Was hat denn Frl. Majewski mit Rodrigo, also mit dem Marquis von Posa, zu tun? Antwort: Nichts. Aber die Wege der Liebe sind dem menschlichen Geist entzogen …

Doch nicht diese B-dur-Sache spielte ich jetzt schnell noch, um einen halbwegs klaren Kopf zu bekommen, auf meinem Klavier, sondern die B-dur-Hammerklaviersonate von Beethoven op. 106. Weil aber der Alkohol des gestrigen Abends auch die Finger zeichnete, wurde die Interpretation überhaupt nicht gut, vor allem die komplizierten vollgriffigen Akkorde bei der Reprise gingen vollkommen daneben. Einzig mein Landsmann Max Reger konnte nach vielen Bieren nicht nur hervorragende Sachen komponieren, sondern sogar blendend Klavier spielen. Nun, das sind Ausnahmen. Da kam auch schon Herr Jackopp.

Er sah fast noch ernster und schmerzlicher drein als sonst und wollte mir sofort 10 Mark geben, die ich ihm am Tag zuvor geliehen hätte. Ich erklärte Herrn Jackopp, dies seien doch die 10 Mark gewesen, die ich ihm zurückgegeben habe, das sei doch sinnlos, wenn er sie mir jetzt wiedergebe. Darauf sagte Herr Jackopp nichts mehr, schob aber die 10 Mark wieder ein. Ich erzähle solche alltäglichen Dinge nur, weil sie vielleicht doch das Hauptgeschehen etwas erleuchten könnten. Oft verraten ja die kleinen Dinge sehr viel über das Wesen, den Charakter und alles.

Jetzt gingen wir beide schnell in ein italienisches Lokal, dessen Ober mich betrog. Er berechnete mir nämlich eine Suppe, eine Coca-Cola und einen Espresso-Kaffee, welchen letzteren ich zwar auch bestellt, aber nicht bekommen hatte. Wiederum muß der Charakteristik wegen erwähnt werden, daß Herr Jackopp es war, der diesen abgeschmackten und seichten Betrug durchschaute und den Ober entsprechend anbrummte. Im übrigen bin ich keineswegs gegen Ausländer in unserem Wirtschaftsgeschehen, aber solche Betrügereien finde ich schon ganz dumm.

Gleich darauf erschienen Herr Ulf und die beiden Fräuleins, wobei Frl. Majewski uns sonnig mit »Na, ihr Süßen!« begrüßte, mir persönlich einen scherzhaften Schlag in den Bauch versetzte, und dann fuhren wir auf den Fußballplatz. Herr Rösselmann und Frl. Bitz waren übrigens nicht gekommen, daraus ersieht man schon, welch ein guter Psychologe ich bin. Das Spiel war nicht besonders interessant und endete 1:1 nach einer 1:0-Halbzeitführung für unsere Mannschaft, und das sind ja immer die unangenehmsten Spielverläufe. Weit schöner ist, wenn die anderen bis kurz vor Schluß 1:0 im Vorteil sind und uns gelingt dann noch der Ausgleich in allerletzter Minute. Interessanter als das Spiel war ein etwa achtjähriger Knabe, der neben uns stand und ständig und wie betrunken »Ihr blöden Schweine!«, »Ihr Arschlöcher!« auf das Spielfeld hinunterschrie und -kreischte, auch in Situationen, die solche ungezogenen Ausrufe keineswegs rechtfertigten. Außerdem war da eine Gedenkminute für den kurz vorher verstorbenen Schiedsrichter Regeli, nach deren Ausklang ein Besucher laut sagte, das sei eigentlich schade, daß der Schiedsrichter Regeli gestorben sei, denn der habe immer gut für die Unseren gepfiffen. Ich meine, ich weiß auch ungeheuer viel über den Fußball, aber ein solches Wissen wie das dieses unbekannten und von niemand dafür bezahlten Zuschauers finde ich schon fast so imponierend wie die Kernzertrümmerung oder was. In unserer Gruppe ging es trotz des langweiligen Spiels sehr munter und aufgeräumt zu, sogar Herr Ulf lächelte in die untergehende Sonne, und die beiden Fräuleins kicherten fast ständig, offenbar weil sie da so viele winzige Männlein tanzen sahen. Herr Jackopp sprach während des ganzen Spiels kein Wort.

In die Stadt zurückgekehrt, ließen die Fräuleins durchblicken, daß sie den restlichen Tag mit Herrn Ulf verbringen wollten. Es war irgendwie von einem Abendmahl die Rede und einem Film, bezog sich aber offensichtlich auf die gesamte Sexualität. Mich schmerzte das wegen Frl. Majewski schon auch ein wenig, aber kaum hatten sich die drei von uns beiden Herren getrennt, brummte Herr Jackopp geradezu schneidend hinter den Zähnen hervor: »Diese verfluchte Scheiße!« und auch: »Diese verdammte Czernatzke!«

Wie man sich gut vorstellen kann, war ich recht verblüfft über diese groben Worte und das bittere Gefühl, das, so ahnte ich sofort, dahinterstehen mußte. Nachdem wir gerade an einer Stehkneipe vorüberkamen, bogen wir auch gleich hinein, nahmen Platz, und ich fragte Herrn Jackopp in einer Mischung aus Anstand, Neugierde und noch immer Ahnungslosigkeit, wie er das meine und was denn betreffs Frl. Czernatzke los sei. »Ja«, sagte Herr Jackopp dumpf, »das ist doch klar, bis acht Uhr habe ich das durchziehen wollen. Mit der Czernatzke.«

Ich war einen Augenblick lang etwas benommen, dann ließ mich meine stets wache Geistesgegenwart schlagartig die Zusammenhänge erkennen. Dennoch fragte ich Herrn Jackopp nochmals aus Vorsicht und Neugierde, was er denn da habe durchziehen wollen. »Ja«, brummte Herr Jackopp langsam und wiederum schneidend-schmerzlich, »ich wollte die Czernatzke flachlegen. Ich habe gedacht, bis 8 Uhr wäre alles durchgezogen.«

Ich muß sagen, ich persönlich bin gegen solche starken Formulierungen, schon weil ich das schöne Geschlecht viel zu sehr schätze und verehre. Herrn Jackopps Worte taten mir also gewissermaßen im Namen aller Frauen sofort weh, aus Feingefühl wies ich ihn aber zu diesem Zeitpunkt noch nicht auf meine sprachlichen Bedenken hin, sondern ermittelte zuerst einmal so nach und nach die Hintergründe seines mir sehr unvermittelten Satzes. Dabei stellte sich heraus, daß Herr Jackopp am Vortag und an der Krenzschen Theke Frl. Czernatzke »schon alles gesagt« habe, es sei »alles klar« gewesen, er, Jackopp, sei gewissermaßen schon darauf eingestellt gewesen, »und jetzt diese verdammte Scheiße«, und noch mehrmals sagte Herr Jackopp, er habe fest damit gerechnet, daß »bis acht Uhr alles durchgezogen« sei. Anläßlich meiner weiteren Nachfragen erfuhr ich jetzt auch, daß Frl. Czernatzke ihm allerdings gesagt habe, sie liebe schon den Herrn Ulf. Aber »im Prinzip« – was Herr Jackopp darunter verstand, war nicht zu ermitteln – sei doch »alles klar« gewesen.

Inzwischen hatte ich ein Bier und Herrn Jackopp einen doppelten Schnaps und einen Obstkuchen bestellt, welchen er sehr schnell aufaß und dabei so beharrlich weiterredete, und zwar immer dasselbe, so daß ich immer interessierter hinhörte, was dieser sonst so schweigsame Mensch da alles zusammenbrummte. Dabei fiel mir auf, daß Herr Jackopp immer wieder die Worte »umlegen«, »flachlegen«, »durchziehen«, aber auch »verknallt« benutzte, und das sei ihm schon »seit 1957« nicht mehr passiert, und jetzt sei »diese verdammte Scheiße« plötzlich da.

Dazu ist zweierlei zu sagen. Erstens muß sich Herr Jackopp in der Jahreszahl geirrt haben, denn 1957 war er, wenn ich richtig rechne, erst 9 Jahre alt. Zweitens möchte ich nochmals betonen, daß ich aus intellektuellen und gefühlsmäßigen Gründen sehr gegen solche hitzigen Formulierungen bin. Natürlich ist es auch blöd, »Liebe« oder »lieben« zu sagen oder andererseits »beiwohnen« oder so was, von den bekannten abscheulichen Wörtern ganz zu schweigen. Ich muß allerdings sagen, daß mir als einzige Ausnahme »vögeln« ganz gut gefällt, es hat so etwas von Walther von der Vogelweide und seinem bezaubernden Gedicht, außerdem, finde ich, trifft es die Sache und imaginiert so etwas grenzenlos Lyrisches, und was ist denn die Liebe schließlich anderes als ein einziger großer Lyrismus ...?

Auch »knöpfeln« finde ich neuerdings ganz hübsch. Aber vielleicht ist es am besten, man nennt diese doch sehr sehr subtilen Dinge überhaupt nicht mit Namen, sondern überläßt sich blind und träumerisch dem Zauber des ewig reizvollen Geschehens ...

Plötzlich fragte Herr Jackopp, was er denn nun tun solle. »Was meinst du?« brummte er. Ich warf Herrn Jackopp vor, er hätte doch heute auf dem Fußballplatz Frl. Czernatzke eine Andeutung machen können, daß erstens die Sache an der Theke kein blödes Gerede, sondern wahr gewesen sei, und daß er sie zweitens noch heute abend »umlegen« wolle, wie er es nenne. Ich ließ hier erstmals Herrn Jackopp gegenüber eine leise Kritik an seinem Sprachgebaren durchschimmern, die aber dieser nicht aufgriff, sondern störrisch darauf beharrte, »im Prinzip ist klargewesen, daß ich sie flachlegen wollte, verdammt!«

Aus dem Gefühl heraus, daß hier unsere Unterredung stocke, schlug ich Herrn Jackopp vor, zu Herrn Rösselmann zu gehen, denn ich war gespannt, was dieser Herr zu dieser Neuerung so alles zu sagen hätte. Leider war Herr Rösselmann, dieser sonst so eifrige Wohner, nicht zu Hause, deshalb beschloß ich, Jackopp zu Frau Johanna Knott zu schleusen und diese um Rat zu fragen. Dabei verfolgte ich natürlich auch mehrere Interessen meinerseits. Erstens wollte ich Frau Knott um Rücksprache bitten, wegen des erotischen Vorkommnisses von gestern abend, zweitens hatte ich Durst nach ihrem guten Jasmin-Tee, und drittens erhoffte ich mir im stillen neue Merkwürdigkeiten. Hinzu kam auch noch, daß Frau Knott als Amateur-Psychologin – sie ist Spezialistin für eine Psychologie, die von einem gewissen Groddeck vertreten wird – Herrn Jackopp vielleicht wirklich würde beraten können.

Auf dem Weg zu Frau Knott – Herr Jackopp trottete immer einen Meter hinter mir nach – fiel mir plötzlich ein, wie parallel doch mein und Herrn Jackopps Schicksalsstrang verliefen. Jeder von uns hatte gestern abend einer Dame den Antrag des Beischlafs gemacht, und ein jeder war gescheitert. Und es gab sogar noch eine zweite und erstaunlichere Parallele! Jeder von uns liebte eine Person, die gleichwohl von Herrn Ulf beherrscht wurde. Nur, bei mir verteilte sich die ganze Sache auf zwei Frauen. Das war der große Unterschied, und wahrscheinlich bin ich deshalb so lustig.

Frau Knott warf uns den Hausschlüssel auf die Straße, damit wir eindringen konnten. Wir nahmen Platz und bekamen gleich darauf den wunderbaren Knottschen Jasmin-Tee gereicht. Dann erklärten wir Frau Knott die neue Problemlage. Dabei stellte sich heraus, daß diese durch Eigenbeobachtung über die Ereignisse vom Vortag schon überraschend gut Bescheid wußte. Frau Knott zeigte einerseits tiefes Verständnis, daß so etwas schon mal passieren könne (sie machte ein ernstes Gesicht und spitzte die Lippen zu einem neckischen, aber Bedenklichkeit signalisierenden Rüsselchen), andererseits merkte ich aber auch, daß sie gleich mir der

Liebe des Herrn Jackopp von vornherein mißtrauisch gegenüberstand und diesen genau wie ich mehrmals fragte, warum er denn heute auf dem Fußballplatz sein gestriges Anliegen und Wollen nicht wiederholt, wiederaufgefrischt und möglicherweise sogar ergänzt habe. Ich selber faßte nach, daß doch etwa während der Halbzeit oder während der zahlreichen flauen Spielphasen Zeit für einen süßen Blick oder gar einen Schenkeldruck bestanden habe. Darauf vermochte Herr Jackopp, der immerzu auf den Wohnzimmertisch starrte, keine nennenswerte Antwort zu geben. Er sagte nur wiederholt, so etwas Blödes sei ihm noch nie passiert, verflucht, und indem er plötzlich malerisch die Hände über dem Gesicht zusammenschlug, brummte er mehrmals hintereinander, da sei »ein verfluchter Bruch in der Logik«, aber er komme nicht darauf, wo. »Verflucht!«

Während ich mir im geheimen so dachte, da ist höchstens ein Bruch in deiner Logik (Herr Jackopp hat kein Abitur) und nicht in der Logik der Geschichte, fragte Frau Knott interessiert, ob das denn schon lange gehe. »Was?« fragte Herr Jackopp verstört zurück. »Die Zuneigung zum Frl. Czernatzke«, sagte Frau Knott. Daraufhin gab Herr Jackopp abermals keine Antwort, sondern wiederholte das mit der Logik, »verdammt«. Ab hier begann ich mitzuzählen, wie oft er »verdammt« sagte. Bis ich das Spielchen etwa zwei Stunden später wieder vergaß, kam ich auf 7 »verdammt« und 17 »verflucht«. Das machte zusammen 24, genau das Alter von Frl. Czernatzke!

Frau Knott riet jetzt gleichsam nüchtern, die Sache reifen zu lassen und schön Geduld zu haben, soviel sie ihrerseits wisse, habe sich Frl. Czernatzke in der Öffentlichkeit mehrfach positiv über Herrn Jackopp geäußert, auch was Schönheit und Erotik anginge. »Verflucht!« fiel ihr hier Herr Jackopp leidenschaftlich ins Wort, natürlich, vor acht Wochen hätte er sie ja »jederzeit umlegen« können, aber damals habe er nicht gewollt »wegen der Mizzi« (das ist eine Arbeitskollegin von Frl. Czernatzke). »Sie stand auf mir«, sagte Herr Jackopp mit schmerzverzerrter Stimme, aber damals habe er nicht gewollt, und jetzt, wo er wolle, »will sie nicht«. Das sei eben »die verfluchte Logik« bzw. »der Bruch in der Logik und der ganzen Scheiße«.

Herr Jackopp glaubte wohl in diesem Augenblick, das sei ein besonders tiefsinniger und verwegener Gedanke, der vielleicht sogar die Philosophie und die menschliche Erkenntnis weiterbringen könne. Das finde ich überhaupt nicht. So ein Krampf passiert doch täglich. Außerdem muß es natürlich heißen: »der Bruch der Logik in der ganzen Scheiße«. Denn »der Bruch in der Scheiße« – das wäre doch wohl ein allzu kühnes Bild! Im übrigen: Ich habe auch einmal eine Dame gekannt, die ich hätte umlegen können, aber dann später – aber nein, das würde jetzt zu weit führen, außerdem ist die Geschichte vollkommen uninteressant. Aber immerhin: wieder diese Parallele zwischen Herrn Jackopp und mir ... Außerdem habe ich Grund zur Annahme, daß es keineswegs ausgemacht ist, daß Herr Jackopp Frl. Czernatzke vor acht Wochen hätte umlegen können. Da möchte ich fast wetten! Aber hierüber mich genauer auszulassen verbieten mir die Platznot und die straffe Handlungsgestaltung.

Auf einmal fragte Herr Jackopp und beendete sein Starren auf den Tisch, wo denn eigentlich der Herr Knott sei. Aber hör mal, sagte Frau Knott, der sei doch schon seit fast drei Wochen auf Ibiza, das wisse doch jeder. Er habe es aber nicht gewußt, antwortete Herr Jackopp in kaum gezügeltem Zorn, »mir sagt man ja nichts, das ist ja die verfluchte Scheiße.« Er, Jackopp, sei aber inzwischen doch schon vier-fünfmal hier gewesen, konterte Frau Knott, da hätte er es doch erfahren können. Oder fragen!

»Wieso fragen?« fragte darauf, seinen Tee austrinkend, Herr Jackopp und starrte Frau Knott fassungslos an. Dies schien mir ein guter Anlaß, Herrn Jackopp wieder auf seine Liebe zu bringen. Ich fragte ihn nämlich, ob er vielleicht den Parzival kenne. »Warum?« fragte Herr Jackopp fast angewidert. Ich erklärte darauf Herrn Jackopp, daß sich nämlich der Grundfehler des Parzival genau mit seinem eigenen decke: nur ja nichts fragen! Wie Jackopp erleide Parzival schwerste Prüfungen und Schicksale allein deswegen, weil er es versäume, im rechten Augenblick Fragen zu stellen. Siehe im

Fall Peter Knott, siehe auch im Fall Czernatzke heute nachmittag auf dem Fußballplatz...

Herr Jackopp sah mir nachdenklich ins Gesicht und sagte dann drohend: »Ich kenne keinen Parzival. Auf dieses mittelalterliche Gewichse scheiß ich!« Obwohl das natürlich ein sehr plastisches Bild ist, verbot ich Herrn Jackopp solche Redensarten und erklärte ihm, daß der Parzival erstens ein hochbedeutsames historisches Dokument sei und daß – hier ließ ich mich wohl in der Erregung hinreißen –, daß das Fragestellen ein Akt der Humanität sei: Fragenstellen sei dem Menschen sozusagen arteigentümlich. Frau Knott nickte ernst mit dem Kopf. Da starrte Herr Jackopp wieder auf den Tisch und brummte ganz kurz und wegwerfend: »Ach was!«

Ihm gehe vielmehr dieser Bruch in der Logik nicht aus dem Kopf. Daß er nämlich Frl. Czernatzke noch vor vierzehn Tagen hätte umlegen können, jederzeit, aber damals habe er nicht gewollt. Und Herr Jackopp schlug sich mit der Hand anklagend vor den Kopf. Ich meinerseits bemerkte dazu, daß er, Jackopp, gerade vorhin noch gesagt habe, vor acht Wochen – und nicht vor vierzehn Tagen! – hätte er sie umlegen können, und machte Herrn Jackopp auf diesen erneuten Bruch in der Logik aufmerksam. Herr Jackopp schnellte erneut seinen Kopf zu mir hoch, sah mir streng ins Gesicht und sagte zweimal rasch hintereinander: »Was? Was sagst du?«

Da gab ich es auf und sagte Herrn Jackopp, am besten sei es, wir gingen jetzt ins Kino, »um vorläufig alles zu vergessen«. »Diese verfluchte Scheiße«, antwortete erwartungsgemäß Herr Jackopp, und dann verabschiedeten wir uns von Frau Knott, die Herrn Jackopp auf der Stiege noch nachrief, sie wolle demnächst im Weiberrat einmal diskret auf Frl. Czernatzke eindringen und deren Seele erforschen. »Ja, ist gut«, brummte etwas heller als sonst Herr Jackopp, und dann sagte er noch merkwürdigerweise: »Bis später.«

Der Weiberrat, von dem Frau Knott sprach, ist übrigens eine sehr dunkle und geheimnisvolle Sache, die seit kurzem auch in unserer Stadt grassiert und bei der fast alle unsere Damen, Frl. Czernatzke, Frl. Majewski, Frau Knott, Frl. Kopler usw. Mitglied sind. Kurz gesagt, diese betreffenden »Weiber« wollen alles und jedes verbessern und schrecken dabei, soviel ich weiß, auch vor Gewalttaten nicht zurück, predigen den perfekten Sozialismus, und manche wollen sogar uns Männer ausrotten. Nun, ich meine, ich bin auch jederzeit für das Gute und den Fortschritt, aber irgendwo muß natürlich eine Grenze sein, denn heraus kommen am Ende nur Unsicherheit und Umsturz, und die Dummen sind die kleinen Sparer. Ich habe das diesen Weiberrätinnen auch schon einmal öffentlich im »Krenz« gesagt, aber sie haben mich nur ausgelacht, und eine ganz freche Frauensperson hat mir sogar das Wort *»Male-Chauvinism«* ins Gesicht geschleudert.

Ich habe mich aber zusammen mit meinem Freund Wilhelm Domingo gerächt. Als der Weiberrat wieder einmal bei Frl. Czernatzke, die dortmals noch Wand an Wand mit mir wohnte, tagte, haben wir auf meinem Grammophon so laut Operettenmusik laufen lassen, daß der Weiberrat nebenan unbedingt in seiner Untergrundarbeit durcheinandergeraten mußte. Wir wählten dazu das unsterbliche Lied »Der Polin Reiz bleibt unerreicht«, und so ist es ja auch. Aber statt daß sie auf ihre Reize schauen, machen sie Sozialismus und Unfug! Ich meine, natürlich ist der Sozialismus nicht von Haus aus Unfug, das weiß ich schon selber, und insofern nehme ich diesen Satz zurück. Aber andererseits sieht man ja, was bei unseren Damen dabei rauskommt. Keineswegs ein geglückteres Leben, keineswegs eine geordnetere Erotik, sondern sie legen nur so wehrlose Männer wie Herrn Jackopp herein, und der brummt dann heftig! Anschließend haben Herr Domingo und ich an der Tür des Weiberrats gelauscht (Herren sind dort nicht zugelassen, und das sagt ja alles), und Herr Domingo hat dabei gehört, wie sich zwei Frauen bzw. »Weiber« darüber stritten, wie oft man den Partner wechseln dürfe. Herr Domingo hat beim Lauschen ganz leise und sehr erregt gekichert, und anschließend sind wir zum Tischfußball und haben gegen zwei Türken gewonnen, die uns im übrigen sehr artig behandelten – – –

»Hör mal«, begann, als wir dem Kino entgegenmarschierten, Herr Jackopp erneut, »wenn ich ein Weib flachlegen will, dann leg ich es auch flach. Alles andere ist Scheißdreck.« Ich wäre jetzt am liebsten davongelaufen, andererseits mußte Herr Jackopp heute abend unbedingt gestützt werden, und außerdem hing ich auf einmal wie mit unsichtbaren Fäden an seinen an sich unschönen Ausdrücken. So antwortete ich denn, das sei schon irgendwie wahr, andererseits müsse man aber doch auch die oft überraschende und, wenn es gutgeht, sogar sehr reizvolle Eigengesetzlichkeit des anderen Geschlechts berücksichtigen und respektieren. »Aber das ist ja diese Unlogik!« schrie fast Herr Jackopp. »Was ist die Unlogik?« fragte ich sanft. »Ach!« ächzte Herr Jackopp, »meine Alte, die steht auf mich, aber ich steh nicht auf sie. Sondern ich steh auf der Czernatzke, und sie steht hundertprozentig auf mich. Aber sie läßt sich nicht umlegen. Meine Frau könnte ich jederzeit umlegen. Warum läßt sich die Czernatzke nicht flachlegen?«

Diese Frage konnte ich natürlich nicht beantworten. Aber irgendwie war ich jetzt doch sehr stark beeindruckt. Diese gewaltigen erotischen Energien! Dieses enorme Sexualgetöse in diesem schmächtigen, kleinen Körper aus der Schweiz! Ob es solche da unten mehrere gibt? Irgendwie war das doch alles sehr ehrfurchtgebietend, ja sogar erfrischend.

Kaum betraten wir das Kino, drückte mir Herr Jackopp 20 Mark in die Hand: »Für die Unkosten, die du heute mit mir gehabt hast und alles, und vielleicht habe ich nach dem Kino kein Geld mehr, und dann bezahlst du meine Zeche.« Ein eigenartig symbolischirisierender Satz, wie mir erst jetzt bei der Niederschrift auffällt. Ich sagte eben Herrn Jackopp, ich hätte heute keinen Pfennig Unkosten mit ihm gehabt (im Gegenteil, ich habe ihm sogar ein paarmal heimlich eine Zigarette weggenommen), und seiner seelischen Dinge nähme ich mich gern und natürlich ohne Honorar an. Da nahm Herr Jackopp den 20-Mark-Schein wieder und gab ihn der Kino-Kassiererin mit den Worten: »Zweimal erster Platz, der Rest ist für Sie.« Den Nachsatz hatte die Frau offenbar nicht verstanden und sie gab deshalb 8 Mark wieder heraus. Darauf sagte

Herr Jackopp erneut: »Lassen Sie nur, es ist gut.« Die Frau, der so etwas wahrscheinlich in ihrer ganzen Laufbahn noch nicht passiert war, schaute ungläubig drein. »Nehmen Sie nur«, wiederholte Herr Jackopp, »was soll ich mit dem Geld?« Vielleicht hätte die Kassiererin im nächsten Augenblick das Geld an sich gerissen, deshalb sprang ich schnell in die Bresche und lächelte freundlich, mein Freund scherze gern, und nahm das Wechselgeld an mich. Sicherlich würden wir es nach dem Kino gut brauchen können, denn gerade in unserer Stadt kann man an den Wochenenden gar nicht genug in der Hosentasche haben. Ich habe einmal in einer ganz gewöhnlichen und anspruchslosen Schenke zwischen 1 Uhr und 3 Uhr nachts 83,70 Mark ausgegeben, ich weiß auch nicht wofür. Nach diesem Sinnesrausch schaute ich natürlich blöd. Wir haben dann auf 80 Mark abgerundet. Weil ich auch die nicht bei mir hatte, hat sie mir mein Freund Rösselmann ausgelegt. Demnächst kriegt er sie vielleicht zurück.

Im Kino wurde dann der pornographische Streifen »Die Mutzenbacherin« gezeigt. Ich kannte den Stoff schon, weil ich mir von einem Herrn Lothar Strobach, einem gewaltigen Freund der Sexualität, schon vor vier Jahren das damals noch sehr seltene und kostbare Buch ausgeliehen habe. Es kommt auch ein »Herr Eckart« drinnen vor, das hat mir wegen der Übereinstimmung mit meinem Namen besonders gut gefallen, allerdings bin ich nicht ganz so gierig wie dieser, sondern eher kultiviert. Inzwischen ist ja diese Mutzenbacherin in aller Munde. Ich persönlich finde die dort vorherrschende sexuelle Lage hinsichtlich der sozialen Verhältnisse Wiens um die Jahrhundertwende stark überzeichnet, bzw. es ging dem Dichter nur ums Geld und nicht um die konstruktive Kritik. So ist es oft. Aber vielleicht würde Herrn Jackopp gerade die Demonstration des rein und plump Sexuellen innerhalb seiner Gesamtsexualität ein wenig entspannen und ihn von seiner eigenen Leidenschaft etwas ablenken. Bzw. Herr Jackopp sollte sehen, wie blöd das alles ist usw.

Diese Hoffnung war aber trügerisch, denn immer gerade bei den ordinärsten Stellen des Films beugte sich Herr Jackopp zu mir herüber und sagte so Sachen wie: »Das ist der Bruch der Logik, der verdammte.« Indessen gab ich mich ganz dem volkstümlichen Genuß hin. Es waren fast nur noch ältere Frauen und Männer, meistens Ehepaare, da, die quietschten häufig vor Freude. Einmal vergriff sich der Pfarrer an der Mutzenbacherin und bekam dabei einen knallroten Kopf, und das ganze Kino barst vor Spaß, da beugte sich Herr Jackopp erneut zu mir und fragte mich nahezu tonlos, ob ich wisse, wie oft es das Frl. Czernatzke mit dem Ulf treibe. Ich antwortete, meines Wissens und mit Vorbehalt treibe sie es nicht allzu oft, aber wenn, dann »völlig wild und wahnsinnig« (diese Information kam über Herrn Domingo an mich). »Das ist gut so«, sagte darauf gleichsam zufriedengestellt Herr Jackopp und schwieg wieder. Kurz vor dem Ende des Films sagte Herr Jackopp noch ziemlich laut und gut hörbar für die Umsitzenden: »Vielleicht kann ich sie morgen flachlegen.« Ich antwortete, ja, vielleicht.

Da war der Film auch schon wieder aus. Ich erinnerte Herrn Jackopp daran, daß wir zusammen noch acht Mark hätten und also ein wenig ausgehen könnten. »Ja«, sagte Herr Jackopp, »ist gut.« Auf dem Weg zu dem Lokal »Alt-Heidelberg« fiel mir ein, daß ich vergessen hatte, Frau Knott zu fragen, wie sie das gestern gemeint habe, daß ich mir den Wunsch des Geschlechterverkehrs ja auch nüchtern einfallen lassen könne. Herr Knott kam ja erst morgen aus Ibiza zurück, da wäre ja vielleicht heute noch ein Plätzchen frei gewesen, und ich war auch vollkommen nüchtern. Nun, die Hoffnung war ohnedies wackelig, und außerdem brauchte mich der Herr Jackopp heute viel notwendiger. Frau Knott würde wahrscheinlich alleine vor dem Spiegel herumtanzen, und das war für sie sicher genauso schön wie ich.

Das Lokal »Alt-Heidelberg« kannten Herr Jackopp und ich schon lang und gut. Der Kellner dort heißt Herr Hock und sieht auch genauso aus. Er trägt stets eine goldbestickte Krawatte sowie eine jägergrüne Weste mit Silberknöpfchen, und er trat sofort mit humorvoll gerunzelter Stirn an unseren Tisch und sagte: »Je später der Abend, desto schöner die Gäste.« Diesen Spruch kannten wir zwar schon, ich lachte aber trotzdem, während Herr Jackopp Herrn Hock ernst und verächtlich ansah. Ich wollte nun von Herrn Hock wissen, warum er sein Lokal so faschingsmäßig dekoriert habe, obwohl doch weit und breit kein Fasching sei, man komme sich halb vor wie auf einem Narrenfest. »Mein Herr«, sagte Herr Hock humorvoll, »dieses Lokal hat kein Niveau, aber Milieu.« Wieder mußte ich lachen, wogegen Herr Jackopp anscheinend überhaupt nicht zuhörte. Ich bestellte zwei Gläser Bier, und während Herr Hock schon davonschritt, rief Herr Jackopp überraschend laut: »Halt, Herr Hock!«, und als dieser zurückkam: »Haben Sie noch was zu essen? Kann ich bei Ihnen noch was essen?« Herr Hock zog erneut die Stirne in Falten, als ob er nachdächte, und bot dann Leberkäse mit Kartoffeln an. »Ja«, rief Herr Jackopp fast begeistert, »den bringen Sie mir.« – »Der Gast ist bei mir König«, sagte sinnlos Herr Hock im Abgehen. Herr Jackopp zischte nun wieder überraschend geistesgegenwärtig: »Arschloch, verdammtes!«

»Die Czernatzke ist doch blöd«, mit diesen Worten eröffnete Herr Jackopp die Beratung, da kamen auch schon die Biere. Ich erwiderte Herrn Jackopp, das könne ich nicht so genau beurteilen, aber Frl. Czernatzke sei mindestens sehr musikalisch, das wisse ich. Ich hätte ihr einmal eine Platte mit vielen Schubert-Liedern vorgespielt, da hätte sie auf Anhieb das schönste erkannt, nämlich »Ich denke Dein« nach dem Text von Goethe, obgleich dessen Reize eher im Verborgenen lägen. »Ja«, sagte Herr Jackopp und dachte nach. Jetzt mußte ich natürlich die Überleitung zur Liebe kriegen, aber schon fuhr Herr Jackopp dazwischen und sagte, zuerst sei »alles klar« gewesen »und dann rennt sie weg«. Da brachte Herr Hock mit großem Schwung die Schmalzkartoffeln und den Leberkäse. Herr Jackopp sah schweigend auf diesen Riesenteller, kostete dann zwei oder drei von den Kartoffelschnipseln, wischte sich angewidert mit der Serviette den Mund ab, sagte »Scheiße« und rief Herrn Hock erneut an den Tisch: »Das können Sie wieder zurücknehmen, ich kann nicht mehr.« Herr Hock zeigte sich beleidigt: Was auf den Tisch komme, das solle auch weggeputzt werden. »Ich kann nicht mehr«, sagte wie leidend Herr Jackopp. Aber er habe ja noch gar nichts gegessen, beschwerte sich Hock. Herr Jackopp machte angewiderte Hand- und Kopfbewegungen und sagte gar nichts mehr. Nun fragte mich Herr Hock, ob ich es übernehmen wolle. Ich hätte schon gewollt, aber dann wäre ja die ganze lustige Situation geschwächt gewesen. Es war schon gut so, daß Herr Hock sozusagen beschämt vor allen anderen Gästen den ganzen vollen Teller wieder zurückschleppen mußte.

Im gleichen Augenblick verließ ein vollkommen kahlköpfiger Mensch das Lokal und sagte: »Auf Wiedersehen, Herr Hock.« Jetzt bewies Herr Hock eine gewisse Größe, welche zeigte, daß er psychologische Niederlagen gut überwinden kann. Er rief nämlich souverän zurück: »Gut Nacht, Herr Scherer, kommen Sie gut heim, schlafen Sie gut, ich brauch Sie morgen wieder!«

Herr Jackopp sagte nun, die »Scheiße mit der Czernatzke« zeige doch nur, wie falsch »diese Büchsen« erzogen seien. Ich wollte nun natürlich genauer wissen, wie er das meine. Herr Jackopp dachte lange nach, dann sagte er, vor fünf Jahren sei er in der Schweiz in eine Frau »verknallt« gewesen, ohne daß er diese hätte umlegen können. Damit war auch der Irrtum mit 1957 korrigiert, es war also doch 1967. In »dieser faschistischen Schweiz«, so fuhr Jackopp fort, fehle heute auch noch das mindeste Bewußtsein für Umweltschutz, moderne Städteplanung und fortschrittliche öffentliche Plastiken. Na, Gott sei Dank, erstmals vergaß Herr Jackopp seine Liebe! Durch raffinierte Zwischenfragen brachte ich nun Herrn Jackopp dazu, seine Ansichten über die allgemeinen Lebensprobleme wie Mitbestimmung und Popmusik vorzutragen. Herr Jackopp sprach dabei ungewohnt flüssig und äußerte, soweit ich es beurteilen kann, fast vernünftige Ansichten. Das meiste hatte ich zwar auch schon in irgendwelchen sich fortschrittlich aufführenden Zeitungen und Zeitschriften gelesen, aber man lernt ja doch immer dazu. Besonders lobend äußerte sich Herr Jackopp über einen gewissen *Pop*-Sänger, Eric Clapton, dieser sei »unheimlich gut«.

Leider ließ ich hier eine kleine Pause eintreten, und das war wohl verhängnisvoll. Denn plötzlich brummte Herr Jackopp: »Was meinst du, soll ich ihr morgen Blumen schicken? Ja?« Eigenartigerweise war mir diese Idee in der letzten halben Stunde auch schon einmal durch den Kopf geflogen, und ich hatte sie schon fast Herrn Jackopp anempfehlen wollen. Ich finde das Blumenschicken deshalb besonders reizvoll, weil es zugleich etwas sehr Schönes und Zeitloses und doch auch wieder etwas außerordentlich Blödes ist. Prinzipiell könne ich es durchaus empfehlen, sagte ich betont zögernd zu Herrn Jackopp. Es könne aber auch sein, daß Blumen gerade im Fall des Frl. Czernatzke das strategisch Verkehrteste seien, was es überhaupt gäbe. »Wie meinst du das?« fragte Herr Jackopp. Nun, antwortete ich, es sei schon denkbar, daß sich Frl. Czernatzke ungeachtet ihrer allgemeinen frauenkämpferischen Einstellung beglückt über die Blumen zeige, und so der Weg zu einem Vollzug der Liebe abgesichert sei. Es sei aber auch nicht ganz auszuschließen, daß Frl. Czernatzke völlig unerwünscht und erbost reagiere, die Sprache der Blumen nicht verstehe und darum erst recht Widerstand leiste.

»Soll ich ihr morgen Blumen schicken, was meinst du?« fragte erneut und hartnäckig Herr Jackopp. Ich sagte, meiner Meinung nach stünden die Chancen des Erfolgs etwa *fifty-fifty.* Und als Herr Jackopp ziemlich ratlos dreinsah, ergänzte ich, um ihm Mut zu machen: Vielleicht auch 60:40.

Aber ich wolle, so sagte ich mehrmals (Herr Jackopp ist mein Zeuge!), für diesen Ratschlag bitte keine Verantwortung übernehmen!

»Ich schicke der Czernatzke morgen rote Rosen«, sagte Herr Jackopp entschlossen und wie aus der abgründigen Verzweiflung den Regenbogen der Hoffnung vor Augen, »20 rote Rosen.« Ich riet nun Herrn Jackopp, er müsse eine ungerade Zahl nehmen, das sei so Landessitte. »Gut«, sagte Herr Jackopp, »ich schicke 25.« Dann solle er doch gleich noch zwei dazutun, empfahl ich, dann seien es 27, also drei hoch drei, und aller guten Dinge sind drei, es sei also gleichsam das Gute hoch drei in die Rosen mit eingebaut. »Jawohl«, brummte entschlossen Herr Jackopp, »ich schicke 27. Zwei Bier, Herr Hock!«

Bevor aber noch die Biere angekommen waren, ließ Herr Jackopp seinen Kopf auf den Tisch sinken und schlief schlagartig ein. Dann trank ich beide Biere und blätterte, Herrn Jackopps heute wohlverdienten Schlaf behütend, ein wenig in einer Illustrierten. Als Herr Jackopp nach einer halben Stunde wieder aufwachte, verlangte er dringend nach einem Taxi. Ich verwies ihn darauf, daß er doch gleich um die Ecke wohne. »Ja«, sagte Herr Jackopp versonnen, starrte eine Weile vor sich hin und rief dann erneut durch das Lokal: »Herr Hock, schicken Sie mir bitte ein Taxi!« Nun, da war nichts zu machen. Dann fuhr eben Herr Jackopp die 150 Meter mit dem Taxi. Bis das Taxi kam, seufzte Herr Jackopp einmal: »Mir ist schlecht«, zweimal: »Diese verdammte Scheiße« und zuletzt mit einem tiefen, knirschenden Brummen: »Man müßte dieses Zürich einfach in die Luft sprengen.« Als er mich verließ, sagte Herr Jackopp noch zu mir: »Du kommst morgen?« Ich sagte, ohne zu wissen, wohin, sofort zu. Dann schaffte das Taxi Herrn Jackopp um die Ecke.

Ich würde morgen kommen. Irgendwohin würde ich kommen. Und dahin würde auch Herr Jackopp kommen. Ich zahlte nun ebenfalls. Herr Hock fragte, ob das Bier geschmeckt habe. Ich antwortete: »Immer noch so gut wie immer.« Diesen Satz, mit dem man Kellner verächtlich machen kann, hatte ich neulich von Herrn Domingo gelernt. Sowie ich das Lokal verließ, hatte aber auch Herr Hock noch einen Scherz bereit. Auf mein »Gute Nacht, Herr Hock!« entgegnete er unter Hochziehen der Augenbrauen und Furchen der Stirne: »Gute Nacht, alles klar, alles bezahlt, niemand weiß Bescheid.«

Herr Hock sagte dies so bohrend listig, daß ich das Gefühl nicht mehr gleich los wurde, er habe Herrn Jackopp und mich vollkommen im Griff…

DRITTER TAG

Am nächsten Tag war dann Montag und Beginn der Arbeitswoche. Gegen halb 10 Uhr kam ein erster Anruf meines Freundes Wilhelm Domingo. Dieser Domingo ist nicht zu verwechseln mit dem hervorragenden italienischen Tenor Placido Domingo. Diesen habe ich kürzlich einmal in *»La Bohème«* von Puccini in München erlebt und wäre dabei fast gestorben vor Freude. *»Nei cieli bigi ... Talor dal mio forziere ruban tutti i gioelli due ladri gli ochi belli ... O suave fanciulla o dolce viso dimite circonfusa alba lunar«* – es war kaum auszuhalten! Oft liege ich herum und höre mir das Zeug an und strample mit den Beinen vor Vergnügen. Schon die bloßen Namen Mimi und Musetta erregen mich furchtbar. So ein sensibler Schwachkopf bin ich. Mimi heißt ja an sich Lucia, und sie sagt es auch in einer lasziv-schelmischen verminderten Septime sowie einer glasig-klaren, gleichsam ihr tadelloses Näherinnen-Dasein widerspiegelnden Quint e-a ... Ich war damals mit einem Frl. Anni in der Oper, und in der Pause haben wir sehr schön Sekt getrunken. Zum Geschlechterverkehr ist es aber dann leider noch nicht gekommen, weil sich Frl. Anni nach der Vorstellung rasch mit Schnaps besoff. Ein Freund hatte mich noch gewarnt, ich solle aufpassen.

Frl. Anni ist eine Mischung aus der lyrisch-versponnenen Mimi und der extrovertiert-narzißtischen Musetta. Sie war total betrunken und nicht mehr ansprechbar.

Aber vielmehr ist Herr Wilhelm Domingo ein stämmiger, ruhiger und sachlicher Mann aus Baden, der überhaupt nicht singt, sondern sich darauf spezialisiert hat, von seiner Wohnung aus das treibende Straßenleben zu beobachten. Jedesmal, wenn ein gelber oder grüner Lieferwagen eilig um die Ecke kurvt, so daß die Reifen quietschen, muß Herr Domingo lachen. Offenbar kann er ganz gut davon leben.

Herr Domingo teilte mir an diesem Morgen zuerst mit, daß er gerade in der Zeitung gelesen habe, in China hätten größere Truppenbewegungen stattgefunden. Als Ursache dafür vermute eine japanische Nachrichtenagentur »Verwirrung im Lande«. Als Gegengeschäft für diese Geschichte erzählte ich daraufhin Herrn Domingo in allen Einzelheiten, was sich hier über das Wochenende für lustige Sachen abgewickelt hätten in bezug auf die Liebe. Herr Domingo, der früher einmal einen »Verein zur Abschaffung der Sexualität wegen unerträglicher Trivialität der dabei anfallenden Vorgänge« hatte gründen wollen, lauschte gespannt meinem Bericht und unterbrach ihn mehrfach mit dem Einwurf: »O Gott, o Gott!« Zum Abschluß unseres Gesprächs fragte ich Herrn Domingo, wie er denn die Aussichten von Herrn Jackopp einschätze. Da sagte Herr Domingo: »Daß diese Schweizer immer so einen Lärm schlagen müssen, wenn ihnen der Hammer hochgeht.« Da mußte ich lachen und fragte Herrn Domingo, ob er jetzt an sein Tagewerk gehe und die Straße beobachte. »Vermutlich«, sagte Herr Domingo, »also bis heute abend im Mentz.«

Gleich darauf schellte erneut das Telefon, und es meldete sich ein Herr Gabriel von der Glasreinigungsinnung. Es warte da nämlich auf mich eine große Aufgabe, es gehe um etwas »äußerst Brisantes« und »vielleicht wird dabei die ganze Regierung auffliegen«. Ich fragte Herrn Gabriel, was ich dabei tun könne, und nach einigen Verständigungsschwierigkeiten stellte sich heraus, daß ich in diesem Zusammenhang die gleichfalls »hochbrisante Öffentlichkeitsarbeit« übernehmen solle: »Sie können dabei reich und berühmt werden. Kommen Sie bitte um elf Uhr zu mir in die Geschäftsstelle, das ist die Kammermeierstraße 44, es werden auch noch andere Herren von der Innung teilnehmen. Für einen kleinen Umtrunk ist gesorgt.«

Reich und berühmt werden – das war es! Und dazu noch in aller Frühe einen kleinen Umtrunk! Ich hätte allerdings kaum gedacht, daß ich gerade über das Glasreinigungshandwerk reich und berühmt würde (ich bin von Haus aus Geisteswissenschaftler). Nun, immerhin. Gerade als ich zu der wichtigen Zusammenkunft aufbrechen wollte, schellte es an der Wohnungstüre. Es war ein etwa 40jähriger leicht verkommener Herr, den ich nicht kannte und der sich mit »Rohleder« vorstellte. Herr Rohleder sagte, er komme im Auftrage Herrn Kloßens, welcher ihm vom gemeinsamen Lottospielen her 30 Mark schulde. Kloßen habe ihm heute morgen telefonisch aus Essen mitgeteilt, daß er von mir das Geld holen solle, indem ich nämlich Kloßen 35 Mark schulde.

Das war eine grobe Lüge, denn in Wirklichkeit war es genau umgekehrt. Herr Kloßen schuldete mir 36,50 Mark, und das teilte ich auch Herrn Rohleder mit. »Dieser Kloßen«, sagte Herr Rohleder, »nichts als Ärger hat man mit ihm.« Als ich dann Herrn Rohleder mehr aus Mitleid 20 Mark gab (denn er brauchte sie angeblich dringend für eine Autoreparatur), vertraute er mir an, daß er von Kloßen eigentlich 280 Mark (einschließlich der 30) zu erwarten habe, und zwar sobald dessen Scheck über 4500 Mark aus Stuttgart eingetroffen sei. Mit diesem Geld wolle Kloßen nicht nur noch dicker ins Lottogeschäft einsteigen, sondern auch alle seine Schulden begleichen. Herr Rohleder wußte auch, daß die 4500 Mark das Darlehen eines Stuttgarter Freundes seien, der ihm das Geld, wie Kloßen ihm gesagt habe, aufgrund allgemeiner Dankbarkeit und großen Vertrauens übermache, und zwar langfristig. Das habe ich von Kloßen ähnlich auch schon irgendwo mal gehört. Ich bin mir aber heute noch nicht sicher, ob dies eine blanke Lüge oder irgend so eine Form von Autosuggestion war. Zweifellos gab es aber diese 4500 Mark weder als wirkliches Geld noch als bargeldlose Realität. Möglicherweise kann man aber von solchen fixen Ideen, wenn man nur stark genug daran glaubt, eine Zeitlang ganz gut so dahinleben.

Von diesen meinen Gedanken sagte ich Rohleder aus Schonung allerdings nichts.

Nun begab ich mich rasch zu den Glasreinigern. Es war dies ein recht unansehnliches Büro in einem Hinterhaus, und es waren schon Herr Gabriel, drei weitere fette Herren und ein vollkommen hinfälliger Greis, der offenbar die geistige Lenkung übernommen hatte, anwesend. Man beschenkte mich freundlicherweise mit Cognac und einer Zigarre, dann kamen die Herren mit großer Behutsamkeit und sehr umständlich auf ihre Geschichte und ihr Anliegen zu sprechen. Daß so viele Menschen selbst die geringfügigen Gedanken, die sie haben, nicht ausdrücken können! Nun ja, es stellte sich also heraus, daß ein anderer und der Innung nicht angeschlossener Glasreiniger, der zugleich bei der spd einen gewissen stattlichen Posten hat, die Konkurrenz durch unglaubliche Niedrigangebote brutal aus dem Felde boxe, daß alles dadurch gnadenlos abwärtsgehe usw., den ganzen Handwerkskram. Auf mich warte nun die große und schwierige Aufgabe, diese Ungerechtigkeit im Glasreinigungswesen in einen gezielten Schriftsatz zu fassen und breiten Teilen der Öffentlichkeit zugänglich zu machen, wobei ich besonderes Gewicht auf die Tatsache legen solle, daß der spd-Vertreter nicht im Sinne der Mittelstandspolitik der Sozialdemokratie gemäß der Regierungserklärung Willy Brandts handle, welche die Glasreiniger eigenartigerweise hektografiert auf dem Tisch liegen hatten.

Ich sagte den Glasreinigern meine Mitarbeit an diesem sozialen Werk sofort zu, allerdings nur unter der Voraussetzung, daß sie mir unverzüglich mein Honorar, nämlich 500 Mark plus 50 Mark Spesen, geben wollten, denn ich merkte natürlich gleich, daß der angebliche Skandal bei der Glasreinigung in Wirklichkeit ein grober Unfug war, bzw. die Herren selber nicht genau wußten, was sie eigentlich wollten, und da mußte ich mich natürlich absichern, um meine wertvolle Arbeitskraft nicht unnütz zu verschleudern. Ich sagte deshalb den Glasreinigern den sehr dummen Satz, diese »hochbrisante Sache« sei natürlich auch für mich »ein hohes berufliches Risiko«. Eigenartig genug fielen die Herren auf den Krampf herein, und Herr Gabriel gab mir sofort einen Scheck über 550 Mark, es wurde dann auch ein kleiner Vertrag gemacht, in dem stand, was ich alles so zu deichseln hätte.

Es war gut, daß ich mein Geld schon hatte, denn vor allem der Greis meldete immer wieder zwischendurch Bedenken gegen das gesamte Vorgehen an und mahnte mich mehrmals eindringlich, ja alles recht vorsichtig und mit Fingerspitzengefühl zu betreiben, man wolle kein Aufsehen in der Öffentlichkeit usw. Da sieht man genau, was das für ein Haufen Narren war! Zuerst wollen sie mutig an die Öffentlichkeit, dann wollen sie kein Aufsehen machen! Naja, wer konnte auch schon ausgerechnet bei den Glasreinigern klare Gedanken erwarten ...

Zuletzt wollte ich noch gern wissen, wie man in dieser Sache ausgerechnet auf mich gestoßen sei. Da ergriff der Greis das Wort und sagte, er habe vor mehreren Jahren in einer Zeitschrift »einen ganz ausgezeichneten Aufsatz« über Umweltschutz von mir gelesen, »sehr fundiert, darf ich Ihnen sagen, sehr fundiert und gründlich«, darauf habe man nun kürzlich im Telefonbuch nachgeschlagen, meinen Namen gefunden, und damit sei die Entscheidung im Vorstand auch schon perfekt gewesen.

Das mit dem Umweltschutz stimmt schon irgendwie. Der Aufsatz lautete damals »Ökologie und Sozialstaat« und prangerte die Grundwidersprüche der Gesellschaft an, wie man es eben so gelernt hat. Und nun die genaue Parallele »Glasreinigung und SPD« ...

Ich versicherte, weil ich gerade wieder einen Cognac bekam, daß ich, was die Belange der Glasreinigung angeht, mein Bestes tun würde, man müsse mir nur genügend Zeit zur gründlichen Einsicht in die Unterlagen geben, denn »das hier« sei ganz offenbar ein »hochbrisantes Thema«, das sogar »in die hohe Politik hineinspielt«. Dieser Satz, der eigentlich nur eine genaue Wiederholung dessen war, was sie vorher ununterbrochen selbst geflüstert hatten, gefiel den Glasreinigern ganz ausgezeichnet. Sie gaben mir nochmals eine Zigarre und versicherten verschiedentlich, man erkenne schon, man habe Glück gehabt, denn bei mir sei man offenbar auf den richtigen Mann gestoßen, der wisse, was er wolle. Das ist nun freilich das Falscheste, was man über mich überhaupt sagen kann.

Ich verabschiedete mich dann von den Innungsherren, und weil mir von ihrem Cognac schon wieder ein wenig unklar im Kopf war, eilte ich ins Café Härtlein, in dem ich oft verkehre, weil dort nicht nur der Kaffee sehr würzig ist, sondern vor allem weil dort zahlreiche alte Menschen herumsitzen, mit denen man ganz nett und nützlich plaudern kann. Manche der Alten reden freilich ein gewaltig krauses Zeug zusammen, vor allem die Männer, aber springlebendig sind sie fast alle.

Diesmal saßen wieder zwei alte Männer und vier alte Frauen sowie Herr Rösselmann drinnen, der las hektisch die Tageszeitung und löffelte dazu einen großen fetten Bienenstich. Herr Rösselmann liebte außer seinem dicken Friesentee und Kartoffelsuppen vor allem die süßen Dinge des Lebens wie Plätzchen, Erdbeerkuchen, Pralinen, Likör, Kandiszucker, und diesmal eben Bienenstich.

Ich fragte Herrn Rösselmann umgehend, ob er heute an Frl. Czernatzke, die mit ihm zusammen in einer Art Büro arbeitet, etwas Besonderes bemerkt habe oder ob sonst etwas vorgefallen sei. »Nein, warum?« fragte Herr Rösselmann mit rasch erwachender Neugier. »Ich meine in Sachen Jackopp«, hakte ich vielversprechend nach. »Ach so, Jackopp«, sagte Herr Rösselmann und ließ ruckartig die Zeitung sinken, »erzähl mal!« Freudiges erwartend bestellte Herr Rösselmann sofort noch einen Käsekuchen, ein kluger Schachzug, denn von einem zweiten Bienenstich wäre selbst so einem eßgewandten Mann wie Herrn Rösselmann schlecht geworden.

Gerne erzählte ich Herrn Rösselmann, der ja das Aufflackern der Liebe Herrn Jackopps bei »Mentz« selber miterlebt hatte, den eindringlichen Verlauf des gestrigen Tages, das Fußballspiel, das dumpfe Liebesgeständnis usw. und schließlich Herrn Jackopps Vorhaben, Frl. Czernatzke 27 rote Rosen zu schicken. Äußerst lebhaft schmunzelte Herr Rösselmann über seine Hornbrille hinweg und rundete seinen Mund mehrfach zu einem begeisterten Lachen. Das mit den Blumen gefiel ihm, gleich mir, am allerbesten. Leider sei aber bisher im Büro noch nichts dergleichen eingetroffen. Herr Rösselmann meinte dann noch, ich solle doch vielleicht Herrn Jackopp nochmals daran erinnern, damit er seine Rosen nicht etwa gar vergessen möchte. Ich antwortete Rösselmann, das täte ich lieber nicht, denn ich hätte bei der ganzen Angelegenheit ohnedies schon sehr gemischte Gefühle und ich hätte auch Herrn Jackopp nur so halb und halb zu dem Krampf geraten.

Vielleicht, sagte ich ein wenig gegen meine Überzeugung, würde durch die Rosen dem sensiblen Frl. Czernatzke sogar seelischer Schaden zugefügt, und dies wolle ich keinesfalls. Erstens, konterte Herr Rösselmann, sei das Frl. Czernatzke keineswegs sensibel, sondern ein Büffel an Gesundheit und seelischer Stabilität. Und zweitens solle ich doch zugeben, daß auch ich an dieser »herrlichen blöden Geschichte« die allergrößte Freude hätte. Ich erwiderte, das sei schon irgendwie wahr, aber in bestimmten Fällen müsse man die eigene Freude in die Schranken verweisen zugunsten des moralischen und kategorischen Imperativs von Kant, daß man nämlich manchmal dem anderen das nicht antun soll, was man selber nicht angetan kriegen möchte (ich glaube, ich war da noch immer von den Glasreinigern her leicht beschwipst), aber Herr Rösselmann schüttelte nur den Kopf und sagte, ich solle doch nicht so tun. Freudig erregt bestellte sich Herr Rösselmann noch einen Kaffee, während mir der erste schon nicht bekommen war, und ich also, um ein erneutes leichtes Herzflimmern einzudämmen, einen Magenbitter nachgoß, das hilft immer ein bißchen.

Weil Herr Rösselmann nun wieder in sein Büro zurückmußte, vereinbarten wir, daß ich am Spätnachmittag vorbeikommen würde, um die weitere Entwicklung der Liebe zu beobachten und zu analysieren, betreffs Rosen und alles, bzw. zumindest um Frl. Czernatzke etwas auszuhorchen, vielleicht war da ja tatsächlich einiges an Liebessubstanz herauszuholen.

Darauf ging ich nach Hause, um gegebenenfalls ein wenig die Unterlagen der Glasreiniger zu durchforschen. Es klappte aber nicht, denn an der Haustüre gewahrte ich meinen Nachbarn, Herrn Kloßen, der sich in eigenartiger Weise an seinem Briefkasten zu schaffen machte, nämlich von hinten. Herr Kloßen hatte dabei wie immer seinen dunklen Anzug mit Einstecktüchlein, ein weißes Nyltest-Hemd und sogar eine Fliege an, ein an sich hervorragender Aufzug für einen Arbeitslosen, der ihn aber seltsamerweise zu einem ganz besonderen Flair von Verlottertheit verdammte und absolut vertrauenszerstörend wirkte. Ich begrüßte Herrn Kloßen und fragte ihn, was er da treibe. Nach einigen unscharfen Antworten stellte sich heraus, daß Herr Kloßen mit einem länglichen Magneten, den er in der Schlosserei gegenüber ausgeborgt hatte, von hinten in seinen Briefkastenschlitz stocherte, um auf diese Art seinen eigenen Briefkastenschlüssel herauszufischen, der aus einem sehr dunklen und ewig langen und komplizierten Grunde in Kloßens Briefkasten lag. Er brauche aber diesen Briefkastenschlüssel, denn im Briefkasten liege eine Zahlungsanweisung über »100 bzw. 70 Mark«, die Herr Kloßen zusammen mit Herrn Rohleder in der Vorwoche im Lotto gewonnen hätte.

Jetzt erzählte ich Herrn Kloßen, daß mich Herr Rohleder heute früh schon aufgesucht und 30 Mark verlangt hätte. Meines Wissens, sagte ich streng, hätte aber nicht ich bei ihm, Kloßen, 30 Mark Schulden, sondern umgekehrt er, Kloßen, bei mir. Bzw. 36,50 Mark. Und daß ich dem Rohleder nun zusätzlich 20 Mark überreicht hätte.

Herr Kloßen machte eine Reihe fahriger und wohl abwehrender Armbewegungen und hatte dann die Situation wieder im Griff. Der Rohleder, erklärte Herr Kloßen mit seiner eigentümlich breiigen, qualligen, ja gewissermaßen ranzigen Stimme, der Rohleder habe wieder einmal am Telefon alles falsch verstanden. Er, Kloßen, habe ihm nämlich deutlich gesagt, Rohleder solle sich von mir nochmals »30 bzw. 35 Mark« borgen, dann mache er, Kloßen, »alles mit dir klar«. Wir seien also jetzt 36,50 Mark plus 20 Mark ist 56,50 Mark – und deswegen müsse er ja gerade in den Briefkasten hinein, um mir das Geld sofort zurückzugeben.

Nun bohrte Herr Kloßen wieder energisch mit seinem Magneten in dem Schlitz herum – und tatsächlich, plötzlich hing der Briefkastenschlüssel dran. Schnell öffnete nun damit Herr Kloßen den Briefkasten von vorne, aber es war keine Zahlungsanweisung drinnen, sondern nur eine Werbepackung Gemüsesuppe, sowie ein Brief des Hausherrn Kaufhold, den Kloßen sofort erbrach, worauf er »Scheiße« und »diese blöde Sau« sagte. Ich fragte Herrn Kloßen, was denn nun wieder sei. »Diese blöde Sau, der Kaufhold, der will da die beiden letzten Monatsmieten kassieren, sonst kündigt er mir.« Aber dieser Herr werde sich noch wundern, »wenn ich mit Sack und Pack vors Gericht ziehe«. Er, Kloßen, habe Kaufhold einst ausdrücklich erklärt, daß er demnächst 4700 Mark Kredit aus Stuttgart bekomme und damit ein halbes Jahr Wohnungsmiete im voraus bezahle, was als Zins dem Kaufhold wieder zugute komme, so daß der Zinsausfall der zwei ersten Monatsmieten wieder mehr als ausgeglichen sei. Es sei dies nur eine »Überbrückungszeit«, habe er, Kloßen, damals Kaufhold erklärt, und die Hausverwalterin sei als Zeuge dabeigestanden.

Nun sei, fuhr Kloßen mit einer Miene und einer Stimme, als habe er etwas furchtbar Schlechtschmeckendes im Mund, fort, die Situation vorerst die, daß zwar der Großkredit »100prozentig gesichert« sei, »da brauchst du überhaupt nichts bei denken« (warum sagt er das?), aber nach dem Ausbleiben des Lottogewinns habe er, Kloßen, im Augenblick leider nur mehr 2,35 Mark in der Tasche. Das mache aber überhaupt nichts aus, denn er gehe dann morgen aufs Finanzamt und lasse sich seinen Lohnsteuerjahresausgleich vorzeitig zurückerstatten, das gehe »ohne weiteres perfekt«. Nur bis morgen sei allerdings die Situation noch etwas schwer zu überbrücken, sagte Herr Kloßen und schien nachzudenken. Ich wollte ihm gerade vorschlagen, doch zu Herrn Rohleder zu gehen, der habe 20 Mark von mir, das sollten sie sich teilen, dann hätte jeder zehn Mark und könne sich davon ein einigermaßen bequemes Leben machen – aber Herr Kloßen hatte schon einen besseren Vorschlag ausgegoren. »Paß auf«, sagte er, »ich schulde dir jetzt 56,50 Mark, jetzt gibst du mir noch 20 Mark, dann sind wir 76,50 Mark. Davon gebe ich dir morgen vom Lotto 70 Mark, dann sind wir 6,50 Mark, die kriegst du dann übermorgen vom Finanzamt, das geht alles klar.«

Ich überreichte Herrn Kloßen die erwünschten 20 Mark, da schlug er mir vor, mit ihm »in die Kneipe um die Ecke« zu gehen, »ich geb dir ein Bier aus.« Weil mir das im Grunde natürlich besser gefiel als die Belange der Glasreiniger, erklärte ich mich einverstanden. Ich wollte nur noch schnell hoch in die Wohnung und meine Glasreiniger-Akten ablegen. Gerade als ich die Wohnung betrat, schellte das Telefon. Mit gewohnt tiefer, brummender und leidender Stimme meldete sich Herr Jackopp: »Hör mal, kann ich dich heute abend sprechen? Ich habe eine Frage an dich.« Aber natürlich konnte Herr Jackopp mich treffen und seine Frage stellen! Aus Feingefühl fragte ich ihn nicht zurück, ob er seine Frage hier nicht auch gleich telefonisch stellen könne, sondern vereinbarte mit ihm für 10 Uhr das Gasthaus »Krenz«. Eine hochinteressante Sache! Herr Jackopp hatte sich offenbar meine gestrigen Worte zu Herzen genommen, daß man Fragen stellen muß, komme was da wolle. Aber andererseits: eine einzige Frage hatte der Herr Jackopp nur drauf, was mochte das für eine mächtige Frage sein! Sicherlich betraf sie seine Liebe. In der Eile des Telefonats vergaß ich ihn zu fragen, ob er seine roten Rosen schon abgeschickt habe. Vielleicht hatte er nur die gestern ausgeknobelte Traumzahl 27 vergessen? Aber nein, so eine einfache Frage hätte Herr Jackopp sicher auch am Telefon vorbringen können. Es mußte eine andere, gewissermaßen eine Bomben-Frage sein. Nun, ich würde ja bald sehen …

Vorerst ging ich aber mit Herrn Kloßen in die Kneipe um die Ecke. Ich war sehr guter Laune, weil sich für diesen Tag bereits ein bezauberndes Gerippe abzeichnete. Zuerst Gebäudereinigung, dann ein netter Nachmittag mit Herrn Kloßen, dann Besuch bei Herrn Rösselmann und Frl. Czernatzke mit evtl. neuen Informationen, und zum Tagesabschluß die Frage des Herrn Jackopp. In diesem Augenblick des Glücks verspürte ich plötzlich eine gewisse Sehnsucht nach Frl. Majewski bzw. nach der toten Frau. Ich kam aber nicht dazu, mein Gefühl weiter auszutragen, denn Herr Kloßen nahm mich vollständig in Anspruch. Dieser Herr, der nun nach meiner Rechnung 22,35 Mark in der Sacktasche hatte, trank äußerst zügig das erste Bier in sich hinein, daraufhin gleich ein zweites, und er forderte mich auf, ebenfalls rasch zu trinken: »Ich zahle alles.« Man muß dem Herrn Kloßen ohne weiteres zugestehen, daß er ein gutes Herz hat, unbeschadet seiner sonst oft unwürdigen Verhaltensweisen, und kaum verspürt er 5 Mark in der Tasche, möchte er alle Welt freihalten und mit allen Leuten brüderlich seinen Rausch teilen, solange es irgendwie noch geht. Diese Biere hier trank Kloßen zweifellos in der Hoffnung bzw. Vision seines Großkredits, zumal sich nun in der Unterhaltung herausstellte, daß Herr Kloßen auch bei seinem Heimaturlaub in Itzehoe Pech gehabt hatte. Er hatte da nämlich keck genug bei seiner geschiedenen Frau »gepennt«, die er als »zwar äußerlich nicht übermäßig, aber im Bette unbesiegt« charakterisierte »und, Eckhard, in der Nacht sind alle Katzen grau, das weißt du so gut wie ich«, schmetterte Herr Kloßen begeistert und nahm einen unmäßigen Schluck Bier, und deshalb habe er auch demnächst diese »Alte« wieder heiraten wollen, aber nun war folgendes passiert: Am Tag darauf war Kloßen zusammen mit seiner kleinen Tochter zu seinen Eltern gefahren, und als er auf dem Klosett gesessen hatte und also nicht aufpassen konnte, hatte das Enkelkind den Großeltern brühwarm erzählt, daß Kloßen heute nacht bei der Mami geschlafen habe. Dies habe die Großeltern aus Itzehoe so erbost, daß sie ihren Sohn nicht nur hinausgeschmissen, sondern auch sofort enterbt hatten.

So hatte Herr Kloßen unmittelbar hintereinander Enterbung, das Nichteintreffen eines Lottogewinns, das Andrängen Rohleders und schließlich die Drohung eines Hausbesitzers erleben müssen. Aber erstens hatte er ja noch mich, und zweitens sollte in drei Tagen der Großkredit eintreffen, »da läuft der Laden wieder«, fuhr Herr Kloßen feurig fort, und dann: »Wenn das Geld kommt, dann zahle ich radiputz alle Schulden weg und bin wieder ein freier Mann.« Es gehe jetzt alles wie geschmiert: zuerst der Lottogewinn, dann das Geld vom Finanzamt, dann der Großkredit aus Stuttgart. Außerdem habe er jetzt mit Rohleder »ein todsicheres Lottosystem« erarbeitet, man brauche nur wöchentlich 128 Mark zu investieren, dann sei man in spätestens 18 Jahren Halbmillionär.

Und darüber hinaus lud mich Herr Kloßen plötzlich ein, mit ihm zusammen ein sozialkritisches Fernsehspiel zu schreiben, das bringe 18 000 Mark, wie er neulich von einem »Funkfritzen« gehört habe. Wir beide sollten uns mit dem Geld des Großkredits für eine Woche in den Schwarzwald zurückziehen, dort habe man freien Atem zum Arbeiten. »Wir können dann immer spazierengehen und uns so auch menschlich noch näher kommen«, schwallte Herr Kloßen entzückt und bestellte das vierte Bier für uns beide. »Ich arbeite die soziale Problemstellung aus«, präzisierte er, »und du bringst sie in die künstlerische Form und sowas. Weißt du, zu einer flotten Feder muß man geboren sein. Ich mache das Empirische, ich liefere dir die sozialen *Backgrounds.*«

Das Ganze, sagte Herr Kloßen mehrfach, müsse vor allem »flott« werden und »jede Menge Drive« haben.

Als Herr Kloßen nach zwei Stunden bezahlte, stellte sich heraus, daß die gemeinsam getrunkenen zwölf Biere genau 18 Mark kosteten. Zwei Mark hatte Herr Kloßen außerdem für Zigaretten drangegeben, so daß er sich nun der Situation gegenübersah, wiederum nur 2,35 Mark zu besitzen. Dies schockte Herrn Kloßen allerdings nur für einen Augenblick, dann schlug er mir, »hör zu«, vor, ihm noch einmal 13 Mark zu leihen, »damit komm ich leicht bis heute abend hin«, da treffe er dann Hajo, den Ballspieler, der schulde ihm noch 8,50 Mark, diese könne ich dann heute abend zurückkriegen, so daß wir also augenblicklich auf 76,50 Mark plus 13 Mark ist gleich 89,50 Mark seien, heute abend aber nur mehr auf 81 Mark. Eine Mark könne er mir übrigens sofort wieder von den eben empfangenen 13 Mark zurückgeben – Herr Kloßen schob sie mir auch gleich zu –, er schulde mir jetzt also 88,50 Mark und heute abend dann nur noch 80 Mark, »dann ist im Prinzip ja alles klar«.

Im Prinzip, so wurde auch mir in diesem Augenblick klar, profitierte ich natürlich von der Kloßenschen Geldleihpolitik. Denn gibt man ihm 20 Mark, dann kriegt man sofort 10 Mark in Form von Bier wieder zurück und hat dennoch seine 20 Mark Forderungen, die freilich ein wenig unsicher sind. Aber das ist eben das berühmte Unternehmerrisiko, das nicht zuletzt auch Genuß bereitet, weil man ja weiß, daß der Schuldner sich notgedrungen immer wieder anschleicht. Das Risiko ist also erstens gar nicht so groß, zweitens aber halte ich Kloßen für einen wahrhaft guten Menschen, weil er dem Unternehmer sogar noch das Bier zahlt. Und wo sonst gibt es das schon?

Als wir das Lokal verließen, sagte Herr Kloßen mit sonderbar schwankender, ja schaukelnder Stimme, er gehe jetzt mal eben in die Innenstadt, er kenne da einen vorzüglichen Weinprobe-Ausschank mit *Pool*-Billard, da koste der Schoppen »1a-Wein« nur eine Mark. Ob ich nicht mitkommen wolle?

Natürlich wollte ich, aber ich mußte auf die ökonomische Gestaltung des Tages achten, deshalb schützte ich Arbeit vor und verabschiedete mich von Herrn Kloßen, der sehr energisch, wenn auch leicht schaukelnd in Richtung Stadtzentrum weitersegelte. Nun kaufte ich mir eine Tageszeitung und setzte mich, weil mir ein wenig schwindelig war, auf eine Alleebank. Da! Tatsächlich, auf der ersten Seite stand es, das mit der Verwirrung in China! Was mir der Herr Domingo heute morgen berichtet hatte. Ob das denn gutgeht, wenn ein so riesengroßes Land verwirrt ist? Aber auch in unserem Lande, habe ich neulich in einer Zeitschrift gelesen, nimmt die Verwirrung immer mehr zu. Manche meinen, es sei die Regierung, wieder andere schieben es auf die Opposition. Ich kann nur sagen, ich persönlich stehe der Verwirrung mit gemischten Gefühlen gegenüber. Einerseits ist es natürlich immer wieder ganz schön, wenn Ordnung und Klarheit herrschen, so wie es auch der Innenminister dauernd will. Andererseits teile ich nicht die Auffassung jener Philosophen, die den Menschen für ein besonders geist- und vernunftbegabtes Wesen halten, das immer genau weiß, was es will und wo es überhaupt langgeht. Das klappt nicht. Vielmehr halte ich es in dieser Beziehung lieber mit meinem großen Lehrer Goethe, der Gott Vater ja selber jenen wunderbaren Vers sagen läßt, daß trotz der zu erwartenden Irrungen Faust ein guter Mensch in seinem dunklen Drange der Wahrheit wohl bewußt sei. Siehe zum Beispiel Herrn Kloßen, der trotz seiner unübersichtlichen Lebensgestaltung genau weiß, was der einzelne von ihm noch an Geld zu kriegen hat und wo er vielleicht noch eins herkriegt. Gute Freunde muß man halt haben, das ist es. Ich finde überhaupt, daß gerade wir modernen Menschen von diesem Goethe noch allerhand lernen können. Man denke etwa an den Vers: »Und keine Macht und keine Kraft zerstückelt geprägte Form, die lebend sich entwickelt.« Wer von uns könnte etwas so Schönes guten Gewissens heute noch sagen?

Unter solchen Gedanken auf der Alleebank war es langsam Abend geworden, und mir fiel ein, daß ich ja noch bei Herrn Rösselmann in seinem Büro vorbeischauen wollte, um so auch Neuigkeiten betreffs Rosen und Liebe zu erhaschen und deshalb für die bevorstehende Frage Herrn Jackopps gut gerüstet zu sein. Kaum aufgebrochen, lief mir Herr Kaplan Wetzel über den Weg, mit dem ich einst wegen unterschiedlicher revolutionärer bzw. reformerischer Vorgänge innerhalb der katholischen Kirche zu tun gehabt hatte, bei welchen Kaplan Wetzel als deutscher Vorsitzender der sogenannten europäischen Priestergruppen (der sogenannten Gegensynode, die der Papst Paul nicht ausstehen mag) führend beteiligt gewesen war. Herr Kaplan Wetzel ist hauptberuflich Telefonseelsorger in unserer großen Stadt, die einen solch guten Mann zweifellos sehr nötig hat, andererseits aber glaube ich, daß der Kaplan Wetzel den ganzen katholischen Kram gern hinschmeißen und lieber einen Golftrainer oder einen Chefconferencier oder einen Quizmaster abgeben würde als dauernd dem Papst sein Depp sein.

Herr Kaplan Wetzel begrüßte mich sehr freundlich, wahrscheinlich übersah er mit echter christlicher Nachsicht mein nachmittägliches Räuschchen, das ja von dem Drängen sowohl der Glasreiniger als auch des Herrn Kloßen herrührte und an dem ich insofern moralisch fast schuldlos war. Herr Wetzel fragte mich zuerst, was ich so treibe. Ich antwortete schlagfertig: »Dies und das, je nach Lustprinzip«, worüber Wetzel herzlich lachte – diese modernen katholischen Pfarrer verstehen schon ihr Geschäft. Herr Wetzel erkundigte sich nun, ob ich schon verheiratet sei (ich wollte das vor Jahren einmal und habe dem Geistlichen davon erzählt, ich weiß auch nicht, warum). Nein, sagte ich, die Frau sei in der Türkei verstorben. Wiederum überfiel mich dabei eine gewisse sehnsüchtige Bangigkeit, und Herr Wetzel drückte sein Bedauern aus. Dann fiel mir nichts Klügeres ein als zu fragen, wie es eigentlich mit dem Zölibat stehe. Herr Wetzel sagte, diese Frage sei inzwischen von den Priestern zugunsten anderer etwas zurückgestellt, aber man kämpfe frisch weiter. Weil ich mich meiner dummen Frage schämte, machte ich dem Geistlichen das Kompliment, ich hätte neulich sein Buch über die verdammte Lage der Christen in Spanien, Portugal und dem Baskenland mit großem Gewinn gelesen. Meine Gedanken wurden immer verschwommener, hoffentlich würde mich Herr Wetzel nicht nach Einzelheiten des Buchs ausfragen. Ich habe es in Wirklichkeit nie gelesen, sondern nur einmal kurz in der Hand gehalten. Denn ich sehe zwar die Nützlichkeit und Richtigkeit solcher kirchenpolitischer Studien vollkommen ein, fühle mich aber beim besten Willen nicht mehr in der Lage, auch dieses Zeug noch zu lesen. Manchmal schaffe ich kaum noch den Sportteil der Tageszeitungen und den »Kicker«. Dazu kommen neuerdings meine Aufgaben gegenüber Kloßen und Jackopp ...

Herr Wetzel war aber gnädig, fragte nicht weiter, und beim Abschied vereinbarte ich mit ihm – warum erteilte er eigentlich heute keine Telefonfürsorge und redete statt dessen auf mich ein? –, daß wir demnächst vielleicht einmal ein paar Glas Bier zusammen trinken könnten. Insgesamt war ich Kaplan Wetzel dankbar, daß er mir über den Weg gelaufen war. Diese Geistlichen, sie wissen doch immer genau, wo es gerade brennt! So gestärkt, fast wieder völlig nüchtern und doch irgendwie noch lustig, traf ich in Herrn Rösselmanns Büro ein, aus dem gerade Herr Karsten Voigt herauseilte. Was hatte denn der da schon wieder zu suchen und zu laufen! Wie er nur lief! Als ob ihm der Boden unter den Füßen zu heiß würde. Keine Ruhe, diese Revolutionäre, geschweige denn Zeit, mit Herrn Kloßen am Nachmittag sechs Biere zu trinken! Nein, so geht es natürlich auch nicht, die kontemplativen Teile des Daseins dürfen einfach nicht zu kurz kommen!

In den Fluren des Büros umfing mich sogleich eine eigentümlich unheilschwangere, skandalumwitterte Stimmung. Arglos begrüßte ich trotzdem Herrn Rösselmann, der sich gerade einen Bohnenkaffee braute, mich nahezu diabolisch angrinste und sagte, ich möchte mich nur gleich bei Frl. Czernatzke »melden«. »Warum?« sagte ich mit einem recht mulmigen Gefühl in der Magengrube. Ich werde schon sehen, sagte Herr Rösselmann unheilvoll. Nun, das Wort »melden« befremdete mich, einen freien Menschen, natürlich sehr, aber vielleicht war das auch nur Rösselmanns Humor, und es kam etwas ganz anderes und Wunderbares auf mich zu, vielleicht die Botschaft einer Einladung zum Abendessen bei Frl. Majewski mit anschließendem Champagnertrinken ...

Meine Bangigkeit zügelnd, schritt ich deshalb in Frl. Czernatzkes Bürozimmer und setzte mich, weil dieses vielgeliebte Wesen gerade telefonierte, abwartend in den Bürosessel. Sofort fiel mein Blick auf einen wunderbaren und dicken Strauß knallroter Rosen auf dem Schreibtisch. Also doch, dachte ich mir mit spontaner Freude über Herrn Jackopps Engagement, diese Liebe war also doch wider Erwarten keine Eintagsfliege gewesen, sondern hatte sich über Nacht gehalten, da stand der Beweis knallrot auf dem Tisch. Und doch, ein unsägliches Gefühl der Bangigkeit durchzog mein Inneres ...

Zu Recht, wie sich gleich erwies. Kaum hatte Frl. Czernatzke ihr Telefonat beendet, drehte sie den Schreibtischstuhl in die Richtung, in der ich saß, und sah mich erst einmal unerträglich lang, bohrend und gewissermaßen verächtlich an. Hilflos, aber möglichst unbefangen fragte ich Frl. Czernatzke, ob denn irgend etwas nicht in Ordnung sei. Daraufhin sah mich Frl. Czernatzke noch um eine Spur unheilvoller und verächtlicher an. Es war kaum auszuhalten. Wie die Glut dieser rehbraunen Augen mich am Boden zerstörte! Herrlich! Verwirrt und trotz Kaplan Wetzels Eingriff noch nicht hundertprozentig klar im Kopf, stotterte ich, ob ich denn etwas Böses getan hätte, oder wie? »Frag nicht so blöd!« sagte nun mit Eiseskälte Frl. Czernatzke, aber es war doch wie eine Erlösung. Und während ich jetzt erneut etwas herumstammelte, ich wüßte nicht, was sie meine und wolle, wurde auch mir plötzlich, zwei Tage nach Herrn Jackopp, die ganze eindringliche

Schönheit dieses Frl. Czernatzke offenbar. Dieser lodernde und mich der tiefsten Verachtung aussetzende Strahlenblick, der offenbar nur unseren Mädchen aus dem Hunsrück eigen ist, – diese Flut verschleierter und gerade darum so reizender Erotik – diese kleine, aber entschlossene Brust, wie sie unter dem blaurot karierten Kittelchen wogte! Und der Rest fest in die *Bluejeans* verpackt …

In diesem Augenblick hätte ich Frl. Czernatzke sicher auch gern »flachgelegt«, doch noch während ich mich mit dieser ganz neuen und überraschenden Empfindung befaßte, schrie dieses Fräulein, auf den glutroten Packen Rosen deutend, plötzlich auf: »Und was soll der Rotz da??« Aha, sagte ich nun vorsichtig, das sei es also, nun, ich könne mir allerdings denken, wer der Absender sei. »Na also!« schrie Frl. Czernatzke jetzt gleichzeitig eisig und lodernd – »und wer hat den Jackopp überredet, den Blödsinn zu schicken?? Doch nur du, du Esel, du alter, nur du bist zu solch einem Schwachsinn fähig, du Rhinozeros!« Ich machte ein paar abwehrende Bewegungen, kam aber nicht zu Wort, denn erneut tönte es niederschmetternd auf mich ein: »Zum letzten Mal: Misch dich nicht in meine Sachen, du Idiot, du hast wohl mit dir selber genug zu tun! – – –«

Nun, das stimmte zwar, das war eine überaus richtige Beobachtung und Bemerkung – trotzdem war es jetzt Zeit, zum Angriff überzugehen. »Ja sind wir denn hier in einem Narrenhaus!« schrie ich erregt auf, wo gebe es denn so etwas, daß man so herrliche und noch dazu aus dem Herzensgrund eines Mannes kommende Rosen einen »Blödsinn« und gar einen »Rotz« nennen dürfe! Und außerdem verbäte ich mir diese unhaltbare Beschuldigung, ich sei es gewesen, der Herrn Jackopp zur Überweisung der Rosen bestimmt habe – vielmehr hätte ich mit diesem Herrn nur eindringlich über das Problem des Blumenschickens gesprochen und ihn sogar ein bißchen davor gewarnt – zu Recht, wie man nun sehe! »So?« lauerte Frl. Czernatzke und streifte mich mit einem abschätzigen Blick – sie habe aber ganz andere Informationen! Dann seien eben diese Informationen falsch, rief ich und gewann an Sicherheit. »So?« wiederholte Frl. Czernatzke – und was sei mit meiner kürzlich erfolgten Ankündigung, ich würde bald »gegen mich, die Birgit und den Ulf eine Intrige spinnen«?

Da mußte ich heftig lachen, denn auf diesen alten Krampf wäre ich wirklich nicht gekommen – »Lach nicht so dreckig!« schrie nun in zorniger Glut Frl. Czernatzke, und ich bilde mir sogar ein, daß sie ganz kurz zu einem Schlag ausholte, sich im letzten Augenblick aber bremste und mit heftiger, bewegter Stimme fortfuhr: »Du bist ein ganz gemeiner Kerl! Du weißt ganz genau, daß mir der Jackopp da mit seinem ganzen Elend nicht vollkommen gleich ist, und du weißt genau, daß da trotzdem im Augenblick gar nichts drin ist wegen dem Ulf. Und anstatt daß du den Jackopp bremst und zur Vernunft bringst, treibst du ihn weiter in den Schlamassel, damit du deinen Spaß hast. Es reicht schon, daß dieser Mann nachts um 2 Uhr vor unserer Wohnung auftaucht und läutet und dann davonrennt. Ich mag ja den Jackopp sogar ganz gern – aber im Augenblick stört er einfach meine Kreise, und die sind sowieso schon kompliziert genug. Kapiert!!«

Ah, das war interessant – »im Augenblick« hatte sie gesagt! Und Jackopp hatte Frl. Czernatzke bereits nächtens heimgesucht! Superb! Ich bat rasch um Entschuldigung für mein vorheriges Lachen und versuchte Frl. Czernatzke ganz ruhig zu erklären, daß mir keinesfalls daran liege, sie seelisch zu stören und zu verletzen – aber wie könne sie denn auch nur auf die Idee kommen, daß meine seinerzeit angekündigte Intrige mit der vermeintlich jetzigen auch nur das Geringste zu tun habe! Ich sei doch schließlich nicht ganz auf den Kopf gefallen und würde meine Intrigen zuerst sämtlichen Opfern ankündigen, jedenfalls möchte ich keineswegs – – – da ertönte plötzlich aus dem angrenzenden Zimmer – wo kam denn der schon wieder her? – unverkennbar die laute und quallige Stimme von Herrn Kloßen: »Du, Jungwirth, paß mal auf, kannst du mir bis morgen nochmals 10 Mark leihen?« Und kurz darauf hörte man die Worte »Rohleder« und »Fernsehspiel, das läuft schon ...«

Es war eine kleine Stille entstanden, und ich wollte gerade mit meiner erklärenden Rede an Frl. Czernatzke fortfahren, da schellte das Telefon, und gleich darauf sagte Frl. Czernatzke: »Ja, Herr Halbritter?«, dann war es wieder ein paar Sekunden still, da hörte man nebenan wieder Kloßens Stimme: »Du kriegst das Geld, sobald morgen die Bank aufmacht.« Das war eine neue Variante, die Herr Kloßen mir vorenthalten hatte. »Ja, die Listen sind fertig«, sagte Frl. Czernatzke ins Telefon und kicherte plötzlich eigenartig munter, »ja, das Geld muß in den nächsten Tagen kommen.« »Wie?« »Ja, sicher.« »Das läuft.« »Wie immer.« »Aha!« »Ja, klar.« »Tschühss, Herr Halbritter.«

Übrigens stand die Kombination aus verschärfter Herzensnot, Zorn und geschäftlicher Betriebsamkeit Frl. Czernatzke recht gut zu Gesicht. Herr Jackopp hatte schon ein sicheres Stilgefühl bei Frauen. Sowie diese Dame ihr Telefonat beendet hatte, drehte sie den Stuhl wieder gegen mich, und erneut traf mich ihr verschleiert-bohrender Blick. Da begann ich mit niedergeschlagenen Augen Frl. Czernatzke nahezulegen, wie eindringlich ich gestern nacht versucht hätte, begütigend und harmonisierend auf Herrn Jackopp einzuwirken – in Sachen Rosen und allem, und das stimmte ja auch zu einem gewissen Teil. Und daß mir nichts ferner liege, als Herrn Jackopp auf sie zu hetzen, daß ich diesen vielmehr zur Geduld ermahnt hätte und daß ich also wirklich vollkommen schuldlos sei usw. …

Frl. Czernatzke ließ mich verdächtig lange schwätzen, sie musterte mich dabei allerdings nach wie vor mit einem furchtbar entwertenden Blick, der mich, ich mochte schwätzen, was ich wollte, gleichsam ununterbrochen der Lüge zieh und überführte. »So?« sagte Frl. Czernatzke endlich, nachdem mir gar nichts mehr einfiel, sie habe aber »aus erster Hand« gehört, »daß du den Jackopp zu diesem Blödsinn da angestiftet hast« – und sie deutete mit dem Kopf abwertend auf den Rosenpacken – »daß du ihn dazu angetrieben hast«. – Woher sie das wisse, wollte ich nun doch endlich und mit einem gewissen Zorn wissen. Frl. Czernatzke sträubte sich noch ein wenig, rückte aber dann mit der Erklärung heraus, Frl. Bitz habe es jedem, der es hören wollte, im Büro erzählt …

Ich schrie mächtig zurück, Frl. Bitz könne einen Dreck wissen, ich hätte seit zwei Tagen mit ihr kein Wort mehr gesprochen. Im selben Augenblick stieg mir allerdings schon der Verdacht hoch, daß diese Rosen-Information über Herrn Rösselmann als Zwischenträger zu Frl. Bitz und dann Frl. Czernatzke gelangt sein mußte – und zwar so, daß sie von Station zu Station immer falscher wurde, und ich zuletzt als der reine Einpeitscher herauskam! Ich sprang auf, um Frl. Bitz sofort zur Rede zu stellen. Sie war aber nicht aufzufinden, deshalb lief ich zornig zurück zu Herrn Rösselmann und beschuldigte ihn streng, Geheimnisse und diskrete Informationen an das ganz und gar unzuverlässige Frl. Bitz weiterzubefördern, die dann völlig unkenntlich geworden zu Frl. Czernatzke weitertrudelten. Herr Rösselmann verwahrte sich maulend gegen diese Anschuldigung, er habe Frl. Bitz heute nachmittag nur zur Kenntnis gegeben, was ich ihm erzählt hätte: »Daß möglicherweise rote Rosen im Anzug sind – kein Wort mehr oder weniger!«

Diese Frauen! Wollen den Sozialismus einführen und können nicht einmal eine Information richtig weiterleiten! In diesem Moment kam ein Herr Rudolph zur Tür herein, lächelte mich tückisch an und sagte bohrend: »Aha! Da ist er ja.« Herr Rudolph ist hier eine Art Bürovorsteher, wichtiger aber ist zweifellos, daß auch er, wie alle wissen, schon seit Jahren heimlich Frl. Czernatzke liebt, ohne es aber offen und frei zu melden wie Herr Jackopp. Immerhin aber mußte ihn das mit den Rosen natürlich auch auf seine verschwiegene Art interessieren, und vor allem um Herrn Rudolphs »Aha! Da ist er ja« zu kontern, sagte ich nun möglichst elegant und anspielungsreich, daß ich es viel besser fände, wenn die Herzen sich durch Blumen eröffneten als nur jahrelang durch süße darbende Blicke. Weil das natürlich nicht besonders geistreich war, vermochte Herr Rudolph ganz souverän zu lächeln und sich wieder zurückzuziehen, sicherlich um irgendeiner eingebildeten und wichtigen, in Wirklichkeit aber vollkommen nichtigen Bürovorstehertätigkeit nachzugehen.

Plötzlich fiel mir ein, daß ich ja noch immer nicht genau wußte, was sich denn da heute nachmittag eigentlich alles zugetragen hatte. Herr Rösselmann zündete sich eine Zigarette an und wollte gerade mit seinem Bericht beginnen, da steckte Herr Nikolaus Jungwirth seinen Kopf ins Zimmer, sagte fast haargenau wie vorhin Herr Rudolph: »Aha! Da ist ja der Übeltäter« und nahm erwartungsvoll Platz, als wollte er über mich ein wenig zu Gericht sitzen. Herr Jungwirth, ein strammer kleiner Herr im Westchen-Anzug, mit bereits ehrgebietend grau durchwirktem Vollbart, aufmerksam schweifenden Äuglein und einer Uhrkette, die stets lustig um den Bauch wackelt, lächelte gleichfalls arglistig und ließ sich von mir, was ich sehr gern tat, zunächst noch einmal die Entstehung von Herrn Jackopps Liebe skizzieren, wobei Herr Jungwirth immer wieder gleichsam besorgt »Aha« dazwischenrief.

In der Folge erfuhr ich, von Herrn Jungwirth und Herrn Rösselmann abwechselnd vorgetragen, den vollen Hergang des Nachmittags. Gegen 15 Uhr sei da plötzlich ein völlig ungehobelter, dreckiger alter Mann, nach den Worten von Herrn Jungwirth »eine ungewöhnlich taube Nuß«, ins Büro getreten und habe laut und schnurgelnd nach einem »Fräulein Tschernätschi« verlangt, dabei habe er mit einem riesigen Rosenpacken in der Hand gewackelt und gegrunzt, das solle er hier abgeben. Frl. Czernatzke, die nach Herrn Rösselmanns Mienenbeobachtung zu diesem Zeitpunkt bereits wußte oder doch ahnte, wem die Blumen zugeeignet und wem sie zu verdanken seien, habe trotzdem darauf bestanden, hier müsse es sich um eine Verwechslung handeln, sie heiße zwar Czernatzke, wisse aber von nichts. Auch er habe keine Ahnung, habe der Blumenbote mehrfach gegrunzt, dann habe er den Rosenpacken einfach auf den Flurboden gelegt und sei endlich grußlos wieder die Stiege hinuntergepoltert.

Es sei in den Rosen kein Zettelchen oder sonstiger Beweis eingeklemmt gewesen, so daß sich Frl. Czernatzke bis zum Ende gewehrt habe, sie als Geschenk des Herrn Jackopp zu begreifen, bis sie sich endlich – vermutlich nach der sehr unscharfen Information von Frl. Bitz – damit abgefunden habe. Herr Jungwirth erzählte, er habe dann den Strauß in einen Topf gestellt und diesen dann auf den Arbeitstisch von Frl. Czernatzke niedergelassen, wogegen diese eigenartigerweise gar nicht protestierte. Allerdings habe sie im Anschluß jeden, der ihr über den Weg lief, heftig angebrüllt und ständig von »Idioten« und »Mondkälbern« gesprochen. Und mich, den vermeintlichen Rosen-Antreiber, habe sie sogar als »Drecksack« beschimpft, der sich unter dem Vorwand der Freundschaft in die Intimsphäre anderer Leute einniste, bloß weil er nichts zu tun habe!

Darüber befiel mich jetzt erneut ein großer Zorn, und ich war versucht, erneut zu Frl. Czernatzke zu stürzen und sie zur Rede zu stellen, ja vielleicht sogar wegen Verleumdung anzuzeigen – so heftig war meine Erregung. »Ihre Kreise« wolle sich diese junge Dame nicht stören lassen! Ha! Daß ich nicht lache! Gerade sie als sozialistische Weiberrätin mußte doch wissen, wie sehr wir alle aufeinander angewiesen sind, ja daß wir wie die Kletten aneinanderhängen! Und außerdem hatte ich es ja zum Teil wirklich gut gemeint, und ich habe auch durchaus etwas Gescheites zu tun! Man denke nur, daß ich von den Glasreinigern heute bereits sage und schreibe 550 Mark ergattert hatte, dafür muß ein Industriearbeiter zum Teil mehr als zwei Wochen schuften! Und was tue ich? Ich reiße davon auch noch Herrn Kloßen aus dem gröbsten Dreck, spende einem Geistlichen durch meine Unterhaltung Trost, stelle mich Herrn Jackopp als Fragenbeantworter zur Verfügung…

Voll Zorn schimpfte ich also jetzt, indessen Herr Rösselmann und Herr Jungwirth ununterbrochen und bedenklich die Köpfe wiegten, auf jene sehr eigenartigen jungen Damen, die so ungezogen und unerhört auf ein Herzensgeschenk, ein Liebessignal reagieren, wie es rote Rosen nun einmal seit undenklichen Zeiten sind und auch bleiben sollen. Ja, wo waren wir denn eigentlich! Sicher, hinter den edlen Rosen steckte nicht viel mehr als der äußerst niedrige, buchstäblich niedrige Wunsch des Herrn Jackopp, »sie flachzulegen«, und dies möglichst schnell, damit es durchgezogen sei. Aber ist das denn wirklich so böse? Braucht es dazu denn immer erst acht Wochen oder drei Jahre des Abtastens und Schönschauens? Gerade ich habe da im Falle dieses Frl. Czernatzke einmal äußerst üble Erfahrungen gesammelt mit meiner allzu langsamen Art! Ich umwarb sie nämlich einst mit dem raffinierten

Trick, ihr in humorvollem Tonfall zu sagen, in sechs Wochen würde ich mich ihrer bemächtigt haben. Davon fühlte sich diese Dame anfangs ungemein geschmeichelt, aber je näher der Termin heranrückte und je entschlossener ich mich rüstete, desto feiger trat dieses Frl. Czernatzke den Rückzug an, und jedenfalls ging der Trick absolut daneben. Ich habe es zwar nicht besonders bereut, aber jedenfalls war das der klare Beweis, daß es s o gerade nicht geht. In diesem Augenblick, als mir das alles so durch den Kopf jagte, mußte ich Herrn Jackopp mit seinem Ruckzuck-Programm vollkommen recht geben.

Herr Jungwirth, der mit übereinandergeschlagenen Beinen da saß und dabei aus Erregung fortwährend den Hosenstoff an seinen Schenkeln glattstrich, äußerte nun auch die Ansicht, daß Frl. Czernatzkes rüdes Auftreten gegen mich, Herrn Jackopp und auch all die anderen Bürobediensteten zu verachten sei. Herr Rösselmann dagegen, dem zwischendurch vor Staunen oder allgemeiner Müdigkeit kurzzeitig der Mund offengeblieben war, meinte, wohl um mich aufzuheitern, ich würde später einmal als Hausfreund der Familie Jackopp-Czernatzke hochgeachtet sein, davon sei er überzeugt. Der Gedanke gefiel mir sofort, denn Hausfreunde kriegen nicht nur, soviel ich weiß, immer Plätzchen und Likör vorgesetzt, sondern sie bringen es oft sogar zum Träger des Ganzen ...

Außerdem schlug Herr Rösselmann vor, ich solle mit ihm jetzt erst einmal nach Hause gehen und Tee trinken und dabei alles vergessen, auch sei eine ausgezeichnete emsländische Wurst im Kühlschrank. Rösselmann hatte gerade noch schnell ein Telefongespräch mit einem Herrn Rudi Koop zu erledigen, bei dem es um die Vorbereitung eines Kameradschaftstreffens in Vechta ging, dann brachen wir auf, schauten uns aber alle drei nochmals den prächtigen Rosenpacken an, den Herr Jackopp hatte auffahren lassen. Frl. Czernatzke hatte ihren Arbeitsplatz bereits verlassen, das ganze Büro war leer, – da! Wunderbar leuchtend, glutvoll stand der Packen im hereinfallenden Abendrot auf dem Schreibtisch. Bravo! Endlich wollte es einmal einer wissen! Wie denn! Und einen solchen Mann sollte ich nach Frl. Czernatzkes Vorstellungen abblocken? Wenn endlich wieder einmal einer in die vollen langte? ... Wir zählten nach, es waren genau 19 Stück Rosen, eine schöne Primzahl, unteilbar wie die Liebe des Herrn Jackopp. Hatte er die Traumzahl 27 vergessen? Herr Jungwirth war der Meinung, Herrn Jackopp sei vielmehr beim Kauf das Geld bis zum letzten Hosenknopf ausgegangen. Es war eben die restlos, sich total verausgabende Liebe, und so soll es ja sein ...

Wir betrachteten die Rosen lang und von allen Seiten, machten uns auf die schönsten Einzelheiten und Kompositionselemente aufmerksam und mußten dann alle sehr lachen.

Ach ja, leitete Herr Jungwirth das Lachen über, Herr Kloßen habe ihn vor einer halben Stunde aufgesucht, Geld zu borgen, und in diesem Zusammenhang habe Kloßen auch geltend gemacht, er würde mit mir »ab sofort noch geschlossener zusammenarbeiten«. Einen Partner wie dich, sagte Herr Jungwirth, habe Kloßen weiter ausgeführt, habe er schon immer gesucht, zusammen seien wir »das ideale Team«. Darüber und überhaupt mußte ich natürlich erneut lachen und so, wieder vollkommen vergnügt, wollte ich auch gleich noch schnell Frl. Majewski anrufen und ein bißchen mit ihr scherzen usw. – doch hier spürte ich schon sehr bedrückend, wie der Schatten zwischen mir und Frl. Czernatzke irgendwie auf Frl. Majewski übergegriffen hatte, bzw. diese beiden standen in der Sonne und ich im Schatten oder wie – jedenfalls war es wie eine geheime Tragik. Ich, der ich Frl. Majewski so rein und ausdauernd liebte, wurde wegen meines Eintretens für Herrn Jackopp bestraft. Ja, indem ich die Liebesversuche von Herrn Jackopp unterstützte, würde bestenfalls und erneut zu meinem Schaden Frl. Majewski von Herrn Johannsen nur um so sicherer besessen werden, weil ja Frl. Czernatzke nicht mehr im Geschehen war, ach Gott, jedenfalls gab es jetzt kein Entrinnen mehr.

Deshalb war ich froh, jetzt mit Herrn Rösselmann von Mann zu Mann Tee trinken zu können und gleichsam ein Exil aufzubauen, einen Abwehrwall gegen die Stürme der Liebe, die gegenwärtig über unser Vaterland brandeten. Die Emslandwurst war ausgezeichnet, und der Tee vertrieb die letzten Spuren von Kloßens

Freigiebigkeit. Nach der dritten Tasse stellte sich allerdings, wie gewohnt, das bekannte Herzflimmern ein, das ich, genaugenommen, auch gar nicht mehr missen möchte und das Herr Rösselmann auf meine zarte Andeutung hin sofort durch das Eingießen mehrerer Gläser würzigen Bommerlunderschnapses wieder abtötete. Herr Rösselmann liebt es, seine zahlreichen Stubengäste zuerst mit seinem sämigen Tee zu bezaubern, mit Genuß beobachtet er dann ihren Griff in die Herzgegend, und sofort schenkt er mit einer munter auffordernden Kopfbewegung und den Worten »Hm? Hm?« Schnaps nach. Zurück bleiben meist völlig verwirrte Körper, die überhaupt nicht mehr wissen, wie ihnen eigentlich geschieht und ob es jetzt nach der Alkoholgift- oder der Teegift-Seite entlang geht.

Herr Rösselmann drehte nun den Fernseh-Kasten auf, da war ein dicker Mann zu sehen, der vier Menschen nach gewissen Dingen ausfragte, und dafür bekamen sie dann Punkte. Der dicke Mann fragte gerade, was 1492 war, und als es niemand wußte, half er nach, es habe da eine berühmte Entdeckung stattgefunden. Doch es half nichts. Dann stellte der Dicke folgende Frage: Drei Eier kosten eine Mark, also kostet ein Ei 33 Pfennige. Wieviel kosten 1½ Eier? Drei der Teilnehmer hatten die Frage überhaupt nicht verstanden. Der vierte, ein Schullehrer, rechnete angestrengt und kam dann schließlich auf 49 Pfennige. O wie lachte da Herr Rösselmann!

Ich persönlich muß sagen, ich nehme solche Dinge keineswegs so kaltblütig hin. Ich bin sogar überzeugt, daß auch Herr Jackopp die Aufgabe nicht zu lösen vermocht hätte, sondern sie mit einem störrischen »Ach was!« vom Tisch gefegt hätte. Nun, das spielt natürlich in den Bereich der Bildungsreform hinein und gibt mir oft sehr zu denken. Ich meine, ich habe natürlich seit dem Abitur auch wieder viel verlernt und vergessen und von den neuesten Wissenssparten wie Automobile, Thermodynamik oder gar Kernspaltung weiß ich nichts. Aber es geschieht mir auch immer wieder, daß andere und oft sehr angesehene Menschen, die sogar führend im öffentlichen Leben stehen oder auf hochbezahlten Posten sitzen, noch viel viel weniger wissen. Neulich traf ich einmal einen Bauunternehmer, der berichtete mir, sein Sohn habe heute als Rechenaufgabe etwas derartig Schweres durchgenommen, daß es schon fast an Zauberei grenze, wenn man es herausbringe. Im Anschluß stellte sich aber heraus, daß es sich dabei nur um eine ganz lächerliche sog. Überholungsaufgabe handelte, wo ein Zug um 9 Uhr wegfährt, der andere um halb 11 usw. Obgleich untrainiert, löste ich den Krampf vor den Augen des Bauunternehmers in zwei Minuten, und dieser Herr war davon so begeistert, daß er gleich einen Schnaps ausgab. Man sieht daraus, daß durch die Kraft des einfachen Hirns auch ein Mann wie ich ab und zu zu was kommen kann. Gewiß, es war nur ein Schnaps, und darauf kann man noch keine sichere Existenz gründen, aber es war doch auch etwas und wie eine Reverenz vor dem Intellekt …

Im Fernseh-Kasten fragte nun der dicke Mann eine junge Dame, die offenbar das erste Rennen gewonnen hatte, in einer Art Intim-Gespräch, wann sie am liebsten gelebt hätte, heute oder zu irgendeiner anderen Zeit? Die Dame sagte sofort »heute« und gab dann als Grund an, heute sei eben »alles prima«.

Zurück zur Frage des Geistigen. Ich meine, trotz meines Lehrstücks vor dem Bauunternehmer – andererseits wäre ich nicht mehr fähig, z. B. eine Bilanz zu erstellen, Lohnsteuertabellen zu lesen oder gar einen Bankeinbruch durchzuführen. Ich glaube, der Staat ist uns Intellektuellen zu großem Dank verpflichtet und könnte durchaus eine Art Anerkennungs-Rente dafür bezahlen, daß wir trotz unseres oft so unglaublich großen Hirns so einfache Dinge wie einen Bankeinbruch nicht mehr planerisch gestalten können, weil so etwas einfach von den mächtigen Säulen unserer Gehirnarchitektur wegrutscht. Moralisch bestünden keine Hindernisse …

Da schellte es. Herr Rösselmann schlurfte auf den Flur und kam nach wenigen Augenblicken wieder, tückisches Feuer hinter den Brillengläsern. Das würde ich nie erraten, rief Herr Rösselmann, wer gerade dagewesen sei. Wie im Traume sagte ich: »Herr Jackopp.« »Ja«, schrie Rösselmann, »und weißt du, was er gewollt hat?« Nein, das wußte ich nun wirklich nicht. Herr Jackopp, berichtete Herr Rösselmann, habe noch auf der Treppe stehend von unten herauf gefragt: »Guten Abend, Herr Rösselmann, wissen Sie, wo die Mizzi ist?« Er, Rösselmann, habe es natürlich nicht gewußt – wie denn auch? –, habe aber Herrn Jackopp mehrfach heraufgebeten, mit uns Tee zu trinken. Herr Jackopp habe aber irgendwie sehr müde und fast gekränkt abgelehnt, er habe noch auf der Stiege kehrtgemacht und sei mit den Worten »Ist gut, Herr Rösselmann, ich danke Ihnen« wieder verschwunden.

Das war nun natürlich alles wieder neu und überraschend! Was wollte Herr Jackopp plötzlich von Frl. Mizzi Witlatschil, nachdem er doch heute Frl. Czernatzke die herrlichen Blumen geschickt hatte? Erst bei dieser Gelegenheit erfuhr ich jetzt von Herrn Rösselmann, daß sich wohl schon im Zuge von Herrn Jackopps ehelichem Elend zwischen ihm und Frl. Mizzi so etwas wie eine kleine Affaire angebahnt hatte – Herr Rösselmann hatte da offenbar auch seine kleinen und süßen Geheimnisse. Es soll allerdings dabei, immer nach Rösselmann, keine so mächtige Leidenschaft aufgelodert sein wie seit nun vorgestern im Falle von Frl. Czernatzke – Frl. Mizzi ist ja auch viel kleiner, ungefähr 1 Meter 50 hoch und also ziemlich genau so klein wie Frau Doris Jackopp, und übrigens auch nur Österreicherin …

Angeregt unterhielt ich mich jetzt mit Herrn Rösselmann über die neue Lage. Für Rösselmann schien der Fall klar: Herr Jackopp, von der Macht der Liebe kommandiert und durch die Straßen unserer Stadt getrieben, suchte Schutz und Deckung bei Frl. Mizzi – um gegenüber seiner eigenen Leidenschaft gewissermaßen länger standhalten zu können. So sah es Herr Rösselmann und fletschte entzückt die Zähne. Mir leuchtete dies auch ein. Andererseits, warum suchte sich Herr Jackopp ausgerechnet wieder so eine winzige Person? Die konnte ihn doch kaum optimal abschirmen und arbeitete auch noch im gleichen Bürokomplex wie Frl. Czernatzke, und da war ja dann Herr Jackopp erneut ständig den erotischen Fängen dieser verdammten Czernatzke ausgeliefert …

Fragen über Fragen. Warum sollte ausgerechnet Herr Rösselmann wissen, wo Frl. Mizzi sich gerade aufhielt? Warum hatte Herr Jackopp auf seiner mühvollen Suche nicht wenigstens zwischendurch einen Schnaps oder einen Tee zur Stärkung getrunken? Und überhaupt: Es war jetzt kurz nach 9 Uhr, und um 10 Uhr wollte ich mich feierlich mit Herrn Jackopp treffen, seine Frage zu beantworten. Und er jagte kurz vor der Frist noch schnell hinter Frl. Mizzi her. – Was war denn das? Warum hatte Jackopp seine Frage nicht gleich hier gestellt? Fürchtete er Rösselmann? Oder war die Frage, eine Stunde vor der Zeit, noch immer nicht brillant genug formuliert? – – – Immerhin fragte Herr Jackopp schon recht schön: »Herr Rösselmann, wissen Sie, wo die Mizzi ist?« Sehr schön! War es etwa schon die Großfrage? Oder eine Vorfrage, eine Trainingsfrage? – – –

Im Fernseh-Kasten warfen sich nun die Teilnehmer Kugeln zu und erhielten so Gelegenheit, ihre Rechenfehler zu kompensieren. Herr Jackopp und Frl. Mizzi – wer hätte das gedacht! Ein kleiner Schweizer und eine noch kleinere Österreicherin. Was hätte da herauskommen mögen! Oder sollte wirklich Herrn Jackopps Leidenschaft gegenüber Frl. Czernatzke schon wieder beendet sein? Schrecklicher Gedanke! Da schellte Herrn Rösselmanns Telefon. Herr Jackopp? Es war aber jemand anderes, denn »Ah! Barbara!« flötete Herr Rösselmann sofort und zuckersüß ins Gerät und befahl mir schroff: »Stell mal den Fernseher leiser!«

Barbara! Wer mochte denn das nun wieder sein? Eine neue und unbekannte Geliebte Rösselmanns? Ich stellte, wie mir geheißen, den Fernseh-Kasten ganz leise und versuchte dann, in einem Journal blätternd, Klarheit über die Lage zu gewinnen. »Aber ja«, säuselte Herr Rösselmann z. B. und ruckelte mit der rechten Hand in der Erwartung hoher Genüsse an seiner Hornbrille, »aber ja«, »natürlich«, »du bist jederzeit willkommen«, und einmal hauchte Rösselmann ganz zart und schon hingebend: »Aber das weißt du doch, Barbara!«

Sollte man Frl. Bitz informieren? Andererseits: Barbara! Wer vermöchte schon diesem Namen zu widerstehen? Ich habe auch einmal eine Barbara gekannt und sehr geliebt. Es handelte sich dabei um ein taufrisches Mädel aus Niederbayern, das aber aussah wie eine echte altertümliche Griechin. Sie war Serviererin in einem Nachtlokal, dort waren wir uns auch näher gekommen, teuer war mir das gekommen, jede Nacht die Zeche für Barbara und mich. Aber ich bereue es nicht. In der Liebe soll man nie bereuen. Denn es kommt alles, wie es kommen muß. Diese Barbara ist dann später mit einem Amerikaner fortgelaufen. Das war gut so. Obwohl es sicherlich eine große Liebe war, wenn mir auch einmal ein Freund gesagt hat, diese Barbara sei für mich nichts anderes als das Ebenbild jener anderen Frau, die ich noch viel mehr geliebt habe, die aber leider zwischendurch in der Türkei verstorben ist, ich weiß auch nicht, warum.

Oh, diese Liebe! Da fiel mir Herr Jackopp wieder ein. Es war auch schon zehn Uhr und Zeit, zu unserer Zusammenkunft zu gehen, welche die entscheidende Frage bringen mußte. Sicherlich wollte auch Herr Rösselmann seine geheimsten Galanterien nicht vor meinen Ohren austragen. Ich stand also auf, nahm heimlich noch einen Schluck aus Rösselmanns Bommerlunderflasche und deutete dem Telefonierenden, daß ich aufbrechen müsse. »Augenblick«, sagte Herr Rösselmann, verdeckte mit der Hand die Telefonmuschel und knurrte mich scharf an, was ich wolle. Ich sagte, ich ginge jetzt in den »Krenz«. Herr Rösselmann verstand das überraschend nicht sofort, zweifellos war er von der Stimme seiner Barbara vollkommen verzaubert. Wenn ich das Frl. Bitz sagen würde! Als Rösselmann verstanden hatte, knurrte er weiter, er werde vermutlich später nachkommen. Dann gurrte er erneut ins Telefon: »Hallo, Barbara, ich bin wieder da!«

Diese Barbara hatte ganz offensichtlich schon eine sehr große Macht über Herrn Rösselmann, so sehr, daß er schon seine Freunde anknurrte. Was wollte eigentlich diese Barbara, diese wildfremde Person! Ich hatte insgeheim Herrn Rösselmann die winzige Frau Doris Jackopp zugedacht. Noch schöner wäre es natürlich, wenn auch er noch dazu gebracht werden könnte, hinter Frl. Czernatzke herzukeuchen. Dann würde diese von mindestens vier Herren geliebt, bekäme sicher einen Schreikrampf und liefe anschließend in einen Django-Film. Eigenartig! Früher waren die Frauen stolz, wenn ihnen möglichst viele Herren zu Füßen lagen, auch wenn diese Frauen dann letztlich nur einen bevorzugen wollten. Das andere, das waren dann eben die Schranzen, das schmückende Beiwerk. Aber auch diese hohe Liebeskultur zerfällt eben wie die Rosen und alles …

Gerade hatte ich den Eingang des Gasthauses »Krenz« erreicht, da kam ein dicker kleiner Herr heraus, den sie »Tarzan« nennen und der in Wirklichkeit Schatz heißt, eine vollkommen verkommene Person ist und gleichwohl seinen Kopf hochhält. Er hatte sich in früheren Zeiten einmal einen gewissen Namen gemacht, indem er mit einer Mauser-Pistole aus Protest gegen die Bierpreiserhöhung in die Zimmerdecke von »Krenz« geschossen hatte. Außerdem gilt »Tarzan« Schatz als der beste Porno-Kenner unserer großen Stadt. Einmal war er an mich herangetreten und hatte mir ein Geschäft angeboten: Er habe etwa 1000 Porno-Werke daheim liegen, alle bereits mehrfach gelesen; er wolle sie mir überlassen, wenn ich ihm dafür 100 neue und ihm unbekannte aus meinem Besitz übereignete. Ein verwunderliches Angebot, denn ich bin weder Kenner noch Freund, noch Besitzer von Pornographien und habe mich auch Schatz gegenüber nie in dieser Richtung geäußert. Offenbar nimmt dieser aber an, daß alle Menschen gleich, nämlich Pornofreunde sind.

Nun, natürlich hat er damit – gehen wir nur einmal ganz tief mit uns zurate – nicht ganz unrecht.

Herr Schatz, der ein keckes Hütchen auf dem wunderbar eierförmigen und unbehaarten Kopf, eine prächtige Zigarre im Mund und offenbar schon am frühen Abend einen lustigen kleinen Schwips hatte, teilte mir mit, es säßen »schon alle drinnen«. Nun, das war zwar stark übertrieben, denn »alle« zählt unser geselliger Kreis wohl über hundert Damen und Herren, aber es fand sich doch eine treffliche Auswahl – und vor allem eine hochinteressante Gruppierung. An dem einen Tisch saßen nämlich Herr Peter und Frau Johanna Knott, Herr Domingo, daneben Frau Heidi Knott und ihr Freund Ahmed Taheri (ein Mann, der während der Gottseidank nachlassenden Studentenunruhen 1968 eine gewisse führende Rolle gespielt, heutzutage sich aber ganz auf Kartenkunststücke und Frau Heidi zurückgezogen hat – und wieviel erfüllter ist jetzt sein Leben!); dazu noch das Ehepaar Ulla und Leberecht Hünlich, und zuletzt Frl. Majewski sowie neben ihr ein älterer, aber äußerst schnittiger Herr, den ich noch nicht kannte.

Am gegenüberliegenden Tische dagegen waren an der Längsseite Herr Kloßen und Hajo, der Ballspieler, postiert, an der Breitseite aber Herr Jackopp und – das war nun eine echte Sensation – eine schöne junge Dame in rotem Pullover, gegen welchen Herr Jackopp sehr eindrucksvoll seinen Kopf und Rumpf stützte. Auch diese Dame hatte ich noch nie gesehen.

Weil Frl. Majewski mir sofort und einladend »Hallo!« entgegenrief, war ich irgendwie gezwungen, am ersten Tisch Platz zu nehmen, obwohl ich den anderen intuitiv interessanter und informativer fand. So suchte ich mir also eine Position, von der aus ich beide Schauplätze gut überwachen konnte.

Herr Peter Knott, ein rüstiger, festlicher, mit einem verwegenen Bart ausgestatteter und vom Urlaub braun gebrannter Mann, gab gerade Reiseerlebnisse aus Ibiza zum besten und war dabei nachdrücklich um einen besonders überlegenen mediterranen Eindruck bemüht. Seine Frau Johanna Knott lächelte glücklich über die kessen Formulierungen und die gesunde Gesichtsfarbe ihres Gatten, und Herr Leberecht Hünlich sog nachdenklich an seiner Pfeife. Herr Domingo hatte sich wohl auch schon einmal auf Ibiza aufgehalten, denn er ergänzte Herrn Knotts wuchtig vorgetragene Insel-Theorien, in welchen immer wieder die Worte *»Trip«*, »abschlaffen« und »aus*flippen*« auftauchten, gelegentlich mit besonnenen Bemerkungen wie: »Jaja, da muß man einfach dort gewesen sein, um das zu begreifen« und stöhnte dann gleichsam unter der Last seiner tiefen Einblicke. Herr Taheri, der einstige Rebell, hatte, wie ich erkannte, seine Hand auf den Schenkel von Frau Heidi Knott gelegt, die entweder darüber oder über Herrn Knotts Ausführungen fasziniert vor sich hin lächelte. Gleichfalls verzaubert lächelte Frau Ulla Hünlich, ja praktisch lächelte ununterbrochen der ganze Tisch.

Unangenehm berührte mich, daß zwei Personen an diesem Tisch, Frl. Majewski und der schnittige Herr, sich um die allgemeinen Ibiza-Theorien nicht oder kaum kümmerten, sondern unabhängig davon fröhlich und lachend und unverkennbar erotisch gefärbt aufeinander einscherzten. Diese Majewski! Was war denn das schon wieder! Was wollte sie mit dem Alten da und seinem verräterisch sieghaften Blick! Gehörte diese Frau denn nicht Herrn Johannsen? Hatte dieser vielleicht heute Frl. Czernatzke die Ehre gegeben? Nun, dann wäre ja immerhin ich als Nächstplacierter am Zuge, und nicht dieser Alte da mit seinen sicherlich 45 Jahren! Der sollte doch zu seiner Altersgruppe gehen und nicht zur blühenden Jugend!

Während ich mir Herrn Knotts Redensarten anhörte und dabei Frl. Majewski und den Alten scharf unter Kontrolle behielt, streifte mein Blick gleichzeitig den weniger dicht, aber dafür um so spektakulärer besetzten Nachbartisch. Ein fesselndes Bild! Die beiden sich gegenübersitzenden Haudegen Kloßen und Hajo hatten die Köpfe fast hautnah aneinandergerückt und erzählten sich, soviel ich mitbekam und wie das in regelmäßigen Abständen donnernd einsetzende Lachen verriet, schmutzige Witze. Dazwischen saßen wortlos und hingegossen die Dame in Rot und, immer den Kopf gleichsam verzehrend gegen ihre Brust gestützt, Herr Peter Jackopp. Ein wundersamer Anblick, aber auch ein zutiefst unverständlicher! Hatte Herr Jackopp nicht vor einer Stunde noch leidenschaftlich Frl. Mizzi Witlatschil gesucht? Wo hatte er nun plötzlich in Windeseile diese Rote hergezaubert? Hatte er nicht am Nachmittag andererseits Frl. Czernatzke 19 rote Rosen überreichen lassen? Ja, fürchtete dieser Mann denn nicht auch, daß das am Nachbartisch sitzende Frl. Majewski die Sache mit der roten Dame wiederum Frl. Czernatzke übermitteln würde, so daß Herrn Jackopps Aussichten, sie »flachzulegen«, endgültig auf den Nullpunkt sinken würden? Und schließlich hatte mir doch Herr Jackopp eine Frage stellen wollen, und ich war auch direkt begierig auf sie. Doch wie sollte ich diesen Mann nach seiner Frage fragen, wenn er doch seinen Kopf ununterbrochen so verbissen gegen die Brust der Roten drückte? Übrigens erkannte ich auf seinem Bierdeckel auch schon eine – gemessen an Herrn Jackopps allenfalls einstündigem Aufenthalt – beträchtliche Menge Kreuzchen, welche in diesem Lokal Schnaps bedeuten, während ein Bier mit einem Strich vermerkt wird.

Wieder Fragen über Fragen! Ich fragte nun Herrn Domingo leise, wer denn der schnittige alte Herr bei Frl. Majewski sei. Das sei Herr Hilmar Hoffmann, der neue Kulturverantwortliche unserer Stadt, antwortete Herr Domingo. Frl. Majewski kicherte gerade wieder hell auf ihn ein, schrecklich! Dieser Hoffmann sei auch der frühere Leiter der Filmfestspiele Oberhausen, wußte Herr Domingo, während Herr Knott gerade über einen weiteren »Trip« berichtete, den er wohl im Mittelmeer unternommen hatte. Wenn das so ein wichtiger Herr sei, fragte ich Herrn Domingo flüsternd, warum komme er dann ausgerechnet in diese blöde Kneipe? »Hier«, antwortete Herr Domingo ernst und zupfte in seinem goldgelben Schnurrbart, »hier trifft sich die Elite der Nation.«

»Nein, nein!« schrie nun geradezu Frl. Majewski, so daß sich aller Augen nach ihr wandten. Hatte diese verdammte »Elite der Nation« ihr etwas besonders Kurzweiliges aus dem Kulturleben erzählt, oder hatte er sie einfach gekniffen? Ich muß wohl sehr böse dreingesehen haben, denn Frl. Majewski befahl mir sogleich mit hingebendem Schmelz in den Augen und in der Stimme: »Ach, Süßer, setz dich doch mal zu mir, komm doch mal!« Ah! Gram wegen meines Engagements in Sachen Frl. Czernatzke war mir Frl. Majewski also doch nicht. Das war wichtig. Trotzdem, mich zu ihr setzen, das durfte ich nun zweifellos nicht. Ich machte also eine schmerzlich abwehrende Handbewegung, die gleichzeitig und auf eine raffinierte Weise Liebe und Verzicht ausdrücken sollte, und wandte mich fast lässig Frau Knott zu, um sie gleichsam besorgt zu fragen, was sie von den neuen Entwicklungen der Liebe Herrn Jackopps, der noch immer seine Stellung an der Brust der Roten hielt, denke. Bedenklich wiegte Frau Knott den strohblonden Kopf: Nein, sie verstehe es auch nicht. Und während wir beide hinüberlugten, fuhr Herrn Jackopps Kopf plötzlich von der Brust der Roten hoch und richtete sich starr gegen ihr Antlitz. Gleichzeitig bewegten sich ganz kurz die Lippen, – es kann sich dabei nur um ein Wort, meiner Meinung nach um das Wort »Was?«, gehandelt haben. Die Dame in Rot sagte daraufhin ein paar wahrscheinlich beruhigende kleine Sätze, denn gleich darauf fiel Herrn Jackopps Kopf wieder auf die Brust herunter.

Herr Knott hatte jetzt anscheinend seine Mittelmeer-Erfahrungen restlos geoffenbart, denn plötzlich fragte er den schnittigen Herrn Hoffmann, wie er sich denn in unserer Stadt fühle. Nun hatte Herr Hoffmann durch diese an ihn gerichtete Frage zweifellos Macht über den ganzen Tisch gewonnen, und er erklärte, angelächelt von allen und leider besonders heftig von Frl. Majewski, daß hier alles zu revolutionieren sei, das Theater, das Galeriewesen und vor allem das Kino. Nun reichte es mir aber! Zuerst Frl. Majewski betören und dann die Revolution ausrufen! Tief angewidert stand ich auf und setzte mich an den anderen Tisch zu Herrn Kloßen und Herrn Hajo, welcher gerade unter Kloßens schepperndem Gelächter einen sexuellen Witz über einen Papagei zu Ende führte.

»Hör mal«, schwallte Herr Kloßen mir nun ins Gesicht und hielt gleichzeitig sein leeres Bierglas dem vorbeischweifenden Ober hin, »hör mal, das mit dem Geld machen wir jetzt ganz anders.« Hajo, der Ballspieler, habe die angekündigten 8,50 Mark nicht bei sich, aber das bedeute gar nichts, weil Hajo morgen alte Bettwäsche und eine Leiter verkaufe, und wir seien jetzt also nach wie vor auf 88,50 Mark, und damit sei dann ja vorerst »alles wieder klar«.

Hajo, der Ballspieler, bestätigte Kloßens Aussage und begann dann mit einem neuen Witz. Vom anderen Tisch klang Herrn Hoffmanns mächtige Stimme und in gewissen Abständen Frl. Majewskis Lachen herüber, das mir heute gerade in seiner Herzigkeit sehr unangenehm, ja verräterisch erschien. Der Kellner brachte Herrn Kloßen ein großes Bier und malte den siebten Strich auf den Bierdeckel. Herr Kloßen hob mit einer halbkreisförmigen und geradezu schwungvollen Armbewegung das Glas an seinen Mund, schloß beide Augen und nahm einen erstaunlichen Schluck Bier in sich auf. Dahinter ruhte Herr Jackopp nach wie vor an der roten Brust.

Wer war diese Dame in Rot? Zweifellos eine ansehnliche Frau. Warum hatte sie Herr Jackopp nicht früher mitgebracht und vorgezeigt und vielleicht sogar einem von uns abgegeben? Hatte Herr Jackopp, von der Suche nach Mizzi Witlatschil ermüdet, diese Frau in kürzester Zeit nach hierher beordert, um aller Welt seine erotische Unabhängigkeit und Überlegenheit gegenüber Frl. Czernatzke zu beweisen? Nun, das wäre natürlich schlimm und einfältig genug! Meiner Ansicht nach wäre es strategisch richtig gewesen, die Czernatzke-Leidenschaft stur und hemmungslos weiter durchzuziehen, andere Frauen zwar mitzubringen, aber demonstrativ angewidert von ihnen ab- und sie uns zu überlassen, so nach dem Motto: Da habt ihr den Rotz, ich steh nur auf der Czernatzke …

Weil Herr Kloßen über Hajos Witz dröhnte, lachte ich anstandshalber auch ein wenig mit. Vom anderen Tisch war aus dem Mund Herrn Hoffmanns mehrfach das Wort »kommunales Filmtheater« zu hören und einmal auch »Provinzialismus«, ein Wort, das gleich darauf von Herrn Knott in »provinzielle Strukturen« erweitert wurde, außerdem sagte Herr Knott flott etwas über den »jetzigen Kulturschamott«. Herr Hoffmann wiederum forderte nun einen »intensiven Ausstellungsrhythmus innerhalb der Kunstszene« und beklagte die »Überfälligkeit einer großangelegten Kunstdidaktik an den Schulen«. Darauf nickte Herr Knott ernst mit dem Kopf, und Frl. Majewski sagte etwas Emsiges, von dem ich leider nur das Wort »Bildungsbürgertum« verstand.

Doch da begann an meinem Tisch wieder etwas höchst Eindrucksvolles. Herr Jackopp hob erneut den Kopf von der Brust der Roten, führte nun seine Wange an die ihre und umfing sie mit beiden Armen und sah geradeso aus wie die berühmtberüchtigte Plastik von Rodin! – dann schraubte sich das Paar sogar ein wenig höher, ja gleichsam von den Sitzen weg, etwa 15 Zentimeter hoch – ein fast erhabener Augenblick –, und fiel dann, während Herr

Kloßen gerade ungerührt seinen Witz über ein Vertreter-Ehepaar beendete, ermattet wieder herunter und auseinander. Nun erhob sich Herr Jackopp langsam und schritt vom Tisch weg auf die Toilette. Das war der Augenblick der Fragestellung! Als Herr Jackopp, dem Herr Hajo in der Zwischenzeit flugs eine Zigarette gestohlen hatte, zurückkehrte, zupfte ich ihn am Ärmel und zog ihn sanft auf den Stuhl neben mir: Was mit der Frage sei? »Welche Frage?« fragte Herr Jackopp betäubt und düster zurück. Nun, sagte ich, natürlich die Frage bzw. die Antwort, um die er, Jackopp, mich heute nachmittag gebeten habe. Jackopp sah mich lange und nachdenklich, ja sogar schmerzlich an, oder genauer, er sah haarscharf an mir vorbei, dann sagte er langsam: »Nein, ich habe keine Frage.«

Ein wenig verlegen fragte ich nach, ob ich ihm sonstwie helfen könne. Wieder ein langes, bohrendes, leidendes Nachdenken. »Nein«, sagte Herr Jackopp, »es ist gut.« Dann sei es ja gut, sagte ich. »Ja«, sagte Herr Jackopp, stand auf, setzte sich wieder und diesmal manierlich neben die Rote, starrte auf die Tischplatte und rief plötzlich: »Herr Mentz, einen Korn, Herr Mentz!«

In diesem Augenblick brach am anderen Tisch alles auf, ich vernahm, man wolle noch in irgend so eine Diskothek gehen, wo sogar Negermusik zu hören sei. Auch Frl. Majewski war natürlich mit von der Partie, und zurück blieb von diesem Haufen nur der würdige Herr Domingo. Auf seinen Wink hin begaben wir beide uns jetzt ein wenig an die Theke, während die Gruppe Kloßen-Hajo und Jackopp-Dame-in-Rot weiter an ihrem Tisch verharrte.

Herr Domingo äußerte eine gewisse Enttäuschung, daß leider Herr Pettler nicht anwesend sei, den man jetzt ein wenig anstänkern könnte (Herr Pettler ist Mittelschullehrer, steter Gast bei »Krenz« und fungiert dort als eine Art Hausfaschist, und wir sind alle froh um ihn, weil niemand anderer seine Dummheit so voll austrägt, und er nichts, aber auch gar nichts zurückhält). Die Theke war schon fast leer, nur ein alter Mann nippte abwechselnd an seinem Bier und warf, vor sich hin brummelnd, Groschen in den Geldautomaten. Frl. Czernatzke lag jetzt sicher in Herrn Ulfs

Armen. Auch Herr Jackopp war ja irgendwie gut aufgehoben. Aber Frl. Majewski? Und erst recht ich? Nun, ich hatte ja Herrn Domingo. Dieser erzählte mir nun, daß Herr Hilmar Hoffmann auf Empfehlung von Herrn Gerd Winkler in den »Krenz« gekommen sei, um dort aufgeweckte junge Intellektuelle zur Solidarisierung mit seinen progressiven kulturellen Vorhaben zu gewinnen. Da kam gerade so ein aufgeweckter junger Intellektueller zur Tür herein, nämlich Herr Rösselmann, der sich anscheinend endlich gegenüber jener Barbara ausgesungen hatte. Er gesellte sich sofort zu uns an die Theke, warf nach rückwärts Ausschau haltend einen interessierten Blick auf Herrn Jackopp und die rote Dame und fragte mich, wer denn das sei. Ich sagte, ich wisse es auch nicht, und erzählte Herrn Rösselmann und Herrn Domingo leise den ganzen Verlauf des Abends, vor allem aber, daß Herr Jackopp seine Frage vergessen habe. Während Herrn Rösselmanns Äuglein lebhaft hinter der Hornbrille funkelten und er wiederholt den Kopf zurück nach dem eindrucksvollen Paar drehte, seufzte Herr Domingo nur gleichsam hoffnungslos: »O Gott, o Gott!« Nun ja, zu diesem Seufzer bestand gleich darauf noch ein Anlaß. Herr Kloßen und Herr Hajo hatten das Witzeerzählen abgeschlossen, Herr Hajo war bald darauf verschwunden, und Herr Kloßen hatte sich deshalb gleichsam solidarisch neben uns an die Theke gesellt, um dem Tagesabschluß noch eine irgendwie sinnvolle Form zu geben. Die Form wurde aber dann doch nicht so schön, denn Kloßen überreichte dem Wirt, dem alten Mentz, seinen vollgestrichelten Bierdeckel und erklärte schwer quallend, er solle diesen bis morgen aufheben, »da kommt das Geld vom Finanzamt, und dann machen wir alles klar«, und der Herr Mentz solle gleich noch einen neuen Strich darauf machen für ein weiteres Bier. Daraufhin brüllte der erhitzte Herr Mentz spontan auf Herrn Kloßen ein, das sei eine Sauerei, es sei schon ein Deckel über 9,80 Mark da, zwei Deckel aber habe es in seiner ganzen Wirtslaufbahn noch nicht gegeben. Außerdem bestehe bei ihm, Kloßen, nicht die moralische und finanzielle Kreditwürdigkeit anderer zum Teil langjähriger Gäste, und das Ganze sei »jedenfalls eine Sauerei«. Weil aber Herr

Mentz gleichsam automatisch Biere nachschenkt, stellte er wohl aus Versehen nun doch ein neues Glas vor Herrn Kloßen, das dieser sofort und zügig antrank und dazu beschwichtigend auf Herrn Mentz einquallte, daß jetzt bald alles in seine Ordnung komme.

Herr Domingo fragte nun zart, aber mit bösartiger Wißbegierde Herrn Kloßen, warum er eigentlich nie Geld habe. Herr Kloßen setzte eben an, etwas über seine tragische Enterbung zu erzählen, doch da ertönte plötzlich laut Herrn Jackopps Stimme von hinten: »Herr Mentz, ein Taxi, ein Taxi, Herr Mentz!« Gleichzeitig stand Jackopp auf und trat, gefolgt von der anscheinend völlig ergebenen roten Dame, an die Theke, stellte sich hinter unsere Gruppe und starrte in den Fußboden. Hinter Herrn Jackopp bezog die Rote Stellung und starrte ihrerseits schräg zur Seite. Herr Rösselmann beäugte vergnügt und mit einer gewissen Frechheit diese ganze merkwürdige Gruppe. Auf einmal griff sich Herr Jackopp mit stummer Gebärde an die Stirn und ließ auch gleich seine Hand dort ruhen. Kummer? Betrunkenheit? Unlogik der auf Herrn Jackopp einstürzenden Vorgänge? Ich persönlich glaube, daß Herr Jackopp einfach und grob betrunken war und in einem letzten Aufbäumen des Gehirnapparats dafür die ganze Mitwelt, ja sogar vielleicht die angespannte Lage im Nahen Osten verantwortlich machte. Das ist natürlich ein Unsinn, denn Herr Jackopp wäre sicher auch so (ohne die Weltlage) betrunken.

Doch da rief schon Herr Mentz nach einem Pochen an seiner Eingangstür: »Taxi ist da!« Herr Jackopp zahlte nun seine Zeche sowie den Taxianruf, wobei mehrere Münzen zu Boden fielen, nach denen sich Herr Domingo kameradschaftlich bückte, was Herr Jackopp mit einem »Ach was!« kommentierte. Herr Domingo warf die gefundenen Münzen in Herrn Jackopps Manteltasche und sagte dabei dreimal: »So«. Ich bin fast sicher, daß Herr Domingo alle Münzen hineinwarf, obwohl dieser Herr sonst in Warenhäusern systematisch, ja »unter einem gewissen psychischen Druck« Zigaretten und Käse stiehlt.

Eben als Herr Jackopp und seine rote Frau zur Tür hinausglitten, ereignete sich noch etwas Unerwartetes, denn im gleichen Augenblick purzelte Frl. Majewski wieder zur Tür herein. Ihr leuchtendes Auge und der erste Satz »O ihr Lieben, daß ich euch noch treffe!« vermochten Frl. Majewskis Angetrunkenheit nicht ganz zu verbergen, im Gegenteil, diese wurde immer offenkundiger, als sie zuerst aufgrund irgendeiner Gleichgewichtsstörung gegen den jetzt erregt gähnenden Herrn Rösselmann polterte – von dort taumelte Frl. Majewski gegen die Breitseite von Herrn Domingo und schließlich blieb sie zwischen diesem und mir an der Theke hängen. Ich nützte sofort und entschlossen die Situation, Frl. Majewski noch ein wenig zu umgarnen und zu umfassen, was ihr offenbar sogar gefiel, und sie erzählte aufgeregt, daß »die ganze beknackte Blase« noch in dem Negerlokal sei, indessen habe es sie hierher zurückgedrängt, weil sie sich hier »letzten Endes« daheim fühle. Bei diesen Worten umfaßte ich Frl. Majewski noch fester und herzlicher, konnte aber dann immerhin die gleichsam schmollende Frage nicht unterdrücken, was sie den ganzen Abend mit dem Kulturverantwortlichen Hoffmann vorgehabt habe – sie habe ihn ja geradezu umworben. »Was?« rief Frl. Majewski laut, aber gerade noch anmutig, und prustete sogar vor Lachen los. Nun ja, fuhr ich recht eingeschüchtert fort, meiner Meinung nach habe sie, Frl. Majewski, diesen alten Herrn gar zu liebreich angeschaut – es gehe mich ja zwar nichts an, aber unsere alten Herren dürfe man nicht unnötig und aus reiner Freude ...

»Weißt du, du spinnst total!« lachte mich Frl. Majewski erneut aus und erklärte nun, meine Beobachtungen seien völlig falsch, vielmehr habe sie in den Hoffmann gewisse Hoffnungen im Zuge der sozialistischen Frauenbewegung auf lokaler Ebene gesetzt – und nach einer längeren Periode, die ich nicht ganz verstand, kicherte Frl. Majewski plötzlich vergnügt: »Weißt du, der Menschen Ziele sind so ungemein ungereimt!« und hielt dem alten Herrn Mentz auffordernd ihr Biergläschen hin. Was bedeutete dieser letzte Satz? Doch noch bevor ich es zu erraten vermocht hätte, hatte Frl. Majewski schon wieder was Neues und noch Geheimnisvolleres gesagt: »Weißt du, wir sollten endlich diese Animositäten ausräumen, das wird sonst ein ganz ungesunder Brei und überlappt sich gegenseitig bei dieser elend komplizierten Psychostruktur, ja?« – und dann wandte sie sich auf einmal Herrn Domingo zu, trällerte: »Sag mal, was machst du eigentlich die ganze Zeit?« und boxte ihm freundschaftlich in die Kniekehle, worauf Herr Domingo, vielleicht sogar sexuell berührt, leicht aufjapste.

Animositäten ausräumen, die elend komplizierte Psychostruktur entlasten – was meinte Frl. Majewski nur? Als sie vorgestern aus Vernazza zurückkam, redete sie doch so, daß auch ich es verstand! Und während ich so allerlei überlegte, muß Herr Kloßen drei Schritte weiter links erneut einen Fehler gemacht, nämlich ein erneutes Bier und einen erneuten Strich auf seinen Deckel begehrt haben – und das brachte nun den alten Herrn Mentz in eine schon ganz tolle Wut. Er schrie schrankenlos auf den tapferen Kloßen ein und verlangte, daß wir nun alle – ein typischer Bruch in der Logik von Gastwirten – heimgehen sollten. Die Polizei laure ohnedies draußen vor der Tür – »von Borchert«, warf ruhig Herr Domingo ein, eine feine Anspielung, die nun der alte Herr Mentz schon überhaupt nicht einsah und wohl als persönliche Beleidigung auffaßte, so daß er in eine noch ärgere Wut geriet und auf einmal unsere »ganze Bande von Streunern und Apo« beschimpfte, so daß es schon ganz gehaltlos war. Ja, der alte Herr Mentz zeterte sogar hektisch, uns allen fehle es an »Herzenstakt und Mutterbildung«. Und in blindem Feuer schüttete er nach diesem Satz einen grünen Schnaps in sich hinein.

Das war zuviel. Als die Klügeren zogen wir es besonnen vor zu schweigen, zu zahlen und voller Verachtung das Lokal zu verlassen. Auch Herr Kloßen spürte nun wohl irgendwie, daß wir gegenüber dem alten Mentz aufgrund von dessen unfeinem Auftritt eine gewisse psychologische und moralische Überlegenheit gewonnen hatten, und er murrte deshalb feindselig, wir sollten jetzt alle in die Jahn-Stube gehen, da sei es ohnehin viel schöner. Daraufhin sprach Herr Mentz Herrn Kloßen überraschend ein Lokalverbot auf Lebenszeit aus, was Herr Kloßen mit wegwerfenden Handbewegungen und gurgelnden Lauten quittierte.

Unter unablässigen und hitzigen Beschimpfungen und Drohungen des alten Herrn Mentz trotteten wir nun aus der Gaststube und berieten draußen kurz, ob ein vorübergehender Boykott dieses Lokals angemessen sei. Frl. Majewski sprach sich fast unnatürlich leidenschaftlich dafür aus, indessen Herr Domingo schwer seufzend meinte, einen solchen Boykott würden wir charakterlich nicht durchstehen, dazu sei die Bindung schon zu stark, eine Meinung, der wir uns endlich alle und lachend anschlossen. Da trennten wir uns, und während Herr Rösselmann Frl. Majewski heimgeleitete und Herr Domingo ein Taxi heranwinkte, schlug mir Herr Kloßen vor, mit ihm noch ein wenig in das Spätlokal »Schildkröte« zu wandern. Ich überlegte kurz, – nein, ich hatte Kloßen heute auch schon genug Geld gegeben und sagte also energisch, ich sei müde und müsse heim, so daß auch der bargeldlose Herr Kloßen seine Hoffnungen begraben mußte. Auf dem Weg zu unserer Wohnung erklärte er mir, er habe inzwischen schon einen passenden Stoff für unser Fernsehspiel gefunden, nämlich die Gastarbeiter-Problematik, »das ist echte Klasse«. Außerdem wolle er, Kloßen, mir morgen »zwischen 8 und halb 11 Uhr« 10 Mark unter den Türschlitz schieben.

Warum ausgerechnet 10? Nun, immerhin gab mir diese unverhoffte Ankündigung schon sozusagen einen Inhalt für den nächsten Tag. Waren die 10 Mark da, konnte ich mir dazu was denken, waren sie nicht da, konnte ich mir auch was denken …

Zuhause angekommen, fragte Herr Kloßen, offenbar in Erwartung meines Danks für seine Gastarbeiter-Idee, ob ich noch Bier oder sonstwas im Eisschrank hätte, wir könnten dazu noch ein bißchen gute Musik hören. Ich fiel aber auf diesen bauernschlauen, meine musikalische Passion rüd ausnutzenden Trick nicht herein, sondern sagte höflich, aber entschieden, ich hätte keins, wünschte Herrn Kloßen eine gute Nacht und trank lieber in aller Besinnlichkeit und für mich allein, so allerlei überdenkend, noch einen Becher perlenden Champagners.

VIERTER TAG

Dieser Tag mußte zweifellos gewisse Entscheidungen oder Vorentscheidungen bringen, denn die Eröffnungen mit allen ihren Kniffen und Winkelzügen waren sozusagen abgeschlossen, die Teilnehmer hatten ihre Stärken und Schwächen vorgeführt, und vor allem Herrn Jackopps verbissenes und dreiseitiges Anrennen versprach ein unterhaltsames Mittelfeldspiel, wenn ich so sagen darf.

Es kam aber zuerst einmal etwas ganz anderes, nämlich gegen 5 Uhr früh ein Telefonanruf, das war aber nur eine betrunkene Polterabendgesellschaft aus Köln, die einen Herrn Dr. Kurz zu sprechen wünschte. Bald stellte sich aber heraus, daß der Anrufer, ein donnernd lustiger Mann, statt 55 59 48 leider 55 69 48 gewählt hatte. Nun habe ich zwar für alles sehr viel Verständnis, aber wie jemand, der bereits zweimal die 5 richtig gewählt hat, sich ausgerechnet beim drittenmal vergreift und die 6 erwischt, ist schon sehr schwer einzusehen.

Der nächste und ernster zu nehmende Anruf traf gegen 10 Uhr ein. Es handelte sich wiederum um Herrn Gabriel von der Glasreinigerinnung, der mich dringend bat, hinter alle meine Anschuldigungen gegen den SPD-Menschen »sozusagen ein Fragezeichen zu setzen, damit wir dann gerichtlich nicht belangt werden können«. Das war ganz einwandfrei wieder der Druck des Greises, der mich ja gestern schon mehrfach beschworen hatte. Dieser Greis war offenbar rettungslos von dem Gedanken beseelt, daß man durch ein feines Fragezeichen hinter den unhaltbarsten Anschuldigungen immer alles ungeschehen machen und straffrei ausgehen könne. Das deutete ich auch Herrn Gabriel vorsichtig an, doch der verstand nicht und wiederholte immer nur das mit den Fragezeichen und sagte, das Ganze müsse »seriös ausschauen«. Da wechselte ich das Thema und sagte Herrn Gabriel, es sei übrigens wunderbar, daß er anrufe, denn ich hätte (das war natürlich eine grobe Lüge) gestern schon das umfangreiche Aktenmaterial mit Interesse studiert und eben mit der Abfassung der Presseartikel beginnen wollen, »damit wir die Sache zügig über die Bühne bringen«. Ich sei nun auch sicher, daß wir »im Recht« seien und wir also – hier fiel mir nichts Besseres ein – »einwandfrei gewinnen«. Herr Gabriel bekam aber anscheinend nicht mit, daß es bei der Sache ja gar nicht um Gewinn ging (das heißt letztlich natürlich schon), sondern um die gezielte Aufklärung der Bevölkerung sowie um eine gesunde sozialdemokratische Mittelstandspolitik.

Vor allem aber ärgert mich, daß manche sog. Geschäftsleute immer und unter allen Umständen vor elf Uhr anrufen und ihre dummen Geschichten abwickeln wollen. Und dann stellt sich eben heraus, daß sie doch noch schlafen und auf die haltlosesten Redensarten hereinfallen. Ich bin da ein überzeugter Vertreter des englischen Systems: Später Geschäftsbeginn, aber dann mit glasklarem Kopf!

Weil ich aber schon einmal wach war, zog ich mich widerwillig an, lief in der Wohnung hin und her und gewahrte dabei ein Kuvert unter dem Türschlitz. Ah! Hatte Herr Kloßen wirklich einen der heißgeliebten blauen Scheine aufgetrieben und mir unterschoben? Das durfte nicht wahr sein! Es war auch nicht wahr, sondern ich erkannte schon an der Anschrift die schönen und eigenartigerweise sogar sehr schwungvollen Züge von Herrn Jackopp. Im Kuvert lag ein Zettelchen: »Ich bin im Café Härtlein. Ich muß dich etwas fragen.«

Na, dieser Tag ließ sich ja doch noch recht gut an. Wie einfühlsam Herr Jackopp war! Stört nicht durch Schellen oder Telefonieren meinen Schlaf, nein, er schiebt ganz sacht! Froh und munter legte ich die Oberon-Ouvertüre auf den Plattenteller – wie ich aus langjähriger Erfahrung wußte, eignet sich dieses herrliche Stück Musik besonders gut zum Fröhlichmachen. Diese morgendliche Frische, welche in die Musik gleichsam eingewebt ist, dieser verträumte Hornruf, diese verschlafen sich die Augen reibenden Streicherkapriolen, die mit wenigen Strichen den ganzen flüsternden Elfenzauber der Romantik heraufbeschwören, um dann im edel-feurig dahinrauschenden Allegro allen Glanz des hohen kühnen Rittertums zu entfalten! Das waren eben damals noch Zeiten! Und dann der innige, mild-süße Klarinetteneinsatz mit dem Hüon-Thema: »Jetzt gießt sich aus ein sanfter Glanz«, dessen chromatische Sequenz e-dis-d mir sogar zwei, drei Tränen der Freude heraustrieb, – nun, natürlich wollte sich auch Herr Jackopp gern ausgießen, und doch welch Unterschied zwischen den erotischen Impulsen dieses Hüon und denen des Herrn Jackopp! Nun freilich, Hüon ist ja auch Tenor, während Herr Jackopp nur tief brummt, naja, das nur nebenbei ...

Doch noch bevor Rezias Jubelruf »Mein Hüon, mein Gatte« sieghaft aufloderte, erlosch der ganze große Zauber, denn erneut schellte das Telefon, und es war, besonders quallig dröhnend, der Schreckensmann Kloßen, der leidenschaftlich in mich drang, doch schnell mit meinem Auto zum Hauptbahnhof zu kommen, um ihn und zwei große Koffer abzuholen, in denen gewisse sehr bedeutsame Schriftstücke und andere Werte lägen, und wenn die erst heimgeschafft wären, dann sei das sozusagen eine neue und langfristige Existenzgrundlage. In diesem Augenblick wußte ich natürlich sofort, daß Kloßen also weder Geld für ein Taxi noch auch nur für die Straßenbahn besaß, und ich mußte ihm also zusagen. Ich nahm mir aber fest vor, ihm heute zu bedeuten, daß auch ich nun am Ende meiner Möglichkeiten sei (den Haufen Geld von den Glasreinigern hatte ich ihm äußerst klug verschwiegen), und ich wollte ihn deshalb auch gleich ins Café Härtlein mitnehmen – erstens, um Kloßen bei einem möglichen Großangriff Herrn Jackopps auf mich notfalls zwischenschieben zu können, zweitens, um zu erleben, wie Kloßen dann Jackopp um vermutlich 20 Mark anging.

Am Bahnhofsvorplatz erwartete mich Herr Kloßen schon und er rief sofort lebhaft ins Auto hinein, er brauche 2 Mark, sonst kriege er seine Koffer nicht, es handelte sich um irgend so eine Art Strafgebühr für zu langes Stehenlassen der Koffer. Ich mußte also gegen alle listigen Berechnungen Kloßen doch wieder Geld geben, ja, weil ich keine 2 Mark hatte, sogar ein Fünfmarkstück. Gleich darauf kam Kloßen tatsächlich mit zwei Koffern zurück, unterm Arm hatte er außerdem einen Packen Zeitungen. Den habe er, sagte Herr Kloßen, von dem Rest des Geldes gekauft, da seien heute »jede Menge Stellenanzeigen und *Jobs* drin«, und »da können wir uns heute nachmittag in aller Ruhe was raussuchen«. Jetzt wurde ich aber doch sehr ungehalten und ich bedeutete Herrn Kloßen scharf, ich bräuchte keinen »Job«, sondern fühlte mich in meinem jetzigen »Job« durchaus wohl (das stimmt sogar, nur ist es eigentlich kein »Job«, das muß ich zugeben, sondern eher, wie soll ich sagen?, ein gewisses Treiben, ein philosophischer Lebensweg, bei dem sogar, siehe die Glasreiniger, siehe die Kartoffelchips-Lyrik, oft ein wenig Geld herausspringt). Herr Kloßen spürte sehr wohl meinen scharfen Ton und entgegnete ein wenig verschreckt, das sei ihm »alles klar«, er stehe ja auch nach wie vor voll hinter dem Fernsehspiel, außerdem übernehme er, »wenn das Geld dann gekommen ist«, meinen nächsten Benzintank und, »weil wir die nächsten Wochen dann sowieso öfter mit deinem Auto zusammen unterwegs sind«, auch noch meinen nächsten Kundendienst. Und ob ich vielleicht eine Zigarette hätte.

Ich führe jetzt ins Café Härtlein, sagte ich, ob er, Kloßen, mitwolle. Na was denn sonst! Im Café Härtlein saß, als einziger Gast, kreidebleich und eine ADAC-Motorsportzeitschrift lesend, Herr Jackopp vor einer Kanne Kaffee. Ich begrüßte ihn und fragte, um eine lockere Gesprächsatmosphäre zu schaffen, ob er denn an Motorsachen interessiert sei. »Nein«, sagte nach kurzem Nachdenken Herr Jackopp, »du hast den Zettel gefunden?« Jaja, sagte ich leichthin, um nicht die langerwartete Frage jetzt schon hören zu müssen; es schien mir vielmehr angezeigt, zuerst kräftig zu frühstücken, um allen möglichen Schwierigkeiten und Kniffligkeiten der Frage auch körperlich gut gewachsen zu sein. Ich kramte also eilig irgendein unverdächtiges Gesprächsthema hervor und bestellte mir eine Tasse Tee, zwei Salamibrötchen und zwei Eier im Glas. Interessant, daß Herr Kloßen sofort das nämliche bestellte, ganz offenbar in der Hoffnung, durch diese sympathetische Synchronisation der Frühstückswünsche mich später gewissermaßen dazu zu verpflichten, für ihn mit zu bezahlen. Nun, ich würde heute hart bleiben.

Während wir also speisten und tranken, zog Herr Jackopp schweigend an seiner französischen Zigarette und starrte auf das Marmortischchen. Ohne Scheuklappen übernahm jetzt Herr Kloßen die Gesprächsführung und berichtete von einem Studenten namens Fritz Peter, den er heute morgen zufällig in der Straßenbahn getroffen habe und der auch aus Itzehoe komme und der jetzt Politologie und Jura studiere und der gern mal ins »Krenz« kommen würde und der auch ein Auto habe und ein Stipendium beziehe und dem er auch schon viel von mir erzählt habe, und daß wir, Kloßen und ich, jetzt so prima zusammenwohnten, und daß Fritz Peter das »alles dufte« fände – – –

»Hör mal«, unterbrach Herr Jackopp plötzlich Herrn Kloßens Schnurren und wandte sich mit tiefernster, finsterer Miene an mich, »hör mal, ich werde ihr einen Brief schreiben. Ich werde ihr einen Brief schreiben, in dem alles steht. Und dann werde ich ihr nie mehr schreiben. Was meinst du?«

Ich verstand sofort. *C'était le moment,* das war sie, die langerwartete Frage! Ich muß an dieser Stelle sagen, ich hatte sie mir irgendwo noch verwegener und dümmer vorgestellt. Immerhin, da war sie nun, und ich mußte sie ja irgendwie parieren. Um Zeit für eine gute Antwort zu gewinnen, fragte ich Herrn Jackopp behutsam, ob dies die gleiche Frage sei, die er mir schon gestern abend habe stellen wollen. »Hast du«, schnarrte an dieser Stelle völlig unangemessen Herr Kloßen dazwischen, »hast du die Tante da von gestern abend hingekriegt?« »Was?« fragte total entgeistert und sogar angewidert Herr Jackopp zurück. Bevor Kloßen seine Unglücks-Frage erneut vorbringen konnte, wiederholte ich meinerseits meine Frage, ob dies auch die Frage sei, die er mir gestern abend schon habe vorlegen wollen. »Was?« fragte nun erneut, überraschend laut und fast ergrimmt Herr Jackopp zurück. Ich erklärte nun ganz langsam Herrn Jackopp, daß er mich doch gestern abend extra in den »Krenz« bestellt habe, um mir dort eine Frage zu stellen, diese habe er dann allerdings doch nicht gestellt, ob denn das die gleiche Frage gewesen sei? »Ich wußte bisher noch gar nicht«, antwortete Herr Jackopp, »wie schön die Czernatzke ist, verdammt!« Und er seufzte, ja ächzte ganz tief.

Behutsam lenkte ich Herrn Jackopp nun auf die Tatsache, daß er doch gestern abend eine andere und rote Dame bei sich geführt und offenbar auch sehr liebgehabt habe. Erwartungsgemäß und unfehlbar sagte Herr Jackopp sofort »Was?«, und als ich meinen Satz wiederholt hatte, sagte er: »Ach was!«

Schön! Diese Rote hatte also doch als Gegenwehr nichts ausrichten können. Das war wichtig...

Ich überlegte in den folgenden Sekunden gerade eine passende Überleitung zu dem Briefobjekt, da wiederholte schon Herr Jackopp: »Ich werde ihr einen Brief schreiben und dann werde ich nie mehr schreiben.«

Herr Kloßen, offenbar witternd, daß hier eine Sache ausgetragen wurde, welche seine Möglichkeiten überstieg, schwieg nun höflich und ganz auf den Gedanken an die Finanzierung des Tages konzentriert. Mir dagegen jagten in Sekunden zahlreiche Gedanken durchs Hirn. Sollte ich mich, um meine führende Position auszubauen, Herrn Jackopp als *Ghostwriter* anbieten? Oh, ich kann an Damen sehr niedliche Briefchen schreiben, und ich würde mich hinsichtlich Frl. Czernatzke viel lieber ins Zeug legen als für die Glasreiniger! Oder sollte ich dann lieber Herrn Jackopp besonders dumme Sachen in die Feder diktieren? Andererseits konnte man ja diesen Einfall noch ausweiten. Ich könnte z. B. Frl. Majewski auch einen Brief schreiben, der (die Damen würden sie sich sicher gegenseitig zu lesen geben) Herrn Jackopps Brief inhaltlich und stilistisch deutlich in die Schranken verwies. Oder ich könnte Herrn Jackopps Brief namens Frl. Czernatzke beantworten und ihm ein Rendezvous in einem Restaurant zusagen, in welches ich gleichzeitig Herrn Kloßen beorderte. Oder man könnte auch Herrn Ulf einen Brief schreiben, in dem...

Nein, das war doch alles vielleicht schon zu blöd, und so siegte schließlich in mir wieder einmal die Moral, der unumstößliche kategorische Imperativ. »Herr Jackopp«, sagte ich, »das ist natürlich eine diffizile Frage«, und ich brachte im Folgenden etwa diesen Gedanken an den Mann: Grundsätzlich sei ich in erotischen Bezügen für das Gespräch von Mann zu Mann bzw. Frau. Andererseits sei es tatsächlich so, daß in gewissen schwierigen Situationen das klare niedergeschriebene Wort oft mehr bewirke, weil es gleichsam festgemeißelt sei, ein jederzeit überprüf- und nachlesbares Dokument, und wenn er, Jackopp, also einen wirklich wohlüberlegten, fein durchformulierten Brief...

»Ich werde ihr einen Brief schreiben, einen Brief, in dem alles steht, den einzigen Brief, den ich in meinem ganzen Leben noch schreiben werde, darauf kann sie sich verlassen!« sagte jetzt sogar stürmisch brummend und mit fast unerträglich schmerzlicher Leidenschaft Herr Jackopp.

Dies, so fiel ich hier, bedenklich den Kopf schüttelnd, ein, vermöchte ich nicht ganz gutzuheißen. Denn das sei doch ein Bruch in der Logik, zitierte ich Herrn Jackopp, ohne daß dieser es gemerkt hätte, irgendwie unlogisch also, denn wenn die ersehnte Liebesbeziehung glück- und dauerhaft werden sollte, dann müsse man doch in Kulturländern davon ausgehen, daß die Kommunikation, in diesem Fall die erotische, erst langsam und allmählich emporwachse (beinahe hätte ich gesagt: so etwa wie du und die Rote gestern abend im »Krenz«) und sich immer mehr steigere, im körperlichen wie im geistigen Bereich...

»Jawohl«, antwortete Herr Jackopp, »diese Czernatzke kriegt von mir einen Brief, darin steht alles. Alles!«

Man wird hier zugeben müssen, daß meine Position als Berater wieder äußerst prekär zu werden begann. Denn erstens sah ich mich wieder einmal in die Lage gedrängt, eine Initiative Herrn Jackopps zu beobachten, was mir ja gestern erst bei den 19 Rosen schon fast eine Ohrfeige eingebracht hatte. Andererseits und zweitens fand ich die Idee mit dem Brief ganz nützlich, vielleicht tat sich Herr Jackopp beim Schreiben leichter als bei der mündlichen Darstellung seiner Leidenschaft. Drittens faszinierte auch mich durchaus der Plan, einen Brief zu schreiben, in dem von Adam und Eva an »alles steht«. Viertens war nun der Beweis geliefert, daß Herrn Jackopps Gefühle doch recht dauerhaft waren (sie hielten nun schon 2½ Tage!), das heißt andererseits, daß wenn Herr Jackopp schon mal einen Unfug macht, daß er ihn dann auch mit voller Schlagkraft »durchzieht«. Und fünftens und letztens war nun vollkommen klar, daß Herr Jackopp meinen Ratschlag überhaupt nicht suchte, ja mir überhaupt nicht zuhörte, obwohl er mich jetzt noch einmal fragte: »Was meinst du?«

Ich sagte gleichsam unentschieden: »Wie du meinst, Jackopp.« Nun war das sicher nicht besonders stark und tapfer, vielleicht hätte ich diesen Mann jetzt einfach zusammenschlagen oder in die Schweiz verschicken sollen, vielleicht ihm auch einen psychologischen Vortrag halten – und doch, durfte ich denn das auch, ja war denn das erlaubt? Am Ende zerstörte ich doch ein künftiges mächtiges Glück in seiner nur allzu verschämten Frühphase! Und wer gab mir das Recht, mit einem Mann ins Gericht zu gehen, dem nichts anderes vorzuwerfen war, als dem verwirrenden Zauber der jungen Liebe verfallen zu sein, dem unerklärlichen, dem unsäglichen? Noch war nichts verloren …

Und noch während ich das alles überlegte, hörte ich plötzlich die Stimme Herrn Kloßens: »Hör mal, Jackopp, kannst du mir bis morgen 20 Mark leihen?« Na endlich! »Was?« fragte Herr Jackopp verloren und ein wenig hochschreckend zurück. »Kannst du mir 20 Mark leihen bis morgen, ich geb sie dir dann morgen wieder zurück«, erweiterte und variierte Herr Kloßen sein Ersuchen. »Ja«, sagte Herr Jackopp, als er, wie eine Weile nach Innen lauschend, die Frage begriffen hatte. Er langte, begleitet von Kloßens Augenpaar, in seine Hosentasche, zog einen verquollenen Packen unterschiedlicher Geldscheine hervor, klaubte langsam einen grünen 20-Markschein raus und warf ihn, zusammengeknittert und geradezu verächtlich, Kloßen vor die Teetasse. Den Restpacken schob Herr Jackopp achtlos wieder in den Hosensack. Kloßen ließ wie aus Eleganz den Schein ein paar Sekunden lang liegen, dann ergriff er ihn mit verhaltener Gier und sagte: »Wenn es gut geht, kann ich ihn dir schon heute abend wieder zurückgeben, wenn das Geld vom Hauptpostamt kommt, das müßte eigentlich heute noch kommen, dann gebe ich dir dein Geld sofort zurück, damit wir klarkommen, sonst kriegst du es garantiert morgen.«

Ein in seiner Länge erstaunlicher, fast erregender Satz! Man spürte geradezu eine Art Vakuum im Raum, ich weiß auch nicht warum. Auch schon der Beginn des Ganzen. Es ist fast immer der gleiche Satz: »Hör mal, kannst du mir 20 Mark leihen?« Immer und immer diese acht entscheidenden Wörter, und immer in der gleichen Reihenfolge! Denkt man sich die ersten beiden, die ja nur der Höflichkeit bzw. Entschärfung der angespannten Situation dienen, weg, so bleiben sechs Wörter übrig: können, du, mir, 20, Mark, geben. Ein Hilfszeitwort, ein Zeitwort, zwei persönliche Fürwörter, ein Zahlwort und ein Hauptwort als Träger eines der schwerwiegendsten Dinge der Welt! Interessanterweise fehlt das Adjektiv. Nun, daran sieht man, wie zweitrangig das Adjektiv in unserer modernen Zeit ist. Ich persönlich habe gut gezielte Adjektive dagegen sehr gern, obwohl sie natürlich immer ein bißchen Glückssache sind, so unsicher wie unsere gesamte geworfene Existenz ... Oft hört man die Frage auch um den Zusatz »bis morgen« oder »bis heute abend« angereichert – wodurch sich zweifellos eine gewisse Ehrbarkeit, eine vertrauenerweckende Grundlage einstellen und die große Peinlichkeit etwas aufgeweicht werden soll. Es nützt aber gar nichts, sondern die Not ragt hoch in die Luft usw.

Doch wie auch immer, in diesem Augenblick streckte Herr Domingo seinen Kopf ins Café Härtlein, lächelte sogleich freundlich und schob die Beine bedächtig in Richtung auf unser Tischchen vorwärts. Nun sagte er, die zweite Silbe betonend und gleichsam vorsichtig fragend: »Hallo?« und rückte sich unter wollüstigem Seufzen, das wie »Ähää« klang, einen Stuhl zurecht. Herr Domingo trug einen beigen Mantel sowie eine grüngelb karierte Schirmmütze, die sogleich den schweren, unangreifbaren Intellektuellen verriet, ja irgendwie sah er aus wie ein echter Professor und er sagte als nächstes: »Na, ihr seid ja schon alle versammelt«, und das war natürlich eine recht eigentümliche Bemerkung. Was wollte er damit sagen: »Alle.«? Und mit fast schamlosem Lächeln musterte er erneut genußvoll unsere Dreiergruppe, wobei sein Auge mit einem geradezu tückischen Wohlgefallen auf dem nun wieder bleich und reglos sitzenden und starrenden Herrn Jackopp ruhenblieb.

Ich kurbelte nun ein kleines allgemeines Gespräch über den gestrigen Abend an, wodurch Herr Kloßen sofort an Sicherheit gewann und einige persönliche Reminiszenzen an das Geplärre des alten Mentz herausschnurgelte, während Herr Domingo jetzt wieder hochinteressant vor sich hin seufzte. Ach ja, übernahm er dann die Gesprächsführung, ob wir schon wüßten, daß heute nachmittag im Büro eine Feier stattfinde? Er habe es gerade telefonisch von Herrn Knott erfahren, ob wir denn auch hingingen? Ich sagte sofort zu, während Herr Kloßen vorübergehend Charakter zeigte und, offenbar Herrn Jungwirths gestrige Weigerung, Geld zu gewähren, erinnernd, »Nein, mit diesen Leuten bin ich fertig!« schnarrte und eine fast angeekelte Miene aufsetzte. Doch Herr Domingo und ich überzeugten ihn dann rasch, daß es sicherlich viel Bier und Schnaps gebe, außerdem brauchten wir uns ja um die blöden Büromenschen nicht zu kümmern und könnten »die Sache dann sofort nach unseren Wünschen aufrollen«, so sagte ich, denn ich wollte Kloßen auf keinen Fall missen. Dies letzte Argument, so dünn es war, brachte Kloßen mühelos zum Einschwenken. »Und du, gehst du auch hin, Jackopp?« fragte Herr Domingo harmlos und lauernd. Überraschend sagte Herr Jackopp nicht »Was?«, sondern sofort »Ja. Ich komme. Ich komme hin«. Es klang drohend, ja unheilverheißend. Doch jetzt müsse er nach Hause: »Ich schreibe jetzt den Brief, jawohl!« »Du kommst zum Fest?« fragte er mich dann direkt bohrend. Ich bejahte dies noch einmal und mahnte Herrn Jackopp, den Brief sehr sorgfältig und in allen Einzelheiten zu überlegen, ich übernähme nicht wieder wie bei den Rosen die Mitverantwortung. »Ja«, sagte Herr Jackopp mit für seine Verhältnisse recht heller Stimme, »ist gut.«

Als wir gezahlt hatten, schlug Herr Kloßen Herrn Domingo und mir vor, wir sollten doch zusammen in eine gewisse Dschungel-Bar gehen, da könne man am Nachmittag verbilligt *Sliwowitz* trinken, dann seien wir schon zu Beginn des Fests gewissermaßen im Vorteil, »und dann werde ich diesen Herrschaften und vor allem diesem Jungwirth einmal ordentlich die Meinung sagen«. Doch gelang es Herrn Domingo und mir, diesem Plan zu entgehen, indem wir Kloßen vorgaukelten, wir hätten einen Termin bei Herrn Peter Knott, wir wollten nämlich zusammen ein *Musical* schreiben und komponieren. Sofort bot Kloßen sich an, dabei mitzuhelfen, er habe sogar schon von einer Itzehoer CVJM-Laienkabarettvorstellung her noch »einen Haufen scharfe *Songs* auf Lager«. Herr Domingo beschied aber Kloßen gnadenlos, unsere Geschichte sei schon so weit fortgeschritten, daß ein vierter Mann nicht mehr in die Materie dringen könne. Ich tröstete Herrn Kloßen, er und ich, sobald dies Musical beendet sei, könnten mit vollen Segeln an unser Fernsehspiel über die Gastarbeiter gehen. »Ihr schreibt ein Fernsehspiel?« fragte Herr Domingo verwundert. Jaja, schwallte Kloßen festlich, er habe da eine »dufte *Story*«, das laufe »ohne weiteres«, übrigens könne Herr Domingo natürlich auch noch »einsteigen« usw. …

Vor der Tür des Cafés verabschiedeten wir uns. Während Herr Domingo und ich in Richtung Peter Knott ausschritten, sahen wir uns noch einmal die Herren Jackopp und Kloßen von hinten an. Ein wunderbares Bild der Zeit: Kloßen im verknitterten schwarzen Anzug redete heftig gestikulierend und irgendwie schwankend auf Jackopp ein, der in einem fast bis zur Erde reichenden Mantel steif, den Kopf zu Boden gesenkt und sichtlich schweigend, neben Kloßen herschritt, wie ein Mensch, der von den Prügeln des Schicksals förmlich zu Boden gezogen wird, ja …

Kloßen hatte, wie mir jetzt auffiel, völlig seine beiden Koffer in meinem Auto vergessen, eine so blendende Existenzgrundlage war deren Inhalt offenbar auch wieder nicht.

Übrigens finde ich jetzt, daß meine Reflexionen über den Satz »Kannst du mir 20 Mark leihen?« vielleicht doch nicht so geistreich sind, wie ursprünglich erhofft. Nun, ich bin aber nicht bereit, sie im nachhinein nochmals aufzupäppeln, denn das würde dem

Wahrheitsgehalt dieser Niederschrift schwer schaden. Nachdem es nun einmal geschrieben wurde, soll es auch stehenbleiben. Außerdem kann man ja nicht immer ganz geistesgegenwärtig sein. Das klappt oft nicht. Ich verspreche aber, im Folgenden wieder um so mehr auf der Hut zu sein und mich besonders anzustrengen. Ich will ja meine Leser schließlich bei der Stange halten, und diejenigen, welche mir bis hierher willig gefolgt sind, sind ja vielleicht die besten überhaupt. Nämlich Menschen, die Qualität zu würdigen wissen, auch wenn etwas völlig danebengeht.

»Was ist denn das für ein Brief, den der Herr Jackopp da schreiben will?« fragte Herr Domingo, neue Sensationen ahnend. Da erzählte ich Herrn Domingo alles. Dieser sagte diesmal nicht »O Gott, o Gott!«, sondern »O weh, o weh«. Das war offenbar seine höchste Form von wollüstiger Verwunderung. Und kurz darauf sagte Herr Domingo auch noch mit einem Seufzer, als ob er unter all dem sehr litte: »Das ist die moderne Nervosität.« Gut gesagt, sicherlich, doch mir drängte sich während des Gehens wieder meine vorige Vision auf. Man könnte doch, so eröffnete ich meinem Begleiter, anläßlich von Herrn Jackopps Brief überhaupt die schöne alte Form des erotischen Briefes wieder ein wenig reaktivieren. Oder ganz anders gesagt: Man könnte in den nächsten Tagen einen ganzen Haufen Liebesbriefe über unsere Gruppe hinwegschwirren lassen. Also zum Beispiel so: Herr Jackopp schreibt einen Brief an Frl. Czernatzke. Ich schreibe in deren Namen einen glühenden Brief an Herrn Jackopp mit der Bitte um ein Stelldichein da und dort. Jetzt schreibt Herr Domingo namens Peter Jackopp einen gleichfalls glühenden Brief an z. B. Frl. Karla Kopler, in dem sie zum gleichen Rendezvous gebeten wird. So wären also wenigstens Herr Jackopp und Frl. Kopler, die sich ja bisher eigentlich nur zufällig noch nicht angenähert hatten, glücklich vereint. Aber nein, das war noch nicht gut, auch Herr Domingo schüttelte das Haupt... Also anders: Herr Jackopp schreibt Frl. Czernatzke einen Brief. Frl. Czernatzke bittet brieflich Herrn Ulf um Schutz. Herr Ulf schreibt einen drohenden Brief an Herrn Jackopp. Herr Jackopp bittet mich brieflich um Hilfe...

Da riß mich Herr Domingo aus meinen eifrigen Kombinationen und deutete auf die gegenüberliegende Straßenseite. Eine sehr alte Frau mit kreidebleichem Gesicht stand da an eine Hauswand gelehnt, dicht an die Mauer. Es sah beinahe so aus, als ob sie sich ausruhte, aber ganz merkwürdig! Herr Domingo und ich blieben neugierig stehen. Die Frau verbrachte etwa zwei Minuten in ihrer angelehnten Haltung, dann streckte sie die Arme von sich, als wolle sie fliegen, sie brachte aber die Arme nicht mehr ganz hoch und sackte auch schon im nächsten Moment zusammen und fiel genau in die Ecke, wo Straße und Mauerwerk sich schneiden. Während Herr Domingo und ich in sicherer Entfernung stehenblieben, eilten sogleich zwei jüngere Frauen zur Hilfe herbei und packten die alte, wahrscheinlich jetzt schon tote Frau noch schnell unter den Armen, gleichsam um ihren guten Willen zu bezeugen. Während nun auch noch andere Leute hinzutraten, kamen zwei Polizisten des Weges, sahen, daß irgend etwas los war, und eilten hinzu, insgesamt machte das alles einen sehr entschlossenen Eindruck. Wir sahen, wie sich die Polizisten über die alte Frau beugten, emsige Körperbewegungen vollführten und offenbar aufmunternde Reden an die Umstehenden verteilten. Wenig später richteten die beiden Polizisten wieder ihre Körper in die Höhe und vollzogen die unmißverständliche Handbewegung, hier sei leider nichts mehr zu machen.

Nun, auch wir gingen natürlich rasch weiter, und Herr Domingo kaufte sich an einem Kiosk eine Tafel Schokolade, die er sofort erbrach und zügig aufaß. Herr Domingo ist ein großer Schokoladenesser und hat, wie er mir beim Weitergehen erzählte, im Zuge dieser Leidenschaft schon einmal eine schöne Erfahrung gemacht. Er habe, sagte Herr Domingo, vor Jahren einmal sogenannte Kernbeißer-Schokolade mit Nüssen drin bevorzugt, und da sei ihm eines Tages aufgefallen, daß die Nüsse immer spärlicher geworden seien. Als diese Entwicklung anhielt, habe er der Firma Kernbeißer einen langen Brief geschrieben, er sei ein alter Freund des Hauses, zu seinem Befremden müsse er aber nun feststellen, daß statt bisher durchschnittlich 16–19 Nüsse nur noch 12–15 Nüsse in einer

Tafel Schokolade seien. Halte diese Tendenz künftig an, so sehe er sich gezwungen, die Marke zu wechseln. Einige Wochen später sei dann ein Päckchen der Firma Kernbeißer gekommen mit ungefähr 20 Tafeln Schokolade sowie einem Brief, in dem sich die Geschäftsführung für das ihr peinliche Versehen entschuldigte und als Ursache einen Defekt am Band angab. Er, Domingo, habe dann alle 20 Tafeln kurz hintereinanderweg gefressen, und seitdem könne er die Kernbeißer-Schokolade nicht mehr ausstehen – so daß das Entgegenkommen der Kernbeißer-Fabrik letztlich den entgegengesetzten Effekt hervorgebracht habe.

Gleich nach dieser Geschichte waren wir auch schon bei Herrn Knott angekommen. Dieser empfing uns im Morgenmantel, obwohl es schon halb drei Uhr war, und verzog sein Gesicht so garstig, als ob er gestern nacht in der Neger-Diskothek noch sehr viel, allzuviel erlebt hätte. Trotzdem machte Herr Knott über unseren Besuch einen erfreuten Eindruck, fragte, ob wir »einen Schlag Wein« wünschten, und schenkte auch gleich ein. Frau Johanna Knott war übrigens nicht zu Hause, die sei bei »irgend so einem Vorbereitungskomitee für eine Demonstration, Paragraph 218 oder so einen *shit*«, sagte wegwerfend Herr Knott.

Wir setzten uns nun rund um den Tisch und bildeten so ein schönes Dreieck. Nun kam es nur noch darauf an, den Nachmittag bis zum Beginn des Büro-Fests recht heiter zu gestalten und souverän zu überbrücken. Hierzu übernahm ich sofort die Initiative und berichtete Herrn Knott, der über seine Gattin schon Entscheidendes wußte, daß Herr Jackopp jetzt zu Hause sitze und einen Brief an Frl. Czernatzke schreibe. Und ich eröffnete den Herren nochmals meinen Plan, doch von uns aus ins Liebesbriefwesen einzugreifen, um so jederzeit die Kontrolle zu haben, letztlich alles erotische Geschehen nach unseren Wünschen zu lenken.

Herr Knott äußerte, unterstützt von dem schnurrbartzupfenden Herrn Domingo, grundsätzliche Bedenken, er gebrauchte sogar die recht starken Worte »infantil«, »Voyeurismus« und »Ersatzbefriedigung«. Ich hielt dagegen, daß diese Aktion vielmehr aufklärerische und kritische Züge trage, indem sie allen Beteiligten die Augen öffne für die Relativität ihrer erotischen Aktionen. Herr Knott durchschaute mich sofort, zwinkerte mit den Augen und sagte mild: »Du Sophist, du hinterfotziger, hör doch auf!« So gerügt, änderte ich meine Strategie und schlug vor, wir könnten ja das Spielchen auch nur einfach so zum Spaß machen, die besten Briefkombinationen zu erfinden, um so unsere mathematische Phantasie zu schulen. Herr Knott zischte zwar erneut verächtlich »Tzz tzz«, erklärte sich aber mit diesem Vorschlag einverstanden. Herr Domingo zog nach mit den Worten »O Gott, o Gott!«

Ich darf aber sagen, daß beide Herren sich im Folgenden durchaus eifrig an unserem Spielchen beteiligten. Bzw. es waren mehrere Spielchen. Im ersten ging es darum, auf den bevorstehenden Brief des Herrn Jackopp an Frl. Czernatzke optimal zu reagieren. Dabei kam folgendes heraus:

1. Der wirkliche Herr Jackopp schreibt an Frl. Czernatzke einen Brief. Inhalt: »alles«.

2. Frl. Czernatzke schreibt Herrn Jackopp, sie wolle sich ihm anheimgeben, sofern er endgültig von Frl. Witlatschil lassen werde.

3. Herr Ulf Johannsen schreibt an Herrn Jackopp, er solle von Frl. Czernatzke die Finger lassen, sonst setze es was.

4. Frl. Witlatschil schreibt an Herrn Jackopp, sie werde ganz die Seine, sofern er von Frl. Czernatzke ablasse.

5. Herr Jackopp schreibt, von zwei Seiten (Johannsen/Witlatschil) bedrängt, an Frl. Czernatzke, er verzichte auf sie, er habe sein spätes Glück nun doch bei der Ehefrau Doris Jackopp gefunden.

6. Frl. Czernatzke gibt Herrn Ulf brieflich den Laufpaß und droht Frau Jackopp briefliche Rache.

7. Frl. Majewski bittet Herrn Ulf brieflich um eine Aussprache.

8. Frl. Majewski teilt Herrn Jackopp mit, daß er das Lebensglück von Frl. Czernatzke zerstört habe. Er solle sofort in die Schweiz zurück.

Das sähe dann für die einzelnen Beteiligten so aus: Herr Jackopp schreibt einen Brief, kriegt zwei drohende und einen erfreulichen Brief, schreibt einen hocherfreuten Brief an Frl. Czernatzke, bei der aber gleichzeitig ein anderer Brief aus unserer Hand eingeht, er verzichte auf sie. Frl. Czernatzke dreht durch.

Vielleicht schreibt Herr Jackopp nach dem fiktiven Brief Herrn Johannsens an diesen zurück, er solle sich um seine eigenen Sachen kümmern. Gleichzeitig wird Johannsen durch einen Schwindelbrief Frl. Czernatzkes mitgeteilt, es sei nun aus. Dann eilt er zu dem zusammengeschwindelten Rendezvous mit Frl. Majewski, diese kommt aber nicht, weil sie ja nichts weiß, und Herr Johannsen verliert so gleichzeitig zwei Damen. Bevor alles aufgeklärt wird, ist Herr Johannsen bereits wahnsinnig. Die Rettung durch die beiden Damen Majewski und Czernatzke kommt zu spät. Die Chancen für Herrn Jackopp (und mich!) stehen erneut gut, sobald der Schmerz der beiden Fräuleins verflogen ist.

Inzwischen hat aber Herr Jackopp von Frl. Majewski den Auftrag erhalten, in die Schweiz zurückzureisen. Jetzt hat er nur noch Frl. Witlatschil im Griff, die ihm ja nach Maßgabe von Punkt 4 unter gewissen Umständen angehören möchte. Frl. Witlatschil weiß aber von nichts, und Herr Jackopp eilt völlig entnervt zu der roten Frau oder er reist in die Schweiz zurück. Jedenfalls ist er aus dem Rennen.

»Und damit«, schloß Herr Knott freudig auflachend, »sind so gut wie alle relevanten Weiber frei für uns.« Auch Herr Domingo, obwohl er die Stringenz der mathematischen Logik nicht immer begriffen hatte, freute sich sichtlich.

Nun zogen wir noch ein einfacheres Spielchen durch. Es sollten dabei alle Pärchen, die noch nie etwas miteinander zu tun gehabt hatten, obwohl eigentlich nichts dagegen spräche, aneinandergekettet werden, und zwar wiederum durch Briefe. Das sah dann so aus:

Herr Jackopp bittet Frl. Czernatzke um ein Stelldichein
Frl. Czernatzke bittet Herrn Kloßen
Herr Kloßen bittet Frl. Majewski
Frl. Majewski bittet Herrn Stefan Knott
Herr Stefan Knott bittet Frl. Witlatschil
Frl. Witlatschil bittet Herrn Rösselmann

Herr Rösselmann bittet Frau Johanna Knott
Frau Knott bittet Herrn Johannsen
Herr Johannsen bittet Frl. Bitz
Frl. Bitz bittet den jungen Herrn Mentz
Der junge Herr Mentz bittet Frau Heidi Knott
Frau Heidi Knott bittet Herrn Jackopp.

Die Absender müßten dabei ihren Namen aus Gründen der Geheimhaltung verschweigen und den Brieftext so abfassen, daß die Empfänger sowohl die fiktiv-wirklichen als auch völlig falsche Absender erraten könnten.

Dabei käme wahrscheinlich folgendes heraus: Frl. Czernatzke erkennt (richtig) Herrn Jackopp (kommt nicht). Herr Kloßen wittert niemand (kommt). Frl. Majewski wittert mich (kommt nicht). Herr Stefan Knott wittert alles mögliche (kommt). Frl. Witlatschil wittert Herrn Jackopp (kommt nicht). Herr Rösselmann wittert irgendeine Barbara (kommt, aber ganz vorsichtig). Frau Johanna Knott wittert irgend etwas Psychologisches (kommt). Herr Johannsen wittert etwas Undurchschaubares (kommt nicht). Frl. Bitz wittert Herrn Jungwirth (kommt nicht). Der junge Herr Mentz wittert grundlos Frl. Majewski (kommt). Frau Heidi Knott wittert wegen allgemeiner Aufgeregtheit nichts (kommt nicht). Herr Jackopp wittert entweder grundlos Frl. Czernatzke (kommt), oder er kommt ohnedies aus blindem Zufall vorbei.

Es säßen also zu einer von uns bestimmten Zeit in einem Lokal Herr Kloßen, Herr Stefan Knott, Herr Rösselmann, der junge Herr Mentz, Herr Jackopp und Frau Johanna Knott. Was mochten diese sechs einander sagen, was miteinander treiben? Herr Peter Knott, Herr Domingo und ich wollten jedenfalls aus dem sicheren Hinterhalt die Vorgänge beobachten …

Ach, das war doch kein so besonders schönes Spiel. Darum erfanden wir, weil bis zum Bürofest noch eine halbe Stunde Zeit blieb, ein anderes. Jeder von uns drei Herren sollte sich abwechselnd ans Fenster stellen und den beiden anderen über das Treiben unten auf der Straße berichten. Zuerst war Herr Knott dran, der, während Herr Domingo und ich kreuz und quer auf dem Sofa herumlagen, recht farbig die Sinfonie von Verkehr und Gegenverkehr zum Ausdruck zu bringen verstand. Nach zehn Minuten mußte ich an die Arbeit und widmete mich dabei insbesondere der mehrfach und schwungvoll vorbeirauschenden Straßenbahn. Herr Domingo schließlich, dem die Straße ja gewissermaßen Spezialgebiet ist, lieferte eine großartige Schilderung eines alten Mannes, der schräg die Straße zu überqueren versuchte, dabei nach links und rechts in einer Art Selbstverteidigung mit seinem Spazierstecken drohte und schließlich doch etwa in der Mitte der Fahrbahn wieder kehrtmachen mußte, in äußerst gebückter Haltung zum Ausgangs-Gehsteig zurückkroch, es dann an einer anderen Stelle nochmals versuchte, erneut scheiterte und schließlich aufgab und auf dem Ursprungs-Bürgersteig weitertrabte.

Und dann war es auch schon Zeit, diese unsere muntere nachmittägliche Herrenwelt zu beenden und zum Bürofest aufzubrechen. Herr Knott schrieb noch schnell einen Zettel: »Hallo, Johanna, bin auf dem Bürofest. Dein – na wer denn schon – Peter.« Eine spritzige moderne Ehe …

Während wir dann so vor uns hinschritten, brachte ich die Rede erneut auf Herrn Jackopp, der jetzt wohl daheimsitze und gerade mit dumpfem Schnauben seinen von uns allen mit Spannung erwarteten Brief zuende bringe. Als ich das sagte, grinste mich Herr Knott wie vorhin schon so ungeniert an, daß ich direkt verlegen wurde. Dagegen trug Herr Domingo vor, ihn würde vor allem der Satzbau des Jackoppschen Briefes interessieren. Ob Herr Jackopp nämlich mehr mit dem Hemingwayschen Pathos der kurzen, frostigen, knalligen Sätze operierte oder mehr mit den hochkomplizierten syntaktischen Figuren Adornoscher Prägung. Er persönlich, sagte Herr Domingo und zupfte an seinem Bart, tippe mehr auf Hemingway, der gelte in der Schweiz vermutlich noch immer als modern und schick. »Und weiberumlegträchtig«, ergänzte Herr Knott und kniff mehrfach in humoristischer Absicht die Augenlider auf und zu.

Da war ich auf einmal sehr lustig und hatte die allergrößte Freude an meinem Leben, und deshalb warf ich im Vorbeimarschieren Zehnpfennigstücke in mehrere Briefkästen – eine nette Überraschung für die Anwohner und damit sie was zum Nachdenken hatten.

Ich muß allerdings nochmals sagen, ich fand es, so oder so, schlecht, daß Herr Jackopp alles aber auch alles in einen einzigen Brief packen wollte. Dann würde er, unterstellt, Frl. Czernatzke würde tatsächlich von der Macht des Briefes hingerissen und ließe sich flachlegen, dann würde Herr Jackopp ihr sehr bald langweilig werden, wenn so gar nichts mehr aus ihm herauszuquetschen wäre außer ein paar zufriedenen Brummern, wenn er es gerade durchzog. Ganz offenbar tat Herr Jackopp doch wieder einmal das Allerverkehrteste. Als ich seinerzeit meine Liebe zu Frl. Majewski ankurbelte, schrieb ich nur ganz kurze zierliche Briefchen, wie der rosafarbene Hauch eines Frühlingswetters, erst ganz allmählich wurde die Leidenschaft dringlicher und feuriger, schwellte gewaltig an, ein mit mächtigem Atem langgezogenes *Crescendo*... Nun, natürlich, genützt hat es bisher auch nichts, aber immerhin, im Prinzip hatte ich recht.

Wir hatten nun das Bürogebäude erreicht, da strebte auch gerade Herr Gernhardt der Eingangspforte zu und begrüßte uns drei mit dem charmanten kleinen Wörtchen »Na?«. Herr Domingo antwortete schmeichelnd »Hallo!«, Herr Knott sagte »Tag auch!«, und so blieb mir nur noch das zeitlose und ehrwürdige »Grüß Gott!«. Herr Gernhardt ist ein reifer Mann, der in unserer Stadt gewissen unterschiedlichen Tätigkeiten nachgeht, und er besitzt auch eine niedliche kleine Frau, hält diese aber geschickt aus dem allgemeinen Rennen. Das ist zwar unsportlich, aber sicherlich klug von ihm. Herr Gernhardt gilt überhaupt als der vielleicht Klügste von uns. Nun, das muß er natürlich mit einem Manko an Vitalität und Freiheitsspielraum büßen. Betont vorsichtig sagte er also auch diesmal nur »Na?«.

Evoe! Im Bürogebäude im siebten Stockwerk hatte der festliche Taumel bereits ein wenig eingesetzt. Nämlich in einem fast geschlossenen Kreis saßen oder standen artig an verschiedene Schränke und Tische gelehnt schon mehrere Damen und Herren, so etwa der Bürovorsteher Rudolph, Herr Rösselmann, Herr Jungwirth, Frl. Czernatzke, das winzige Frl. Witlatschil, außerdem auch zwei ältere Herren namens Poth und Traxler, Freunde des Hauses, die ich schon kannte. Daneben fiel mir eine pechschwarze Frau auf, die, wie sich später herauskristallisierte, Frau Krause hieß und wohl irgendwie Herrn Poth angehörte – außerdem war eine Frau Pistorius da mit ihrem Kleinkind, das sie »Terror« nannten und das vorerst von allen am vergnügtesten war und wie wahnsinnig hin und her hoppelte. Dazu spielte aus einem Gerät bereits eine moderne *Rocker*-Musik.

Sofort fiel mir auch auf, daß Frl. Czernatzke in einem äußerst frechen roten Kleidchen und in ihrem Drehsessel nicht nur gegenüber den anderen Teilnehmern etwas erhöht saß, sie machte mir auch von Beginn an den Eindruck, als ob sie die geheime Beherrscherin des Kreises wäre, sie verteilte bereits jetzt nach allen Seiten hin scheinbar funkelnde Redensarten wie etwa »Na, Wilhelm!« zu Herrn Domingo und »Hah! Kogelrogel!« zu Herrn Gernhardt – von Liebeswehen auf den ersten Blick noch immer keine Spur – nur einem feineren Beobachter wie mir fiel erneut eine gewisse verträumte Note in ihren Gesichtszügen auf, und ich bin trotz aller Enttäuschungen fast sicher, daß dies erst so ist, seit sich diese Person von Herrn Jackopp geliebt weiß. Dieser war noch nicht da, übrigens auch Herr Kloßen nicht.

Mich hatte Frl. Czernatzke eigentümlicherweise überhaupt nicht namentlich begrüßt. Die anhaltende Strafe für die blöden Blumen?

Jedenfalls waren auf einem Tischchen Bier, Wein, Whisky, Fleischwurst, Essiggurken, Brot, Käse und Oliven aufgebahrt, und während Herr Domingo und ich uns dort erst einmal gründlich sättigten, kam es zu einem ersten Höhepunkt, indem nämlich Herr Knott eine kleine Plauderei mit Herrn Traxler mit einem dröhnenden Lachen abschloß. Und niemand wußte, warum. Aber so muß es wohl sein.

Herr Rudolph schaute dagegen von Anfang an argwöhnisch und besorgt über die Runde seiner Bediensteten und sonstigen Freunde, als ob er fürchtete, morgen würde die tägliche Büroarbeit nicht zufriedenstellend erledigt, oder daß vielleicht irgend etwas Gläsernes im Raum kaputtginge. Kurz darauf gewahrte ich allerdings vom Eßtischchen aus, wie nun Herr Jungwirth aus nächster Nähe etwas zu Herrn Rudolph sagte, was sehr drollig gewesen sein muß, denn Herr Rudolph steckte dabei mehrfach den Kopf zwischen seine Arme, gleich als wollte er sich vor dem betreffenden Witz verbergen, so unerträglich gut sei dieser. Ich finde das für einen Bürovorsteher eigentlich eine unangemessene, unglaubwürdige Haltung.

Gesättigt nahm ich jetzt neben dem kleinen, allerliebsten und in einer Art Häkelkleidchen äußerst ansprechend herausgeputzten Frl. Mizzi Witlatschil Platz, um mich mit ihr ein wenig über mein durch Kloßens Ungeschick entsprungenes Kätzchen zu unterhalten, das ich ja einst von ihr geschenkt bekommen hatte. Aber eigentlich war mir natürlich mehr um die eigentümlich erotische, ja vollweibliche Wirkung zu tun, die gerade das winzige Frl. Witlatschil auf ihre Umgebung versprüht – daß dies Ewigweibliche auch aus einem so winzigen Leib hochlodert und gut ankommt, ist eigentlich ein echtes Wunder! Ich konnte Herrn Jackopp schon verstehen, daß er Frl. Mizzi gelegentlich zwischen 9 und 10 Uhr abends suchen geht. Ob sie es wußte? Sehr angenehm, diese ländlich-innige und doch spröde und herbe Ausstrahlung aus diesem kleinen Donaumädel, das mich schon lange begeisterte, *il balen del suo sorriso,* ich war aber nie dazu gekommen, dies alles näher zu erforschen und womöglich dann Frl. Witlatschil meine Aufwartung zu machen, außerdem ist sie ja wirklich so winzig klein, daß eine innige Beziehung zu ihr für Beobachter leicht ungebührlich wirken könnte. Immerhin plauderte ich jetzt recht hübsch auf sie ein, und ihr gefiel es auch ganz gut, und sie rauchte ständig und sah mich mit ihren schönen Linzer Augen, *due ladri ochi belli,* o Gott, mehrmals verheißungsvoll oder doch prüfend von unten an und zog mir sogar einmal die Bierflasche aus der Hand und nahm einen kräftigen Schluck.

Ein Blick in die übrige Runde ergab, daß Herr Domingo unruhig im Raum auf und ab schlenderte, um dann bei der Plaudergruppe

Knott-Poth-Traxler zu verweilen. Gleichfalls nachdrücklich mit einer Dame dagegen, nämlich mit Frau Pistorius, schwätzte zu diesem Zeitpunkt an der gegenüberliegenden Peripherie unseres Kreises Herr Rösselmann – und dies, obwohl inzwischen Frl. Bitz in den Festsaal gekommen war und am Tischchen nachdenklich Oliven verschlang. Herr Rösselmann lehnte dabei an einem Schrank, hielt in der rechten Hand säuberlich ein Weingläschen und führte sein linkes Ohr so nahe an den Mund von Frau Pistorius, daß der gesamte Körper in der Mitte abgeknickt schien. Ich muß sogar sagen, daß ich sehr froh war, Frau Pistorius nicht zu lieben – so beunruhigend heftig und alle Widerstände brechend schwätzte jetzt Herr Rösselmann wieder. Überhaupt! Herr Rösselmann, obgleich schon ein reiferer Angestellter, pflegt unseren Damen ständig und bei jeder Gelegenheit dermaßen druckreif ausziselierte Artigkeiten hinzublättern, daß ich oft ganz nervös davon werde und völlig meine Felle davonschwimmen sehe. Ich meine, ich kann auch ganz gut schwätzen und die Damenwelt täuschen, aber bei Rösselmann geht das für meine Begriffe etwas zu weit!

Jetzt trat ein Herr Kromschröder auf den Plan und riß auch vorübergehend gleich die Fest-Leitung an sich, indem er zusammen mit Herrn Jungwirth eine Art gravitätische Gavotte tanzte, wobei beide Herren einander ununterbrochen und glutvoll in die rollenden Augen blickten. Frl. Czernatzke lachte am heftigsten darüber – ein weiterer Beweis für die innere Nervosität dieser Frau. Na, würde erst Herr Jackopp eintreffen! Übrigens ist Herr Kromschröder einer der ärgsten, ja sogar nebenberuflichen Possenreißer in unserer Stadt, und er trägt deshalb auch ständig – obwohl vollberechtigtes Büromitglied! – eine Art Zimmermannstracht – und der Bürovorsteher Rudolph läßt es durchgehen, ein weiterer Beweis für die unordentlichen Zustände in diesem Büro ...

Und schon wieder brandete ein gewisses Strohfeuer auf. Zur Tür herein schwärmte nämlich Frl. Majewski in blutroten Cordhosen und einer nicht ganz durchschaubaren, aber irgendwie schwarzen Oberbekleidung, und sie rief wie immer entzückt:

»Hallo, ihr Süßen!« und fiel einleitend einem Herrn nach dem anderen um den Hals, wobei sie jeweils einem anderen etwas Rasches und Leidenschaftliches zurief. Erschreckt beschaute sich das Kind »Terror« den entstandenen Tumult, das gleichzeitige Anschwellen der Rockerklänge mußte ihm zusätzliche Furcht einjagen.

Als sich alles wieder etwas beruhigt hatte, trat Herr Jungwirth an mich heran und fragte lauernd, wo eigentlich Herr Jackopp sei. Ich antwortete, Herr Jackopp habe sein Erscheinen zugesagt. Ja nun, fuhr Herr Jungwirth fort und leckte lüstern die Lippen, er frage nur, weil doch gerade heute eine so »schöne Gelegenheit« zu einer »echt dramatischen, ja tragischen Zuspitzung« von Jackopps Leidenschaft bestehe. Wie er, Jungwirth, das meine, fragte ich zurück. Nun, holte Herr Jungwirth wie nachsinnend aus, er denke etwa daran, daß sich Herr Jackopp auf dem Höhepunkt des Fests und vor den Augen von Frl. Czernatzke aus dem 7. Stockwerk stürze – »und sich dort unten gleichsam flachlegt«, wie Herr Jungwirth bedenklich und nur mit einem leichten Anflug von Lächeln ergänzte. Ich entgegnete, das wäre allerdings sehr schön und eindrucksvoll, allerdings habe Herr Jackopp, soweit ich informiert sei, heute nachmittag Frl. Czernatzke einen Brief geschrieben, dessen Effekt er doch vermutlich noch abwarten wolle. Herr Jungwirth sann kurz nach, dann sagte er, vielleicht würde Herr Jackopp den Brief zum Fest mitbringen, ihn Frl. Czernatzke in die Hand drücken und dann sofort und wortlos hinunterhüpfen. »Oder noch viel schöner«, rief Herr Jungwirth in plötzlich sanft loderndem Feuer, Herr Jackopp könnte den Brief schreiben, ihn zur Post geben, zum Fest marschieren und dann springen – »um so den Brief gleichsam ins Bekennerhafte zu steigern«.

Nun, das mußte ich zugeben, das war wahr, daran hatte nicht einmal ich gedacht.

Bei dieser Gelegenheit muß ich sagen, es kristallisierte sich in der Sache Jackopp immer deutlicher eine Gruppe von Laurern und Freudig-Erregten heraus, der mindestens Herr Rösselmann und Herr Jungwirth angehörten, am Rande vielleicht auch noch ich selber, obwohl meine freudige Erregung durch eine mir jederzeit unverbrüchliche Humanität sicher unter Kontrolle gehalten wurde. Woher aber kam denn diese freudige Erregung? Naja, meines Wissens einfach aus der Tatsache, daß sich wieder einmal zwei Menschen unter knisternder Spannung aufeinander zubewegten, aber noch nicht ganz fanden. Und so soll es ja sein, ich meine, daß sie sich finden. Die Paarbildung ist ja gewissermaßen ein geschriebenes Naturgesetz, wenn ich es recht verstehe, so wie der Erdanziehungsfaktor 9,81 ist...

Es war aber inzwischen schon wieder etwas Neues im Gange, nämlich ein gewisses Getriebe zwischen Frl. Majewski und Frl. Witlatschil, übrigens zwei fast sehr guten Freundinnen, und man hörte plötzlich Worte wie »Hau ab, du blöde alte Wachtel!« und »Halt deinen Rand, du blödes, dummes Stück!«, und schon war Herr Domingo hinzugeeilt, um zu fragen, was denn los sei. »Ach nichts«, lachten da beide, und Frl. Majewski legte sofort freundschaftlich ihren Arm um Frl. Witlatschils Schultern, so daß sich der gefoppte Herr Domingo wieder zurückziehen mußte. Wissend lächelte Herr Traxler.

Inmitten der entstandenen Unruhen war Herr Kloßen unter der Tür des Festsaals aufgetaucht, hatte einen mißtrauischen Blick auf die Gäste geworfen und war, nachdem er mir matt und gleichsam hilfesuchend zugewinkt hatte, im Hintergrund des Hauptfeldes stehengeblieben. Ich beobachtete ihn eine Weile, wie er, von einem Fuß auf den anderen pendelnd und sein Körpergewicht verlagernd, leicht hin- und herschwankte, als sei ihm überaus unbehaglich zumute. War es ein Nachmittagsräuschchen oder ein tiefer, unausrottbarer Argwohn gegen die Festgäste? Es sah irgendwie so aus, als ob Herr Kloßen die Festrunde als Gesandter einer feindlichen Macht beobachte, angstvoll und drohend in einem, gleichzeitig aber, als ob er das Fest bewache und verantwortlich beschließe. Jetzt fiel mir wieder ein, Kloßen war ja heute nachmittag mit Herrn Jackopp aufgebrochen, er könnte darum auch über dessen Befinden Bescheid wissen. Ich näherte mich ihm also locker, brachte auch ein Bier mit, denn dieser so durstige Mann hatte überhaupt noch keins und traute sich anscheinend nicht, eins zu greifen, und dann fragte ich ihn, wo Herr Jackopp sei. Kloßen grunzte, der sei bloß schnell nach Hause, sich umzuziehen, vorher aber sei er – Kloßen hatte sich offenbar jetzt wieder gefangen und sprach sehr laut und engagiert – zusammen mit ihm durch die Stadt gezogen, in einer *Flipper*stube gewesen, anschließend kurz im Bahnhofskino – – –

Hm. Der Brief war also nicht geschrieben worden. Kloßen hatte es durch ein paar simple Zerstreuungstechniken verhindert. Sollte man an Herrn Jackopps Liebe erneut zweifeln? Oder hatte Jackopp sich doch dafür entschieden, brieflos zum Fenster hinauszuhüpfen? Und während mir Kloßen jetzt dröhnend berichtete, er und Jackopp hätten beschlossen, künftig wöchentlich zweimal zum Billardspielen zu gehen, nahm ich genau wahr, wie Herr Jungwirth, obgleich er eigentlich mit Herrn Poth plauderte, scharf Frl. Bitz beäugte …

Da betrat Herr Jackopp den Festsaal. Er trug einen besonders finsteren Blick, ja es war schon direkt unheimlich, dazu aber einen sehr vornehmen, geradezu aristokratischen und graugestreiften Konferenzanzug, ein fliederblaues Hemdchen und sogar eine Art Mozartschleifchen am Kragen. Endlich hatte ich also die beiden Hauptliebenden wieder nach drei Tagen vereint unter einem Dach! Und ebenso reizvoll war es zu beobachten, daß auch Herrn Rösselmanns Blick sofort zwischen Frl. Czernatzke und Herrn Jackopp hin- und herschweifte! Es kam aber zuerst alles wieder mal ganz anders, denn genau mit dem Eintritt von Herrn Jackopp fing das Kind »Terror« maßlos an zu schreien und zu jauchzen und lief zu Herrn Jackopp und versuchte, an dessen Bein hochzukrabbeln. Vermutlich war »Terror« einfach von dem schmucken Anblick des Herrn Jackopp begeistert und überwältigt, denn alle anderen Herren im Raum trugen lediglich grobschlächtige Alltags- bzw. Bürokleidung …

Herr Jackopp nahm aber den Eingriff des Kindes anscheinend überhaupt nicht wahr, sondern richtete, ohne, wie ich genau beobachtete, einen Blick auf Frl. Czernatzke, die sofort und demonstrativ auf Frl. Majewski einkicherte, zu verschwenden, mit ungewöhnlich fester, ja stählerner Stimme eine Frage sozusagen an das gesamte Festpublikum: »Wo ist die Mizzi? Wo ist die Mizzi?«

Streng und schnell fragte er es mehrmals hintereinander, worauf »Terror« erneut hingerissene Schreie ausstieß und deshalb von seiner völlig ahnungslosen Mutter Pistorius kurz mit dem Zeigefinger bedroht wurde. Nun setzte sich, das Kleinkind ein wenig abschüttelnd, Herr Jackopp auf einen gerade freien Stuhl, starrte etwa zehn Sekunden auf den Fußboden und rief plötzlich erneut: »Wo ist die Mizzi?« Da antwortete der nicht zufällig vorbeischweifende Laurer Jungwirth mit ernstem Gesichtsausdruck, gerade vorhin sei sie noch dagewesen, vielleicht sei sie gerade in einem anderen Raum telefonieren. »Mit Negern«, dachte ich unwillkürlich. Herr Jackopp starrte erneut ein paar Sekunden, dann öffnete er eine Flasche Korn, die er, wie ich erst jetzt sah, in der Jackentasche mitgebracht hatte – und trank in wirklich ungeheuren Zügen mindestens fünf Schluck in sich hinein, so daß die Flasche schon fast zu einem Viertel leer war. Dann starrte er erneut.

Herr Jungwirth hatte schon recht. Die äußeren Voraussetzungen für einen Selbstmord waren gut, wurden sogar immer besser: tadellose Kleidung und zudem ein eindrucksvoller Rausch! Schon wieder griff Herr Jackopp entschlossen und wie in Todesbereitschaft zu seiner Flasche und schaffte auch diesmal immerhin drei erstaunliche Schlücke. Das Kind »Terror« stand jetzt neben ihm und jauchzte, von Jackopp unbeachtet, über diesen kostbaren Mann. Noch immer hatten übrigens Frl. Czernatzke und Herr Jackopp nicht einen einzigen flüchtigen Blick gewechselt – es ging also offenbar auf eine nervenzerreißende Entscheidung zu! Der Brief, er war nach Kloßens Aussage ungeschrieben geblieben. Sollte es tatsächlich gleich zur Tat kommen …?

»Wo ist die Mizzi?« fragte, den Kopf hochschleudernd, nun wiederum und mit Schärfe Herr Jackopp. Herr Domingo, der eben vorbeischlich, antwortete höflich, er habe keine Ahnung, sie werde sicher noch im Hause sein, und dann fragte Herr Domingo Herrn Jackopp zart, weshalb er denn so überaus vorzüglich angezogen sei: »Sie beschämen ja geradezu die anderen Herren hier.« Herr Jackopp lauschte ein paar Sekunden in sich hinein, dann hatte er die Frage verstanden. »Ich geh mich jetzt umziehen«, sagte er fest und entschlossen, nahm zwei mörderische Schlücke aus seiner nun schon halbleeren Flasche und bat mich, ihm ein Taxi zu bestellen, was wieder einmal sehr erstaunlich war, denn Herr Jackopp wohnte nur ein paar hundert Meter entfernt. Nach einem letzten Reise-Schluck, ohne ein weiteres Wort und gleichsam blicklos verließ dann Herr Jackopp den Festsaal. Zu meiner Genugtuung beobachtete ich dabei, wie Frl. Czernatzke Herrn Jackopp, als dieser zur Tür schritt, heimlich, flüchtig und mit einem Gesichtsausdruck nachblickte, den ich ohne Umschweife als »umflort« bezeichnen würde …

Übrigens hatte dieser kurze und prägnante Auftritt des Herrn Jackopp außer mir, dem Kleinkind »Terror«, Frl. Czernatzke und den Laurern Jungwirth und Rösselmann niemandem größeres Interesse abgerungen, sondern diese recht ichverliebten Menschen hatten sich eigentlich die ganze Zeit über weiter mit ihrem privaten und sicherlich recht bedeutungslosen Kram beschäftigt, hatten geschwätzt, teilweise leise geschrien und da und dort vielleicht sogar einander leicht liebkost, so zum Beispiel, wenn ich es recht gesehen habe, Frl. Majewski und Herr Knott. Eben führte linkerhand Herr Gernhardt einen kleinen Scherz vor. Herr Rudolph sollte die Zeigefinger einen Zentimeter voneinander entfernt parallel halten, waagerecht auf sie wurde nun ein Streichholz gelegt, und nun mußte Herr Rudolph »Klingling« sagen. Darauf hob Herr Gernhardt das Streichholz ab und sprach: »Ja, hier bei Gernhardt, und wer spricht dort?« Ich fand den Scherz köstlich, sogar Herr Kloßen, der nun etwas näher ins Zentrum des Geschehens gedrungen war, lachte dröhnend und gleichsam wiedererstarkt. Herr Rudolph aber, glaube ich, obwohl er gleichfalls heftig lächelte, schämte sich, daß er als Bürovorsteher so ausgetrickst worden war.

Jetzt gesellte sich noch ein anderer Herr zu den Festgästen, Herr Nikel, der alleroberste Bürovorsteher, ein zierlicher Mann in kunterbuntem Gewand, der nach einem allgemeinen Gruß mit dem silbrighellen Wort »Hallo!« wendig zu verschiedenen Personen im Raum hüpfte, auf diese emsig einredete, dabei sehr verantwortungsvoll aussah und dann doch immer wieder einmal sittsam lächelte und einmal flink sogar »Hahahaha!« machte. Doch bald eilte dieser äußerst geschwinde Herr wieder weg und wünschte uns allen mit grüßend erhobenen Ärmchen und dem Wörtchen »Hallo!« ein weiteres Gelingen des Fests.

»Wo nur Herr Jackopp bleibt?« wandte sich Herr Jungwirth erneut und besorgt lauernd an mich und strich sich über sein silbergraues Westchen. Ich muß gestehen, auch ich wünschte dringlich Herrn Jackopps Wiederkunft. Spürte ich doch, daß wir alle heute abend an einem entscheidenden Punkt, ja einer Wendemarke der neueren Geschichte angelangt seien, das heißt, wenn heute nichts passierte, sei es Freudiges, sei es Schreckliches, dann würde gewissermaßen überhaupt nie mehr etwas passieren. Ich kann das natürlich nicht beweisen, aber…

»Terror«, das Kleinkind, schrie auf – Herr Jackopp war zurück. Eine neue Überraschung! Er trug jetzt ein weißes *T-Shirt*-Hemdchen, in dem vorne auf der Brust die Worte *St. Louis-Stars* und darunter riesengroß die Zahl 42 standen. Wie zu erwarten, fragte Herr Jackopp noch unter der Türe scharf: »Wo ist die Mizzi? Ist die Mizzi da?« Herr Jungwirth wiederum war es, der hier einsprang und sagte, sie sei noch immer nicht zurück, aber er könne gern einmal suchen gehen – und er schaute dabei Herrn Jackopp frech und unverwandt ins Auge. »Ja«, sagte Herr Jackopp, »ist gut«, worauf sich Herr Jungwirth tatsächlich auf die Socken machte (was erhoffte er sich davon?), während Herr Jackopp wieder Platz nahm, und zwar diesmal neben mir. *Tant mieux!* Vielleicht würden mir so besondere Genüsse zuteil…

Nun, einleitend starrte Herr Jackopp wieder, dann nahm er einen schon kleineren Zug aus seiner Kornflasche und reichte sie mir weiter. Frl. Czernatzke kicherte jetzt allzu lustig und hektisch auf den mild lächelnden Herrn Traxler ein. Ja war denn hier alles für die Katz? Sollte man Herrn Jackopp einfach hochheben und auf den Schoß von Frl. Czernatzke setzen, damit er seine Chance wahrnähme? Doch es kam wieder einmal ganz anders, denn plötzlich hörte ich Jackopp mit dumpf rollender Stimme neben mir sprechen: »Wußtest du eigentlich, was die Rut Brandt für eine schöne Frau ist? Das ist die einzige Frau in Deutschland, die mich erregt. Unheimlich erregt.«

Wie denn! Darauf war ich natürlich nicht gefaßt, und ich muß wohl einen Moment lang sehr benommen dreingesehen haben. Eine völlig gewandelte Situation! »Die Rut Brandt«, hob Herr Jackopp erneut mit Grabesstimme an, »ist die schönste Frau, die ich kenne. Unheimlich hübsch.« Und nach einer kleinen Pause: »Das ist mir jetzt klargeworden.«

Wann? Heute nachmittag beim Flippern mit Kloßen? Im Bahnhofskino? Bei der letzten Toilette? Ich war recht verlegen, und so fiel mir nichts Klügeres ein, als Herrn Jackopp zu fragen, ob er eigentlich wüßte, daß »Rut« im Norwegischen »Rüt« gesprochen wird – das habe mir einmal eine Norwegerin erzählt. Herr Jackopp antwortete: »Eine unheimlich hübsche Frau, ich habe sie im Fernsehen gesehen.« Ich deutete nun Herrn Jackopp behutsam an, daß dies schon wahr sei, daß aber vielleicht letzten Endes – in meiner Ratlosigkeit fiel mir nichts Geistreicheres ein – die Brigitte Bardot doch noch ein wenig hübscher sei. »Unheimlich«, sagte Herr Jackopp und nahm noch einen Schluck. Da kam gerade Herr Domingo des Wegs, beugte sich lächelnd zu uns, las mit Interesse die Aufschrift auf Jackopps Hemdchen und fragte mit gefälligem, wenngleich tückischem Ton in der Stimme: »Na, ihr beiden, was gibt es denn?« Dankbar für diese Unterbrechung einer für mich äußerst heiklen Situation, sagte ich: »Herr Jackopp und ich unterhalten uns gerade darüber, wer hübscher ist, Rut Brandt oder die Brigitte Bardot?«

»Die Bardot«, fuhr gleichsam erwachend und zornig Herr Jackopp hoch: »Dreck!«

Gelöst lachten Herr Domingo und ich, indessen Herr Jackopp gleichbleibend tödlich dreinblickte. Wollte er Rut Brandt wirklich umlegen? Doch im nächsten Augenblick war schon wieder etwas Neues im Gange. Frl. Majewski begann nämlich plötzlich zu einer modernen Negermusik mit Frl. Czernatzke überschwenglich und wie von Sinnen zu tanzen, dabei lachten beide sehr wild und ungesund, und ich glaube, einmal versuchte Frl. Majewski sogar Frl. Czernatzke ins Ohr zu beißen! Um die Tanzenden standen Herr Jungwirth, Herr Gernhardt und Herr Knott und klatschten mit großem Eifer in die Hände, denn dies war sicherlich der bisherige Höhepunkt des Fests. Gleichzeitig erschien auch das Kind »Terror«, das unter dem Stuhl durchgekrabbelt war, zwischen meinen Beinen, lachte mich geistlos an, schrie: »Ah-ah-ah-ah!« und versuchte meine Nase zu ergreifen. Ich wich aber geschickt aus und deutete dem Kind, indem ich die Augen nach rechts verrollte, in Richtung auf Herrn Jackopp, der ja neben mir saß und in all dem finsteren Gewürge um ihn herum wieder einmal wie abwesend starrte. »Terror« verstand dieses Signal Gottseidank sehr gut, verließ mich sofort und wackelte, während gerade Frl. Majewski beim Tanz ins Stolpern kam und deshalb laut quietschte, nach nebenan zu Herrn Jackopp und griff ihm sofort in die fast tragisch nach unten hängenden Kopfhaare. Herr Jackopp erwachte dabei aus seinen schweren Gedanken, sah einen Moment lang das ihm ergebene Kind aus nächster Nähe vollkommen verständnislos an, dann nahm er erneut einen Schluck aus seiner Flasche und sagte tonlos und gleichsam für sich selber: »Ich glaube, ich muß jetzt gleich unheimlich kotzen.«

Im gleichen Augenblick streifte Herrn Jackopp – zum zweiten Mal an diesem Tag – ein bitterer und doch, wie ich zu beobachten glaubte, irgendwie wohlwollender Blick des Frl. Czernatzke, das vom sinnlosen Tanz auf seinen Sessel zurückgesunken war. Herr Jackopp merkte es aber nicht, weil nämlich, als er sich gerade vom Schnapsgenuß schüttelte, »Terror« freudiger und hemmungsloser als zuvor zu plärren anfing und Herrn Jackopp – offenbar in der irrigen Meinung, das Leben sei doch eine wunderbare Sache – noch heftiger ins Haar griff. Herr Jackopp hielt sich bei diesem Angriff aber sehr gut, er beugte sich, die Faust des Kindes im Schopf, zu mir herüber und sagte ernst und wiederum tonlos: »Ich geh jetzt in' Krenz! Du kommst mit?«

Jetzt lockerte sich der Zugriff des Kindes, das aber weiter vor Jackopp stehen blieb und diesen St. Louis-Star bewundernd, ja andächtig beschaute. Ich schlug Herrn Jackopp zart vor, wir sollten vielleicht noch ein bißchen hier bleiben, später würde ich gerne mitkommen. War denn wirklich alles vergebens? »Wo ist die Mizzi?« fuhr Herr Jackopp plötzlich wieder hoch – und seltsam genug, wurde Frl. Mizzi gerade von Herrn Jungwirth in den Festsaal geleitet. Sie hatte offenbar Herrn Jackopps Frage noch mitgekriegt, denn sie blieb seitwärts von ihm stehen und schaute ihn durchdringend und respektlos an. »Da ist die Mizzi!« rief nun geradezu lockend der Laurer Jungwirth und besah ebenfalls erfreut Herrn Jackopps St.-Louis-Star-Hemdchen. Herr Jackopp sammelte sich ein paar Sekunden, dann sah er Frl. Mizzi entgeistert ins Gesicht und sagte: »Was ist? Ich geh in' Krenz. Du gehst mit?«

»Warum?« fragte Frl. Mizzi schroff und unbarmherzig. Herr Jackopp dachte erneut nach, dann sagte er: »Ich geh in' Krenz. Du kommst jetzt mit?«

Frl. Mizzi sah nun Herrn Jackopp mit fast inständiger Wortlosigkeit an und sagte gar nichts mehr. Es entstand zufällig, weil gerade die Negermusik schwieg, eine kleine Pause, während der man Herrn Rösselmann in unnatürlich charmantem Ton auf Herrn Traxler einreden hörte: »Und natürlich wird es meinem Haus ein Vergnügen sein, auch Ihre Frau Gemahlin zum Tee bitten zu dürfen.« (Was denn! Kann denn ein Haus, gar ein vergnügtes Haus, bitten??) Mit einem Seufzer erhob sich nun Herr Jackopp und sagte müde: »Ich kotze jetzt. Du kommst nach?«, sah an Frl. Mizzi vorbei und verließ augenblicklich den Festsaal, begleitet von einem langen und aufmerksamen Blick Herrn Jungwirths. Würde heute Frl. Mizzi ihm gehören? Ich dachte, dieser Mann erschliche gerade Frl. Bitz! – Eigenartigerweise vergaß Herr Jackopp diesmal ein Taxi zu bestellen. (Was wollte eigentlich Rösselmann von der Gemahlin des Herrn Traxler?) Dabei hätte sich diesmal ein Taxi für Herrn Jackopp durchaus gelohnt, die Gaststätte »Krenz« ist immerhin etwa 800 Meter vom Büro entfernt …

»Hau ab!« kommentierte leise und mit völlig ruhiger Stimme Frl. Mizzi Herrn Jackopps Abgang. Und mit diesen Worten löste sich gleichsam alle angestaute Spannung der letzten Minuten. Nun, es hat nicht sein sollen, das mit dem Sprung aus dem Fenster. Anscheinend klappt die Tragik bei uns einfach nicht mehr, damit muß man sich eben abfinden – – –

Die nächste halbe Stunde passierte denn auch überhaupt nichts, außer daß einmal Frl. Majewski höchst ungeschickt und unvorsichtig in den Saal rief, dies sei eine »herzlich kaputte traute Gemeinschaft«. Eigenartig! Schon den zweiten Abend hintereinander verlebte sie heute ohne Herrn Ulf. Sollte ich angreifen? Nach all den ernüchternden Erfahrungen von gestern abend? Nein, meine Stunde war sicher noch nicht gekommen, ich würde mich spröde geben, um so größere Wonnen würden dem folgen, vielleicht …

Inzwischen war es sieben oder acht Uhr geworden, und einzelne Personen brachen bereits auf zum Abendbrot, so etwa Frau Pistorius, die auch Gottseidank ihr Kind »Terror« mit heim packte, Herr Traxler wohl aufgrund seines fortgeschrittenen Alters – und völlig überraschend war auch Herr Kloßen verschwunden, dies war offenbar sein Revier doch nicht. Überrascht beobachtete ich beim Abschied von Frau Pistorius, daß diese Frau überaus liebevoll von Herrn Domingo abgeküßt und abgeschleckt wurde. Das war neu! Nun, man kann natürlich seine Augen nicht überall haben. Aber vielleicht sollte Herr Pistorius die seinen mal weiter aufmachen. Dieser Domingo! Ha! Jetzt erinnerte ich mich, ich hatte kürzlich mal mit ihm zusammen und Frau Pistorius gefrühstückt. Herr Pistorius befand sich bereits an seinem Arbeitsplatz. Nach dem Frühstück haben Frau Pistorius und Herr Domingo ein wenig auf dem Balkon Tango getanzt und waren so meinem Blick entzogen. Aha!

(Übrigens, Herr Pistorius!, ist auch Herr Stefan Knott, wie ich aus seiner 20-Frauen-Strichliste weiß, hinter Ihrer Frau her …)

Jetzt trat Herr Jungwirth an mich heran und äußerte sein Bedauern, daß es nun ja leider mit dem Selbstmord nicht funktioniert habe. Ich ermunterte Herrn Jungwirth, noch sei ja nicht aller Tage Abend. Auch Herr Rösselmann hatte wohl inzwischen Herrn Jackopps Abgang registriert, und wir drei beratschlagten nun eine Weile ohne rechtes Ergebnis, was in dieser Sache noch getan werden könne. Und während sich dann Rösselmann und Jungwirth über ein gewisses und mir unbekanntes Frl. Schminke unterhielten, das, soviel ich mitbekam, seit kurzem den Bürovorsteher Rudolph zu umgarnen versucht, fiel ich plötzlich ins Studieren, welchen Namen man Herrn Kloßens und meiner zukünftigen Fernseh-Fabrik wohl geben könnte, wenn einmal alles am Schnürchen lief und monatlich 18000 Mark ins Haus flögen: Kloßen und Co? Kloßen und Grausam? Grausam und Unsinn? Unsinn, Grausam und Unfug: UGU ...?

Ich mußte wohl ein wenig eingenickt sein, denn auf einmal war alles im Festsaal verändert. Herr Gernhardt, Frl. Bitz, Frl. Majewski, Frl. Mizzi, Herr Poth, Herr Rudolph und Herr Rösselmann bildeten nun eine Art malerische Diskussionsgruppe, d. h., einer sagte abwechselnd etwas Leises, und die anderen kicherten dann in fast regelmäßigen Abständen kurz auf. Etwas näher bei mir lungerten Herr Domingo und jene Frau, die Herrn Poth gehörte, und führten ein wohl schwerblütiges Gespräch, jedenfalls hörte ich Herrn Domingo auf einmal sagen: »Man lebt davon, was einen die anderen Leute erkennen lassen«, worauf die Frau zustimmend und ernst nickte. Das ist wahr, was Herr Domingo da lehrte! Das sah ich sofort ein ...

Herr Knott wiederum hatte jetzt in ebenfalls sehr malerischer Haltung seinen rechten Fuß auf den Stuhl von Frl. Czernatzke hochgestemmt, offenbar sollte das die Innigkeit seiner sicherlich belanglosen Ansprache steigern. Oder warb dieser Mann etwa für Herrn Jackopp? Ja hatte Frl. Cerznatzke überhaupt mitgekriegt, daß Herr Jackopp verschwunden war? So etwas Unaufmerksames! Und da – was quasselte dieser Jungwirth, dieser alte Esel, jetzt so leidenschaftlich auf Frl. Bitz ein? Herr Rösselmann würde sich höllisch vorsehen müssen! Bei solchen Festen passiert es eben meistens. Mir wurde neulich sogar erzählt, ich hätte anläßlich eines romantischen Galaabends zwischen 3.30 und 4.30 Uhr früh neben einer mandeläugigen Dame aus Heidelberg gekniet und ihr ununterbrochen von oben nach unten den linken Arm angeknabbert. Nun, diese meine damalige Haltung nehme ich sofort zurück. Sehr unfein finde ich aber, daß die betreffende Dame dabei arrogant und sogar frech den Beobachtern der Szene zugelächelt haben soll, ganz als wolle sie achselzuckend zum Ausdruck bringen, was für einen Blödmann sie da hängen habe – – –

Doch noch bevor ich über dieser Erinnerung zornig werden wollte, trat jetzt Herr Domingo mit Herrn Poths Dame an mich heran und stellte vor, dies sei die Frau Krause und das da – dabei deutete er auf mich – sei »der große Henscheid«, der »seinerzeit die berühmte Kühlfilter-Anzeigen-Kampagne so virtuos durchgezogen« habe, und ich sei nämlich »ein absolutes As auf dem Gebiet der Produktwerbung und des gruppendynamischen *Marketings*«. Nun ja, wehrte ich, Frau Krause anlächelnd, ab, Herr Domingo übertreibe, das mit den Kühlfiltern sei erstens für mich Routinesache gewesen und zweitens praktisch von selber gelaufen, ich sei damals eigentlich nur »in eine offene Marktlücke gestoßen« – etwas Profilierteres fiel mir leider nicht ein. »Aber Sie haben doch dabei sicher mächtig verdient?« wollte Frau Krause, eine recht leichtgläubige Person, wissen. Natürlich, sagte ich, wie müde, ich hätte mächtig eingesackt, aber diese Produkt-*Timing*-Tätigkeit (wo hatte ich nur dieses Wort her?) böte mir heute keinen Lebensinhalt mehr, mein einziger Wunsch sei, einfacher Sachbearbeiter in einem Büro wie diesem da zu werden, mit einer kleinen Kartei und einem netten sauberen Schreibtisch, »weg von dem mörderischen Rummel der Projektgruppen-Forschung und der *Sales-Promotion*«.

Verdammt, was redete ich da alles zusammen! Warum täuschte ich diese Frau so arglistig? War ich denn geisteskrank? Doch schon sagte Frau Krause, das mit der Sachbearbeiter-Tätigkeit ließe sich doch ohne weiteres bewerkstelligen. »Eben nicht!« krähte ich zu meiner eigenen Überraschung, ich hätte schon alles versucht, und immer wieder sei ich abgewiesen worden. Sachbearbeiter wolle ich werden, schrie ich, »Sachbearbeiter oder Museumswärter oder Stadtgärtner oder am allerliebsten Logenschließer in einem ruhigen kleinen Privattheater mit Uniform!« Nun nun, schritt da Herr Domingo begütigend ein, das mit dem Sachbearbeiter ließe sich sicher deichseln, wenn sich z. B. Frau Krause für mich einsetzte. Aber ja, rief diese fast entzückt, sie wolle morgen gleich mal mit ihrem Vorgesetzten sprechen, vielleicht sei gerade eine Planstelle frei. Am Nachmittag wolle sie mit ihm verhandeln, da sei er meist sanft und umgänglich, und dann würde sie mich gleich anrufen und mir Bescheid sagen. Und sie notierte sogar meine Telefonnummer. Ich solle »ja nicht die Hoffnung aufgeben!«.

Ich meine, dies letzte war ein so eigentümlich schillerndes Wort, daß es erlaubt ist, diese ganze scheinbar dumme Geschichte mit Frau Krause vorzutragen – obgleich sie mit der Liebe des Herrn Jackopp überhaupt nichts zu tun hat. Frl. Czernatzke sah zu diesem Zeitpunkt übrigens schon irgendwie leidend oder doch in sich gekehrt aus – sollte Herr Knott ihr ins Gewissen geredet haben …?

Wieder brachen einzelne Personen auf, so der ängstliche Bürovorsteher Rudolph, der umsichtige Herr Gernhardt, um auf sein Frauchen aufzupassen, Herr Poth und Frau Krause, die mir noch einmal aufmunternd zuwinkte – und leider auch Frl. Witlatschil und Frl. Majewski, die beide noch schnell in ein Jazz-Lokal wollten (»und Neger treffen«, dachte ich überraschend). Es kam aber fünf Minuten später für diese beiden noch ein Ersatz, nämlich ein Frl. Karla Kopler, das ich schon gut kannte, ja sogar in Kolmar einmal auf Anordnung von Herrn Rösselmann geliebt habe – ein äußerlich liebliches und feingebildetes Wesen, das sich aber nicht immer im Zaum zu halten versteht und – ich muß es leider sagen – schon zur Zeit ihrer Ankunft nicht mehr ganz nüchtern schien, nämlich genau wie vorher Frl. Majewski einen Herrn nach dem anderen umhalste und eine leidenschaftliche Unruhe veranstaltete – als ob es hier irgend etwas zum Freuen gäbe! Der aufmerksame Leser wird, nebenbei, schon bemerkt haben, daß bei diesem Fest wie in unserer Gesellschaft überhaupt die Frauen mit wenigen Ausnahmen (Bitz!) den weitaus größten Lärm schlagen, statt uns Herren erotisch noch mehr zu faszinieren …

Zuerst teilte Frl. Kopler mit, sie habe furchtbaren Durst, und sie trank sofort ein ganzes Weinglas Whisky leer, das ihr von Herrn Jungwirth (änderte der schon wieder sein Ziel?) eifrig hingereicht worden war. Alsdann zog Frl. Kopler aus ihrer Tasche ein mir schon bekanntes furchtbares Gerät, einen sogenannten Lachsack, ein Ding, aus dem, von einer elektrischen Batterie gespeist, eine männliche Stimme ununterbrochen und in wahrhaft grauenerregender Weise lachte und alle höhere Gesellschaftskultur gnadenlos niedermähte. Frl. Kopler, obwohl nur sie selbst Vergnügen an diesem Teufelswerk empfand und alle anderen Festgäste bitterlich dreinschauten, ließ den Lachsack eine Viertelstunde lang lachen und war auch dann nicht von ihrem Mitbringsel abzulenken, als sie von Herrn Jungwirth um ein Tänzchen gebeten wurde. Allerdings trank sie noch ein Glas Whisky, und schließlich ließ sie sich in einen Bürosessel plumpsen, streckte die Füße von sich und sagte mehrmals hintereinander: »Bin ich kaputt, bin ich kaputt!« Dann erst wurde sie friedlicher, fingerte aus einem Glas vier Essiggurken, verzehrte sie, steckte sich endlich ein Zigarillo an, schloß die Augen und gab erst mal wieder Ruhe.

Wir hatten übrigens einmal einen noch größeren Lachfreund als Frl. Kopler in unserer Gruppe, dies war Herr Jürgen Meister, ein aufgegebener Jurist, der trotzdem praktisch immer lachte und keinen Grund brauchte, bzw. er hatte bei Herrn Knott 800 Mark Schulden und lachte vielleicht, weil er sie nicht zurückgab. Herr Meister legte beim Lachen auch eine bewundernswürdige Lautstärke an den Tag, und er konnte es fast genauso gut wie der elektrische Lachsack! Herr Domingo wollte ihn einmal hereinlegen und sein Lachen entlarven, indem er nämlich zum Ausklang einer grandiosen Lachkanonade von Herrn Meister selber heftig und grundlos zu lachen anfing und so ganz unüberhörbar Herrn Meister nachechote, so daß dieser es sogar selbst merkte, sich aber sofort Rat wußte und am Ende von Herrn Domingos Lacheinsatz seinerseits wieder brausend zu lachen begann – und so ging es dann weiter, wobei immer abwechselnd Herr Meister und einer von uns Umsitzenden lachte, es war genau die musikalische Form eines Rondos: a-b-a-c-a-d usw. Nach einer Viertelstunde lief Herrn Meister der Schweiß über das prächtig glänzende Gesicht, er gab aber noch nicht auf und lachte weiter, insgesamt 25 Minuten, wobei er es zuletzt sogar noch zu einer schon unglaublichen Fortissimo-Steigerung brachte, bevor er, nun wirklich erschöpft, abbrach. Insgesamt aber hatte sich Herr Meister glänzend und meisterhaft aus der Affaire gezogen.

Übrigens lachte er fünf Minuten später schon wieder heftig und grundlos. –

Doch zurück zum Festsaal. Das heißt, von einem richtigen rauschenden Fest konnte jetzt kaum mehr die Rede sein. Es handelte sich praktisch nur noch darum, daß einzelne Personen nachdenklich vor sich hin schauten, zur Rockmusik träumten oder auch ein wenig dämmerten, und vielleicht zwei, drei Teilnehmer ab und zu noch miteinander raunten oder murmelten. Ich erkannte in dem matt erleuchteten und durch Rauchqualm fast undurchdringlich gewordenen Festsaal die Umrisse von Frl. Bitz, Herrn Rösselmann, Herrn Domingo, Herrn Knott, Herrn Jungwirth, das schlafende Frl. Kopler – und eigenartigerweise war auch noch immer Frl. Czernatzke anwesend und saß nun still und fast abwesend in ihrem Drehstuhl hingelagert. Insgesamt aber hatte das Fest jeden Glanz, jede innere Form verloren, eine baldige Auflösung war zu befürchten – und nichts war passiert …

Da passierte aber doch noch etwas. Nachdem nämlich von Beginn an andauernd sog. Pop- und Rock-Musik vorgetragen worden war, legte Frl. Czernatzke auf einmal etwas ganz anderes und Neues auf, nämlich den »Hirt auf dem Felsen« von Franz Schubert, jenes wunderbare Idyll für Sopran, Klavier und Klarinette, das so eindringlich und herzerquickend den vollen Zauber frühromantischer Sehnsucht ausspielt. Das half aber nichts, sondern es wurden unter den Festgästen sofort unzufriedenes Murren und Scharren und abwehrende Satzbrocken laut, und jemand, ich glaube Herr

Knott, fragte dumpf, was »der klassische Rotz da« solle. Doch ungewohnt glutvoll plärrte umgehend Frl. Czernatzke auf diese Schubert-Feinde zurück, sie sollten »ihre dumme Fresse halten oder abhauen«. Sofort herrschte wieder knisternde Spannung im Festsaal, und sie webte auch gleichsam unterirdisch fort, als Herr Knott eingeschüchtert »ja, ist schon gut« nachgemault hatte. Allerdings war es jetzt fast mäuschenstill im Festsaal geworden, nur Herr Rösselmann klappte noch mehrmals und stur sein Feuerzeug auf und zu – und es war gut zu hören, was da Herrliches gesungen wurde:

»Wenn auf dem höchsten Fels ich steh',
Ins tiefe Tal herniederseh',
Und singe, und singe …«

Herr Knott sah zu dieser schönen Eröffnung trotzig und verächtlich drein, Herr Rösselmann saugte verständnislos an seiner Zigarette, Herr Domingo ächzte wie unter einer schweren Zumutung und Frl. Bitz las respektlos in einem Journal. Einzig Herr Jungwirth hatte eine aufmerksame, ja verständnisvolle Miene aufgesetzt – spürte auch er, wie ich, die Fäden, die sich von hier aus zu Herrn Jackopp erstreckten? Vorgetragen wurde das Lied übrigens von Kammersängerin Rita Streich, einer putzigen kleinen Dame, mit der zusammen ich in Regensburg einmal Cocktails getrunken und dazu Don-Kosaken-Lieder gebrüllt habe. Es war schon halb sechs Uhr früh, und der Hotelportier mußte Frau Kammersängerin Streich sogar verwarnen …

»Je weiter meine Stimme dringt,
Je heller sie mir widerklingt,
Von unten, von unten.
Mein Liebchen wohnt so weit von mir,
Drum sehn ich mich so heiß nach ihr
Hinüber, hinüber …«

Wieviel Uhr es eigentlich sei, trompetete arglos Frl. Karla Kopler, die wohl gerade in ihrem Sessel erwacht war. »Fresse halten!« kreischte nun schon ganz ungezogen Frl. Czernatzke, die die ganze

Zeit über in ihrem Drehstuhl hingegossen gesessen und mit den zur Zimmerdecke gerichteten Augen gekreist hatte. »Ja ja ja«, brummte verstört Frl. Kopler, »hat jemand eine Zigarette für mich?« »Mensch, Koplerin«, japste zornig Frl. Czernatzke, »sei doch mal ruhig!« »Ja ja ja, ist schon gut«, brummte erneut das verschreckte Frl. Kopler. Und schon leitete es über zum Adagio-Teil:

»In tiefem Gram verzehr' ich mich,
Mir ist die Freude hin,
Auf Erden mir die Hoffnung wich,
Ich hier so einsam bin ...«

Was wollte sie eigentlich, diese Czernatzke? Vier Herren hetzten nachweislich hinter ihr her, und eins dieser Liebchen saß gar nicht weit entfernt im »Krenz«! Da könnte sie jederzeit »hinüber hinüber« rennen, verdammt – – –

»So sehnend klang im Wald das Lied,
So sehnend klang es durch die Nacht ...«

Da schellte das Telefon. »Du kannst mich mal gewaltig um diese Zeit!« schrillte Frl. Czernatzke und hob nicht ab. Das Telefon klingelte aber beharrlich weiter, und so führte Frl. Czernatzke schließlich mit den Worten »verdammter Idiot« das Gerät an ihr Ohr. »Wer ist da?« rief sie gleich darauf unwirsch. Und dann: »Ach so, du bist es. Was?« »Nein, die Mizzi ist nicht mehr da, die ist mit der Birgit weg.« »Was? Warum sie nicht in den Krenz gekommen ist?« »Das weiß ich doch nicht, frag sie doch selber!« »Was? Wo ist ein Bruch in der Logik?« »Hör mal, ich weiß es nicht und ich möchte jetzt meinen Schubert anhören.« »Ja, tschüss!«

»Der Kerl ist einfach besoffen«, sagte Frl. Czernatzke zornig, »so, und jetzt will ich mir nochmals meinen Schubert anhören!« »Hör mal«, sagte feindselig Herr Knott, »dann laß aber zuvor die anderen die Mücke machen. Ich geh noch einen Schlag ins Alt-Heidelberg. Geht wer mit?« »Warum nicht in den Krenz?« fragte Frl. Kopler. »Da sitzt der Jackopp drinnen«, sagte Herr Knott, »und terrorisiert uns nur.« »Mit seinem Bruch in der Logik«, ergänzte heiter Herr Domingo, »o Gott, o Gott!« Diese Feiglinge!

Allen Problemen ausweichen! Nur weg von den Leiden der Nächsten! Augen zugemacht, das war ihre Moral ...

Ich würde ins Alt-Heidelberg nachkommen, rief ich den Aufbrechenden zu, in einer halben Stunde. Vorerst wollte ich mir gleichfalls noch einmal den »Hirt auf dem Felsen« anhören und anschließend Frl. Czernatzke vielleicht etwas aushorchen ...

Kaum waren die Schubert-Feinde zur Tür hinaus, legte Frl. Czernatzke mit einem demonstrativen Seufzer der Erleichterung ihr Lied wieder auf, stützte den Kopf zwischen die Arme und Knie und schloß die Augen. Auch ich lehnte mich beschaulich in meinen Bürosessel zurück. Wer hätte gedacht, daß ausgerechnet dieser bunte Nachmittag noch so hochromantisch enden würde! Wie nicht mehr von dieser Welt! Dieses Adagio, war es nicht wie ein Atemholen der Menschheit?

»Die Herzen es zum Himmel zieht,
Mit wunderbarer Macht!«

Gleichzeitig nahm ich allerdings wahr, daß ich nicht mehr besonders scharf denken konnte. Hm. Nun ja, was hieß das eigentlich, daß es die Herzen zum Himmel zieht? Die einen zog es zum »Krenz«, die anderen ins »Alt-Heidelberg«. Und meines? Zu Frl. Majewski? Zur türkischen Frau? Nun, die war tot. Das heißt, ich weiß es nicht genau, vielleicht – – –

Da war der »Hirt auf dem Felsen« schon wieder aus, aber wortlos legte ihn Frl. Czernatzke ein drittes Mal auf. Steckte wieder den Kopf zwischen die Knie und schloß die Augen. Wußte sie eigentlich, daß auch ich noch zugegen war und ihre Sehnsucht voll beobachtete? Wem galt diese verdammte Sehnsucht denn nun eigentlich? Ich dachte, die Sache mit Herrn Johannsen ginge klar! Nun, wie gesagt, jene türkische Frau. Eines Tages war sie in ein Auto gestiegen und in die Türkei verreist. Aber vielleicht kommt sie doch zurück, »herüber, herüber«, wie Frau Streich gerade wieder säuselte. Wie konnte man nur in der Türkei sterben? Irene hieß sie, jawohl! Das heißt, zuerst hieß sie Katherine, und erst mit 22 Jahren kam der große Schwenk, und da hieß sie plötzlich Irene, und das sagt ja fast alles, irgendwas muß da auf dem Standesamt schiefgelaufen sein, vielleicht der Vater besoffen oder der Beamte, jedenfalls ging es dann ab in das Reich des Halbmonds. Im übrigen, damit man mich ein wenig besser versteht, möchte ich hier schnell ein Gedicht über die möglicherweise tote Frau einfügen, ein Gedicht sogar in freien Rhythmen, das auch in einem ganz anderen Stile gehalten ist als diese Aufzeichnung da. Ich beherrsche nämlich zahlreiche Stile und Tonfälle und halte es in diesem Punkt vollkommen mit meinem Vorbild Wolfgang Amadeus Mozart, der ja in einem Brief aus dem Jahr 1778 an seinen Vater geschrieben hat: »Ich kann so ziemlich alle Arten und Stile von Kompositionen annehmen und nachahmen.« Und ich halte diese Fähigkeit durchaus nicht für eine Charakterschwäche, sondern für gut. Doch nun zu dem Gedicht über die möglicherweise tote Frau:

Gardasee

Liebliches Städtchen am Lago di Garda –
O guarda, guarda!
Verwaschen blinkt der See.
Schlaf ein, schlaf ein,
Ragazza mia pazza,
Wie ruhendes Wasser, wie wehender Wind,
Wir alle Opfer des Sexus sind.
Schäferin, ach wie haben sie dich
So süß begraben …
Funiculli funiculla!
O wärst du schon da!
Vage Funken am Horizont:
Sind's Villen der herrschenden Klasse?
Die Nacht, die entmutigend blaue, la notte!
Das allzu intime Gewässer
Siehst du das Weltmeer dort hinten?
Selig doch scheinen wir in uns als Körper.
Ich, du, Verquickung,
Nie Ruh …

Zypressen, vom Wahnwitz des Eros durchtränkte,
Wir alle Gehenkte
Des großen Vater Pan –
Geliebte, es will Abend werden.
Waldung sie schwankt heran,
Bäumewärts himmelan –
O Baby, ich hack dich ins Knie!
Deine großen blauen Augen,
Sie sind wie ein Spiegel des Sees –
Ah, la terra mi manca!
E tu? Perchè così piangi?
Geliebte, sieh hin, der See,
Der tief tief blaue See …

Ich meine, dieses Gedicht ist sicher nicht besonders geistreich, und eine Zeile ist sogar von Goethe gestohlen. Auch gefällt mir nicht unbedingt der rüd-realistische Ton, in dem ich da einmal über die Liebe spreche, das kommt ja direkt an Herrn Jackopp ran! Aber das Werk unterscheidet sich doch meiner Meinung nach wohltuend durch seine unüberhörbare lyrische Kraft und Naturverbundenheit (Zeile 3, 6 und 18) von gewissen heute üblichen pornographischen Machwerken – schon durch die raffiniert eingesetzte italienische Sprache. Und habe ich zuviel versprochen, als ich einen völlig anderen Stil angekündigt habe? – – –

Plötzlich hörte ich vom Stuhl Frl. Czernatzkes her ein leises Schnauben, ja Schnarchen. Tatsächlich! Sie schlief! Der »Hirt auf dem Felsen« hatte es also im dritten Zupacken geschafft. Oder um mit Hölderlin zu sprechen: »Was ist denn der Tod und alles Wehe der Menschen? Geschieht doch alles aus Lust und endet doch alles mit Frieden.« Das ist vollkommen richtig. Da saß sie – schlummernd in ihrem Bürostuhl und ihrem ursprünglich so frechen roten Kleidchen. *Charmant, charmant!* Was sie wohl träumte? Während Herr Jackopp im »Krenz« wahrscheinlich noch immer kämpfte und kämpfte? … Wenn er jetzt an meiner Stelle wäre! Er könnte Frl. Czernatzke lange und eingehend anschauen und dann mich ins Café Härtlein bestellen und mir mitteilen: »Ich wußte gar nicht, wie hübsch die Czernatzke ist, verdammt ...«

Sollte ich Frl. Czernatzke wecken? Sie, die da so süß und friedlich schlummerte und so gleichmäßig schnaubte? Nein, da hatte ich einen besseren, ja einen überragenden Einfall! Ich legte noch einmal den »Hirt auf dem Felsen« auf, damit sich dieser sogar noch in den Schlaf und in das Unterbewußtsein von Frl. Czernatzke einmogelte und auf diese Weise vielleicht Herrn Jackopp doch noch eine letzte Startchance eröffnete. Irgendwie mußte es doch zu deichseln sein ...

Sodann löschte ich alles Licht und stahl mich aus Festsaal und Büro. Auch ich war jetzt rechtschaffen müde und wollte nach Hause, vielleicht beim Einschlafen ein letztes Mal die angenehmen Gedanken an die tote türkische Frau zu mobilisieren. Doch auf der Straße merkte ich plötzlich, daß sich meine Schritte sozusagen automatisch zu den Freunden ins »Alt-Heidelberg« bewegten. Nun, in sein Schicksal mußte man sich ergeben. Nur immer zu, du tapferer Gesell! Doch an der Pforte des »Alt-Heidelberg« ereilte mich ein Tiefschlag – geschlossen! Was tun? Die Freunde in der ganzen Stadt suchen?

Da faßte ich mir ein Herz und trabte, zuerst etwas niedergeschlagen, dann sogar fröhlich, wirklich nach Hause, ja ich pfiff sogar vor Zufriedenheit. Die Genugtuung über meine edle Haltung stimmte mich so ausgelassen, daß ich vor meiner Haustüre beinahe noch einmal kehrt gemacht hätte und in den »Krenz« weitergelaufen wäre, Herrn Jackopp brüderlich beizustehen ...

Nein, hier tat Härte not! Ich zwang mich in meine Wohnung mit dem Versprechen, mir einen Kaffee zu bereiten und dann ganz ruhig meine Lage zu überdenken. Ah! Das war ja wirklich wunderbar zuhause! Ein dampfender Kaffee, eine Zigarette zum Reflektieren, und jetzt noch die passende Musik aufgelegt! Aber was? Es mußte etwas sein, das selbst noch den »Hirt auf dem Felsen« in die Schranken verwies und so Frl. Czernatzkes Grenzen aufzeigte! Nun, ich kann nur jedem empfehlen, in diesem Fall Gustav Mahlers »Abschied« aus dem »Lied von der Erde« zu berücksichtigen.

Welch eine unsägliche Wehmut, die da sofort aus der ersten chromatischen Klarinettenfigur hochsteigt, schmerzlich wieder zum Ausgang zurücksinkt und in eine raunende Naturstille mündet, aus der dann gleichsam schon tonlos-unirdisch eine Altstimme herauswächst:

»Die Sonne scheidet über dem Gebirge,
In alle Täler steigt der Abend nieder...«

Wunderbar! Welch fesselloses Glück und fessellose Schwermut! Ausdruck wird zum Schluchzen. Wie durch Säure hat Leid darin sich zusammengezogen, als würde es gar nicht mehr ausgedrückt (Adorno). Ganz wie bei Herrn Jackopp. Das Gesicht sauer und leidvoll zusammengekniffen und nur noch ab und zu ein knapper Ausdruck...

»Wie eine Silberbarke schwebt der Mond...«

O Gott, o Gott! Da war sie wieder, die Türkin, dieser vermaledeite *horror eroticus!* Als ob Gustav Mahler sie vorausgeahnt hätte, diese blöde Irene. *Good night, Irene, Irene, good night, I see you in my dream.* Eigentlich eine recht hübsche kleine Melodie. O diese Türkei-Flüchtigen! *O core 'ngrato, tutt'e passato!* – nein, das war einfach zu aufreibend. Bleibe im Land und nähre dich redlich. Was war das eigentlich heute für ein erzdummes Fest gewesen? Warum war Frl. Majewski so laut gewesen, warum war sie zu den Negern gelaufen? Was hatte eigentlich Frau Knott heute den ganzen Abend über getan, verdammt! Mir sagt man ja nichts! Wann empfing Herr Rösselmann jene ominöse Barbara? Würde dann Herr Jungwirth sofort Frl. Bitz überwältigen? Und immer dieses Auf und Nieder der Terzenketten, diese Ballade des Unterliegens (Adorno), dieser Rösselmann mit seinem Bienenstich...

»O mein Freund, mir war auf dieser Welt
Das Glück nicht hold...«

O core 'ngrrraaaaato! – Plötzlich mußte ich in einer gewissen Nervenüberbewegung heftig losweinen, und das war so schön und lustig, daß ich vor Freude eine Zigarette anstecken mußte, welche sofort alles wieder neutralisierte, so daß es gewissermaßen umsonst war, hahaha! – – –

Herr Rösselmann und sein Bienenstich, an diese beiden reichte natürlich Gustav Mahler nicht heran. In Venedig zu sterben! Was wußte eigentlich Herr Hock? Also, wie war das nun: Zuerst Doris Jackopp, dann Frl. Mizzi, dann Frl. Czernatzke, dann wieder Frl. Mizzi, dann die Dame in Rot, dann wieder Frl. Czernatzke, dann wieder Mizzi, dann Rut Brandt – warum eigentlich nicht gleich die Queen? *»daz diu chünigin von Engellant lege an minen armen«.* Da würde der Prinzgemahl Philipp schauen, wenn plötzlich Herr Jackopp herandonnerte ... O weh, schon wieder ging es los, das Unerträgliche ...

»Ich geh, ich wandre ins Gebirge ...«

Genau, das sollte Herr Jackopp tun und uns hier in Frieden lassen – Einsiedler werden und nie mehr wieder hier auftauchen und unseren Damen nachröhren und sie mit Blumen belästigen. Nun, die türkische Frau hat nie etwas gegen Rosen einzuwenden gehabt, sie hat auch nie so unbeherrscht gebrüllt wie gewisse Damen in unserer Stadt, hat nie Schuldlose beleidigt und trotzdem auch ganz gern den »Hirt auf dem Felsen« angehört – ihr war wahrscheinlich alles gleich, und deshalb wanderte sie auch in die Türkei ...

»Ich suche Ruhe für
Mein armes Herz ...«

Auch Frl. Czernatzke wollte in Ruhe gelassen werden, wollte sich »ihre Kreise« nicht stören lassen von Herrn Jackopp. Wie stand eigentlich Jackopp zu Gustav Mahler? »Ach was«? »Dreck«? ...

»Die liebe Erde,
Allüberall ...«

Genau. Allüberall das gleiche. Kannst du mir 20 Mark leihen? Das geht dann ohne weiteres klar. Ich möchte sie flachlegen, aber sie läßt sich nicht, verdammt. Ich werde ihr einen Brief schreiben, einen Brief, in dem alles steht ...

»Ewig, ewig ...«

Dr. Mangold und Pettler stehen am Tresen, doch Kloßen ist's gewesen, Herr Rösselmann, Herr Rösselmann, brennt das Frl. Mizzi an, Mizzi und Mimi, die Queen gibt sich Jackopp hin, Gustav Mahler heißt der Zahler, Irene aus Mykene, ich weiß am Gardasee ein kleines Strandcafé, Gruß und Kuß vom Bosporus, Jackopp, Knallkopp, Jackopp Peter bumst Rohleder, Weib, Weib, Zeitvertreib, schenkt man sich Rosen in Tirol, Südtirol und das Trentino bleiben deutsch – – –

Anschließend muß ich, zweifellos seelisch übermüdet, eingeschlafen sein.

FÜNFTER TAG

Erwachend und von meinem Bettchen die Zimmerdecke anstarrend, fiel mir zuerst Herr Jackopp wieder ein. *C'est épatant!* Ich meine, ich finde Rut Brandt auch eine recht achtbare Frau, eine charmante kleine Persönlichkeit und immer treu an der Seite ihres Mannes, unseres Kanzlers, dem das Vertrauen gilt – aber ich persönlich bevorzuge doch mehr die Schauspielerin Cordula Trantow, die mich auch ein wenig an die türkische Frau erinnert. Es gab aber in meinem Leben noch keine Möglichkeit, sie zu treffen. Sehr gut finde ich auch Cornelia Froboess, die ich einmal in ihrer Künstlergarderobe besuchen durfte. Das war ungemein aufregend, und wir haben auch sehr nett geplaudert. Aber der Ehemann war zwischen uns ...

Apropos Willy Brandt: Ich stand jetzt seufzend auf und nahm mir fest vor, heute endlich die Belange der Glasreiniger wahrzunehmen und entschlossen zu Ende zu führen. Um beim Studium der Unterlagen vollkommen klaren Geistes zu sein, lief ich deshalb sofort ins Café Härtlein und trank hastig ein Kännchen Kaffee. Dann warf ich erste neugierige Blicke in die Glasreiniger-Akten. O welch eine furchtbare Unordnung! Kaum daß ich mich zurechtfand! Hier ein sogenanntes Beweisstück, gleich daneben aber auch schon dessen restlose Widerlegung, hier eine schwerverständliche Ehrenerklärung, zwei Seiten weiter die Gegen-Erklärung. Und diese unzähligen Rechtschreibfehler und falsch gebauten Sätze! Und so wollten diese Herren die Regierung zu Fall bringen! Nun, andererseits sind natürlich schon mächtige Regierungen aufgrund noch viel mäßigerer Unterlagen gestürzt worden, ich denke da vor allem an die sogenannten Entwicklungsländer ...

Irgendwie spürte ich in diesen Augenblicken, die Glasreiniger-Sache sei schon ganz und gar hoffnungslos. Und dazu mein Kopfweh! Deshalb jubelte ich innerlich auf, als gleich darauf Frl. Bitz und Herr Rösselmann ins Café traten. Das war doch gleich eine andere Welt! Nämlich eine wunderbare Information, die Herr Rösselmann sofort und stolz auspackte. Nämlich am Morgen hatte der zuerst im Bürokomplex eingetroffene Herr Jungwirth Frl. Czernatzke schlafend auf dem Fußboden des gestrigen Festsaals vorgefunden, umrahmt von leeren Flaschen und Schallplattenhüllen, und der Grammophon-Arm sei auch noch hin- und hergependelt. Mit den mehrfach wiederholten Worten »Scheißfest« und »so ein blöder Haufen« sei Fräulein Czernatzke dann nach Hause gelaufen, ein Bad zu nehmen.

»Aber paß auf!« fletschte Herr Rösselmann hingerissen die Zähne, »noch etwas ist passiert!«, und barsch befahl er Frl. Bitz: »Erzähl mal!« Ja also, begann Frl. Bitz, überraschend habe heute gegen 11 Uhr Herr Jackopp bei ihr im Büro angerufen, um sie »als Frau« um Rat zu fragen, was er denn tun solle. »Wissen Sie, Frl. Bitz«, habe Herr Jackopp geklagt, »ich habe so etwas noch nie durchgemacht. Ich stehe auf der Czernatzke. Was soll ich tun?« Was denn mit der Mizzi sei, habe Frl. Bitz zurückgefragt. »Die Mizzi«, habe Jackopp müde abgewunken, »ist nichts für mich.« Nun habe sie, Frl. Bitz, Herrn Jackopp gesagt, sie habe andererseits gehört, er, Jackopp, sei kürzlich mit einer sehr schönen Dame in rotem Pullover im »Krenz« gewesen und habe sich, wie berichtet werde, mit ihr auch recht gut verstanden. Warum er, Jackopp, sich denn nicht voll auf diese Dame konzentriere? »Ach was!« habe nun Herr Jackopp recht unwirsch, ja fast beleidigt geantwortet, »von diesen Büchsen kann ich jeden Tag 20 umlegen, wie ich will«, aber, so habe Jackopp weiter ausgeführt, das Umlegen allein sei es nicht, bei der Czernatzke sei es »was anderes«.

Natürlich waltete, wie jeder Leser inzwischen selbst merkt, wieder einmal ein Bruch der Logik. Denn einst hatte ja Herr Jackopp Frl. Czernatzke auch nur kurz umlegen und es bis 20 Uhr durchziehen wollen. Oder sollte hier tatsächlich ein Wandel der Persönlichkeit erfolgt sein? Ich trug diesen Verdacht auch gleich vor, aber während Herr Rösselmann nur abschätzig die Lippen zu einem

Lächeln nach unten kräuselte und mit seinem Feuerzeug tändelte, erläuterte Frl. Bitz, Herr Jackopp habe die Damen sein Leben lang nur als Gebrauchsobjekt benützt und jetzt werde er durch die Folter der Leidenschaft bitter dafür bestraft.

Sicher, das war eine tiefsinnige These von Frl. Bitz, andererseits weiß ich aber aus guter Quelle, von Herrn Rösselmann, daß Frl. Bitz Herrn Jackopp kurzzeitig, nämlich bevor Herr Rösselmann selbst die Herrschaft antrat, als durchaus begehrenswert oder, wie sie damals gesagt haben soll, als »recht schmuckes Männlein« empfunden hat. So daß sich die Frage erhebt, ob nicht auch gerade Frl. Bitz, schon auch um Herrn Rösselmann seine Grenzen aufzuzeigen, sich von Herrn Jackopp trotz ihrer tiefen Einsichten in den Geist dieses Mannes vielleicht recht gern hätte durchziehen lassen …

Doch wie auch immer, Herr Rösselmann und Frl. Bitz mußten nun wieder in ihr Büro zurück, Herrn Rudolph zu willfahren – und so war ich leider wieder auf meine Glasreiniger zurückgeworfen. Könnte ich diese blöde Funktion nicht vielleicht an Herrn Kloßen delegieren, der ja doch ohnedies im Sozialbereich tätig werden wollte? Für 100 Mark bzw. Liquidierung seiner Schulden an mich? Denn das Geld hatte ich ja nun einmal, und irgendwas mußte geschehen! Auch würde Herr Kloßen den Glasreinigern, wenn ich ihn dort einführte, aufgrund seines dunklen Anzuges und seiner kessen Fliege, sicherlich gut gefallen. Und doch: würde Kloßen nicht die schon vorhandenen Ungereimtheiten der Glasreiniger ins Unübersehbare, Unwiderrufliche vermehren – so daß der ganze Dreck dann letztlich wieder auf mich zurückfiele? Wo war eigentlich Kloßen? Der hatte ja doch auch noch seine beiden hochbedeutenden Koffer in meinem Auto! Diese verdammten Glasreiniger mit ihrem ständigen Druck! Nun, irgend etwas würde sicher auch heute wieder eintreffen, das mich geschickt aus der Affaire zog und mir einen erträglichen Tag ermöglichte.

Ich wanderte heim, erstens um einen entsprechenden Ablenkungs-Anruf abzuwarten, zweitens nach Kloßen Ausschau zu halten. Doch der war nicht zuhause. Was tun? Normalerweise hilft mir in solchen Leerräumen der Tagesgestaltung mein geliebtes Klavier, auf welchem man ja immer ein wenig herumplänkeln konnte, auf daß die Zeit verging. Aber was? Beethoven war zu anstrengend, und Mozart würde vor dem drohenden Hintergrund der Innungsherren sicher völlig danebengehen. Also etwas Leichtes, Lockeres, das die Angst wegtreibt! Der Musette-Walzer – das war es!

»Quando men vo,
quando men vo soletta per la via
La gente sosta mira . . .«

Aber nein, das war ja abscheulich, wie ich krähte! So nicht, mein Herr! *»Con molta grazia ed eleganza«* hatte da Puccini hingeschrieben. Diese wunderhübsche Musik, in der sich eine gewisse proletarisch-mondäne Verderbtheit, kokette Anmut und Selbstverliebtheit aufs sublimste verbinden! Genau wie bei Frl. Anni und der toten Frau übrigens. Herrn Jackopp konnte man leider nicht anrufen, der tauchte immer von selber auf und war dann plötzlich da. Ich nahm also ein Duschbad, um abzuwarten, was geschehen würde. Plötzlich übermannte mich eine heiße Sehnsucht nach Herrn Jackopp und Herrn Kloßen, ja, ich spürte erstmals, ganz stark, wie sinnlos mein Leben ohne sie wäre. Ein Leben ohne die beiden – unausdenkbar! Ein gräßlicher Verdacht stieg jetzt sogar in mir hoch: daß vielleicht Herr Kloßen im wirtschaftlichen Amoklauf unsere Stadt verlassen habe, anderswo ein neues Leben zu beginnen und eine unverbrauchte Gläubigerschaft aufzubauen. Dieser herrliche Dulder Kloßen, dieser mächtige Waller im Staube, dieser unverwüstliche Poltergeist und Krachmacher, dieser sensationelle Saufaus, dieser famose Berserker, dieser nimmermüde Jäger nach dem blauen oder grünen Schein! – nein, seinen Abgang sich nur vorzustellen war schon fast unerträglich. Vor Schreck trank ich einen Schluck Bommerlunder und schwor mir fest, Herrn Kloßen, sollte er noch unter uns weilen, immer und immer wieder 5 bis 20 Mark zu leihen, und wäre dies auch mein Untergang!

Und Herr Jackopp? Ach, der saß sicherlich zuhause und schrieb seinen alles niederwalzenden Brief. Wenn er diesen Brief dann auch vielleicht heute noch zur Post gab, träfe er schon morgen bei Frl. Czernatzke ein, und am Abend könnte man diese dann vorsichtig danach ausfragen oder Symptome im Gesicht beobachten. Es war also doch noch Hoffnung. Eigentlich könnte ich jetzt auch einen Brief schreiben: »Liebes Frl. Majewski, ich liebe Dich, hüte Dich vor Stefan Knott, in dessen Weiber-Strichliste Du auf Platz drei stehst. Einer, der es gut mit Dir meint...«

Ach nein, das war doch alles zu blöd! Vielleicht sollte ich mal einen langen Kopfstand machen, wie mir einst ein Herr Ender aus Wien empfohlen, ein Fachmann für Handlesen und Joga, der übrigens zu seiner Zeit auch hinter Frl. Majewski herlief, wie übrigens auch Herr Jürgen Meister, jener mächtige Lacher, der trotzdem Frl. Majewski jeden Tag auflauerte und...

Ich machte also einen Kopfstand. Der Geist preßte sich in den Fußboden und arbeitete doch erstaunlich tüchtig weiter. Herr Ender hatte sogar behauptet, 20 Minuten Kopfstand ersetzten eine komplette Nachtruhe. Außerdem beherrschte er vollkommen Frl. Kopler. Wenn ich richtig informiert bin, kaufte diese nach Herrn Enders schmerzlichem Abgang aus unserer Stadt jenen teuflischen Lachsack. Kurz darauf tat sie sich einen Studenten namens Christopher an, den sie angeblich liebt und sogar mit »Chris« anspricht und der meiner Meinung nach ein recht loses Mundwerk führt. Herrlich, wie mir das Blut in den Kopf schoß! Ich habe nämlich einmal einen Lichtbildervortrag veranstaltet, bei dem jeder Teilnehmer seine zehn Lieblingsfotos vorzeigen sollte, damit man einander langsam menschlich näherkäme. Doch nicht nur, daß dieser »Chris« sehr wertlose Bilder vorführte, anschließend nannte er meine Veranstaltung auch noch »bürgerlichen Eskapismus«. Nun, ich meine, diese Mißdeutung spricht für sich. Ich, der ich nur der Humanität dienen wollte, wurde dafür auch noch von dem frühreifen Mundwerk eines ganz gewöhnlichen Studenten beleidigt! Aber die Erniedrigten und Beleidigten werden schon noch eines Tages erhöht werden. Dann wird Herr Kloßen über allen thronen. Andererseits habe ich wenig später diesen »Chris« auf einem Sportplatz beobachtet, wie er ganz schnell hintereinander mehr als ein Dutzend Handstandüberschläge machte. Ich frage mich, ob denn das kein bürgerlicher Eskapismus ist – und sogar im vollen Wortsinn! Und wie er dahinjagte! Hierher gehört auch, daß er und Frl. Kopler einander in öffentlichen Lokalen ständig abwechselnd auf dem Schoß herumsitzen. Auch Frl. Czernatzke ärgert das sehr, wie sie mir neulich in der Oper gestand. Ich muß allerdings dazu sagen, ich finde es ebenfalls nicht gebührlich, wie Frl. Czernatzke während der Vorstellung ständig, als wäre sie im Kino, die Knie hochgezogen hatte und die Füße gegen die Vorderbank drückte …

Ich beendete nun den Kopfstand. Ziemlich schwindelig legte ich mich aufs Sofa. Und Kloßen hatte sich noch immer nicht gemeldet. Da fiel mir etwas ein. Ich könnte eigentlich mal Herrn Schütte anrufen, einen Schriftleiter unserer Stadt, der als fortschrittlicher Kopf gilt und mir vielleicht etwas über die Funktion des Liebesbriefes heute erzählen könnte. Und der vielleicht auch ein wenig ausgequetscht werden könnte, was eigentlich in der Welt so vor sich ging – als Schriftleiter mußte er ja die Übersicht haben. Doch leider teilte mir eine Dame am Telefon mit, Herr Schütte weile auf Urlaub in Irland. Verdammt! Wenn man sie mal seelisch braucht, diese Jackopps und Kloßens und Schüttes, dann verdrücken sie sich! Und wenn man sie zum Teufel wünscht, dann weichen sie einem nicht mehr von der Seite und stellen Fragen und Geldforderungen! Ich bin ja schließlich auch nur ein Mensch, der seinen oft hochkomplizierten Gefühlsregungen unterworfen ist! Ganz komische Gedanken konnten einem da hochkommen! Sollte ich etwa von Jackopp ablassen? Mich gar als Prellbock seinen Bestrebungen entgegenstemmen? Nein, einer solchen Gefahr galt es zu trotzen! Ich steckte mir eine Zigarette an und lauschte den Stimmen in meinem Inneren. Ein furchtbar konfuses Zeug, ekelhaft! Wenn nicht gleich etwas geschähe, würde ich wie Papageno ganz langsam bis 3 zählen und dann unbarmherzig die Papiere der Glasreiniger in Angriff nehmen, und dann sollte die Sozialdemokratie eben sehen, wo sie bliebe! Ich meine, ich berate jeden gern und kostenlos, auch Damen, wenn sie Sorgen und Nöte haben, jederzeit, aber hie und da brauche ich eben auch umgekehrt die Hilfe der Freunde und Gönner, den wärmenden Zuspruch in der Kälte der Zeit. Warum läßt man mich hier so sitzen? Das heißt ja geradezu, den Tag unnütz verstreichen zu lassen, ein wertvolles Potential zum Fenster hinauszuwerfen – – –

Wie zum Beweis, daß doch alles gut werde, schellte jetzt das Telefon. Die Rettung! Oder waren es nur die blöden Glasreiniger, die mein Ultimatum gewittert hatten und mir Mut zusprechen und mich ans Werk drängen wollten? Aufgeregt hob ich den Hörer ab, gefaßt auf Herrn Gabriels quengelnde Mahnungen – doch es meldete sich die mir wohlbekannte liebliche Stimme von Frau Barbara Müller, die mich fragte, ob ich heute abend mit ihr und ihrem Gatten Kersten zum Kartenspielen in den »Krenz« kommen würde – auch Herr Eilert sei schon verständigt. Nichts lieber als das, Frau Müller! 20 Uhr? Alles klar! Tschüss! ...

Meine Lebensgeister waren wie neu erwacht. Ach was, Grillen und Sorgen! Der Anruf als solcher und die Planung eines sinnvoll gestalteten Abends, das war doch was! Wie schön, daß man sich meiner erinnerte! So soll es sein. Der Zusammenhalt der Nation! Vor Freude setzte ich mich sofort ans Klavier und spielte drei lustige Mazurken von Chopin, die der ganzen unsterblichen Lebenskraft des polnischen Volkes und seines tänzerischen Gemüts Ausdruck verliehen. Oh ja, wie liebte ich diese Polen, dieses elementare Volk mit seiner Musikalität, seiner Frauen Reiz und seinem unbändigen Freiheitswillen! *Viva España!*

Und schon wieder klingelte das Telefon, wunderbar! Diesmal war es Frau Krause, die sich für meine Verwendung als Karteisachbearbeiter in ihrem Büro einsetzen wollte. Sie habe, teilte sie mit, ihren Vorgesetzten, Herrn Bazyk, »über Ihren Fall« noch nicht sprechen können, weil dieser heute verreist sei, sie sei aber sicher, daß meine baldige Einstellung »in Ordnung« gehe. Vermutlich, meinte Frau Krause, brauchte ich auch nicht mehr als Lehrling anzufangen, weil meine gründlichen Kenntnisse der Werbebranche angerechnet würden, »denn letzten Endes«, lächelte Frau Krause durchs Gerät, »geht es bei uns ja auch um Verkauf und darum, den

Leuten etwas aufzuschwätzen.« In meinem plötzlichen Übermut hätte ich mich beinahe verraten, als ich Frau Krause herzhaft mitteilte, diesbezüglich sei ich sehr tüchtig, ich hätte erst gestern einer Person etwas fürchterlich Blödes aufgeschwätzt. Frau Krause merkte aber nichts, sondern kicherte nur verständnisinnig und schloß das Gespräch mit der Versicherung, sie wolle auch gleich anrufen, wenn die Sache perfekt sei.

Welch ein wunderbarer Nachmittag! *Che bella cosa!* Nur nicht nachlassen und gleich weitermachen! Aber was? Da fiel mir Herr Domingo ein. Warum war ich nur nicht früher auf ihn gekommen! Aber so ist es immer. Fällt das Glück wo hin, dann bleibt es auch dort. Flugs fuhr ich also zu Herrn Domingo, der in einem anderen Stadtteil ein fast herrschaftliches Haus bewohnt. Herr Domingo hat überhaupt etwas Herrschaftliches, Hoheitliches an sich, fast etwas Unantastbares. Neulich wollte er einmal an eine Dame ran, und er sagte deshalb, so laut, daß die betreffende Person es hören mußte, zu dem dabeisitzenden Herrn Peter Knott wörtlich: »Es gibt einen Grad von Naivität, den ich nicht mehr mitmachen kann.« Postwendend hat die angepeilte Dame ihn bewundernd angeschaut. Ich fand das interessant, daß Herr Domingo sozusagen demonstrativ an seinen Zielobjekten vorbeiredet, während hingegen Herr Rösselmann meist direkt auf sie einteufelt. Zwei Methoden, das gleiche Ziel …

Herr Domingo empfing mich wie immer mit einem zärtlich-lauernden »Hallo?« und teilte mir mit, daß er gerade einer »unbeschreiblichen Aufgabe« nachgehe, nämlich den Brief einer Tante zu beantworten, die er einst beerben wolle. Alle schrieben sie heute Briefe! Ja, diese Tante sei einmal sogar schon praktisch gestorben gewesen, er, Domingo, habe sich in der Gewißheit der zu erwartenden Gelder einen neuen Anzug gekauft, um mit diesem der Tante an ihrem Totenbett noch einen letzten und seriösen Eindruck zu machen, doch habe sich die Tante in unvorhersehbarer Weise wieder hochgerappelt und sei heute kerngesund. Und nun habe sie ihm einen »absolut ungeheuerlichen« Brief geschrieben, nämlich ihm, Domingo, erstens geraten, er möge doch zu seinen

Eltern zurückkehren, da würde ihm jeden Tag auch ordentlich das Bett gemacht. Zweitens schrieb die Tante in diesem Zusammenhang, sie kenne die Gefahren des Stadtlebens und sie stelle sich oft vor, wie Herr Domingo mit abgetretenen Schuhabsätzen durch die Straßen der Stadt laufe – und dies komme nämlich von dem vielen Pflaster. Weiter teilte die Tante mit, sie sei auch schon einmal in unserer großen Stadt gewesen, um im Rahmen einer gemütlichen Runde Apfelwein zu trinken. Dann fragte die Tante nach dem Befinden von Herrn Domingos Tochter Julia und anschließend nach dessen eigener Entzündung im After, mit der nicht zu spaßen sei. Denn besonderer Aufmerksamkeit, schrieb die Tante, bedürften am menschlichen Körper zwei Stellen, nämlich Mund und After, »also der Eingang und der Ausgang der Nahrung«. Um nun diesen After gut zu betreuen, hatte die Tante zwei Tüchlein an Herrn Domingo mitgeschickt und ihren Brief mit den Worten beendet: »Lieber Wilhelm, ich weiß, Du bist vernünftig, denn man darf mit diesen Dingen nicht spaßen. Ich glaube, es war Goethe, der gesagt hat, daß wir nur kurz Gast auf dieser Erde sind. Paß also gut auf Dich auf!«

Und nun gelte es, schloß Herr Domingo tödlich aufseufzend, der Tante den Dank für diesen Brief und die Tüchlein abzustatten. Ich bot Herrn Domingo an, ich würde ihm diese Aufgabe gerne abnehmen und den Brief selber schreiben, wenn er seinerseits meinen Eltern einen Brief schriebe, die sich über so etwas immer sehr freuen. Herr Domingo war einverstanden, so daß wir uns nur noch darauf zu einigen brauchten, daß unsere Briefe lieblich im Ton und in der Aussage ungefährlich sein müßten. Ich schrieb also:

»Liebe Tante Lisbeth!

Deinen lieben Brief mit den Tüchlein als Zutaten habe ich dankbar erhalten. Es ist ja immer wieder tröstlich, wenn man in der Stadt weilt und spürt, daß sich draußen im Lande noch ein liebes Herz um einen kümmert und Gedanken macht. Andererseits stellst Du Dir die Stadt vielleicht doch etwas zu böse vor, es leben auch hier nur Menschen, gute und böse, oder – um mit Wittgenstein zu sprechen –: ›Der Mensch ist immer gleich gut und böse, es kommt nur auf seine wahre Menschlichkeit an.‹ Ich habe dieses Wort immer in Ehren gehalten. Was den After betrifft, so habe ich damit jetzt kaum noch Schwierigkeiten. Nur des Morgens zwischen 6 und ½8 Uhr beißt er oft noch, aber schon ganz verschwindend. Und auch das wird vorübergehen, nicht zuletzt wegen der Tüchlein, die Du mir so liebwert übersandt hast. Eines davon habe ich einer armen alten Frau geschenkt, die damit ihrem Enkelkind eine Geburtstagsfreude machen will. Ich bin sicher, Du hast für diesen Schritt, den ich mir lange überlegt habe, Verständnis. Ist doch – besonders in der Jetztzeit – jeder jedem der Nächste. Ein Bekannter von mir, Herr Jackopp, macht augenblicklich ein tiefes menschliches Schicksal mit. Eine jener gewissenlosen Frauen, deren es in der Stadt nur allzu viele gibt, hat dermaßen Macht über ihn gewonnen, daß der arme Mann fast geisteskrank geworden ist, und niemand weiß mehr, wie ihm zu helfen sei. Weißt Du als Frau und Mutter geeigneten Rat? Julia geht es übrigens gut. Und wie geht es Deinem Gesamtbefinden? Julia frägt oft nach Dir. Mit der nochmaligen Mitteilung, wie sehr mich Dein Brief gefreut hat und wie heftig ich jederzeit weitere wünsche, verabschiede ich mich für heute als Dein Wilhelm.«

Herr Domingo war mit meinem Brief insgesamt sehr zufrieden, nur der Satz »Julia frägt oft nach Dir« mußte gestrichen werden, weil nämlich Julia Domingo die Tante Lisbeth nur einmal als Wickelkind gesehen habe und deshalb keine Erinnerung an sie haben kann. Gleich darauf hatte auch Herr Domingo seinen Brief an meine Eltern fertig:

»Liebe Eltern!

Entschuldigt, daß ich so lange nicht mehr geschrieben habe. Indessen, tagsüber hindert mich die viele Arbeit und des Nachts sinke ich todmüde ins Bett, sofern ich nicht mit einem reizenden Mädchen, das ich neulich einmal kennengelernt habe, ein wenig in unseren gepflegten Alleeanlagen spazierengehe. Sie heißt Karla Kopler, und ich möchte sie später einmal gern als Braut heimführen. Sie hat langes goldblondes Haar, ist Angestellte und hochanständig. Sie hat auch schon ein bißchen was gespart und beiseite gelegt. Manchmal kocht sie mir auch etwas, wir lesen dann zusammen gute Bücher, und hin und wieder gehen wir sogar in die Oper.

Und bei Euch? Alles wohlauf? In diesem Jahr haben wir ja herrliches Wetter. Bei Euch auch? Gestern habe ich im Fernsehen ›Dreimal neun‹ gesehen. Ich finde Wim Thoelke ganz unnachahmlich. Ihr ja sicher auch. Heute nachmittag hat es ganz kurz mal geregnet. Bei Euch auch? Nun, der Wetterbericht sagt, daß es in den nächsten Wochen eine Schönwetter-Periode geben wird, für diese Jahreszeit ganz ungewöhnlich. Heute gehe ich früh zu Bett, weil morgen wieder viel Arbeit auf mich wartet. Ich habe jetzt auch einen neuen Nachbarn, Herrn Kloßen aus Itzehoe, mit dem ich sehr gut harmoniere, ein stiller vornehmer Mann, der in einem Kreditinstitut angestellt ist und in seiner Freizeit sozialreformerische Fernsehspiele erdichtet. Sobald es mir möglich ist, werde ich Euch wieder schreiben.«

An sich war ich mit diesem Brief ebenfalls sehr einverstanden, nur befürchtete ich, daß die Nachricht über Frl. Kopler meinen Eltern vielleicht falsche Hoffnungen einjagen würde, daß ich nämlich zu heiraten gedächte, und das ist ja immer unangenehm, wenn die Eltern ausgerechnet darauf ihre törichten Erwartungen setzen. Im übrigen werfe man mir bitte nicht mangelnde Ehrfurcht gegenüber den Herrn Eltern vor, denen ich zweifellos viel verdanke. Ich hätte nämlich den Brief keineswegs besser hingekriegt als Herr Domingo. Eltern wollen das nun mal so, und deshalb muß man ihnen willfahren. Und daß die Angaben über den Charakter von Frl. Kopler hinten und vorne nicht stimmen, macht ebenfalls nichts, vielmehr kennen unsere Eltern kein größeres Glück als die Schilderung von positiven Menschen. Natürlich kann Frl. Kopler wider kochen noch geht sie in die Oper, noch liest sie mal ein gutes Buch. Und dann: Ich bin gewiß nicht kleinlich, aber eines muß ich hier einmal in aller Deutlichkeit sagen: Für meinen Geschmack ist Frl. Kopler einfach zu wandelbar. Viele, allzu viele Herren genossen schon – nachweislich – ihre Liebe. Herr Taheri, Herr Jungwirth, Herr Domingo, Herr Meister, ich, Herr Ender, Herr Wondratschek, Herr Baumann, Herr Chris, Herr Johannsen – ja, auch er! Und dies in recht kurzer Zeit! Ich wiederhole, ich bin durchaus großzügig, aber ich meine, die Hälfte hätte vielleicht auch genügt...

Herr Domingo goß jetzt noch zwei Gläslein Eierlikör ein und ächzte professoral »Ähäääh, o Gott o Gott!« Im Raume herrschte eine zufriedene Stimmung, ja gewissermaßen eine zufriedene Bombenstimmung. Bald würde es wieder Abend werden. Alles, wie Gott will, wie meine Großmutter immer sagte. Zuletzt frankierten wir unsere Briefe und wir vereinbarten eine Zusammenkunft am späteren Abend im »Krenz«. Gemächlich trollte ich nach Hause.

Bis zum Beginn der Begegnung mit Herrn Eilert und dem jungen Ehepaar Müller war noch ein Stündchen Zeit. Sie sollte der psychischen Versenkung dienen. Ich fuhr also wieder nach Hause und legte mich ein wenig auf mein Sofa. Nebenan bei Kloßen noch immer kein Lichtschimmer. Keine Meldung von Jackopp unter dem Türschlitz. Schon fast einen Tag lang waren die beiden verschollen. Gespenstisch, gespenstisch. Nun, zu dieser gespenstischen Stimmung paßte am besten der Dichter Thomas Bernhard, ein Österreicher mit gutem Blick für allerlei Katastrophen und schwerste Zusammenbrüche, wie sie uns auch heute noch in dieser »dürftigen Zeit« (Hölderlin) jede Menge Spaß und Befriedigung bereiten. Der Vorzug von Thomas Bernhard ist nebenbei auch, daß man von ihm lesen kann, was man will, man braucht nur irgendwo aufzuschlagen und anzufangen, es ist alles gleich Klasse und ein vollkommener Ruin.

Herrlich! Von Ärzten, die »in vollkommener Unwissenheit praktizieren«, war da sofort die Rede, von »Schwächezuständen der Ärzteschaft«, von »viel verhexten Operationen, Plastiken, Zwischenfällen und so fort«, von der »Post, der ganz und gar verwahrlosten österreichischen Post«, von den »fürchterlichsten Zuständen«, von »bodenlosen Gemeinheiten des Staates«, und da! Welch ein merkwürdiger und echter Zufall! Da stand es schwarz auf weiß: »Ich habe Sie etwas fragen wollen, aber jetzt weiß ich nicht mehr, was es war.« Thomas Bernhard, Frost, S. 97! Das Parzival-Jackopp-

Motiv! Zuerst bei Frau Knott gar nichts fragen – und dann die Frage im Zuge der roten Frau vergessen! Hier trafen sich Österreich und die Schweiz! Das war der Fehler. Wie bei Thomas Bernhard...

Ach was, warum ein Buch lesen, wenn 200 Meter weiter der gleiche Kampf in der Wirklichkeit vorkam! Und zudem noch in der menschlichen Wärme eines Gasthauses! Und schon saß ich im »Krenz«, wo auch bereits Herr Eilert wartete. Das Ehepaar Müller fehlte noch, aber der alte Herr Mentz begrüßte mich sofort mit einer wichtigen und brandneuen Nachricht über Herrn Kloßen. Dieser sei nämlich gegen 18 Uhr schon mal hiergewesen und habe ihn, Mentz, gebeten, ihm, »und nun passen Sie auf, meine Herren«, 50 Mark zu leihen, weil er nämlich eine Bundesbahn-Dienstreise nach Düsseldorf zwecks einiger Photos machen müsse. Selbstverständlich, berichtete Herr Mentz, habe er das Geld aber verweigert, weil erstens noch »zwei offene Bierdeckel« des Herrn Kloßen »im Schubfach liegen«, zweitens die Fahrt nach Düsseldorf und zurück sowieso teurer sei, »und drittens habe ich dem Kloßen gesagt, daß man bei Dienstreisen immer einen Spesenvorschuß kriegt, das weiß ich hundertprozentig von der Agenta Werbeagentur.« Nun habe, pappelte Herr Mentz aufgeregt weiter, Herr Kloßen angegeben, diesen Spesenvorschuß habe er natürlich auch bekommen, er habe ihn aber einem Herrn Ruhleder geliehen, weil dessen Frau plötzlich niedergekommen sei, ins Krankenhaus geschafft werden mußte, und Ruhleder erstens die Taxi-Fahrt habe zahlen müssen, und morgen kämen außerdem noch die Schwiegereltern, denen Ruhleder aufkochen müsse. Herr Mentz erzählte, daß er dem natürlich keinen Glauben geschenkt habe, da habe Herr Kloßen zuletzt tatsächlich eine Contaflex-Kamera aus seiner Aktentasche gezogen und ihm, Mentz, angeboten, diese für 50 Mark zu verpfänden. Wiederum er, Mentz, habe nun darauf verwiesen, daß dann die photographische Dienstreise nach Düsseldorf doch völlig wertlos sei, wenn die Kamera fehle. Jetzt habe Herr Kloßen gesagt, er könne in Düsseldorf jederzeit zur Bank gehen und eine neue einkaufen. Dann habe er ja aber doch zwei

Kameras, habe er, Mentz, gesagt und außerdem gefragt, warum er denn hier nicht zur Bank gehe. Daraufhin wieder habe Kloßen unter anderem vorgebracht, er wolle sich als Auftrags-Photograph jetzt ohnehin selbständig machen, da mache »eine Kamera mehr oder weniger nichts aus«, und das mit der Bank sei so, daß er in unserer Stadt »wegen meiner Scheidungsgeschichte« nichts, in Düsseldorf aber so viel kriegen könne, wie er wolle.

Natürlich, sagte Herr Mentz, habe er auch das nicht geglaubt, »denn, meine Herren: Bank ist Bank und Geld ist Geld«, aber er habe dem Kloßen dann »über die Bierdeckel hinaus« nochmals 10 Mark geliehen, und mit diesen sei dieser sofort weggegangen. »Ach ja«, ergänzte Herr Mentz, »und Ihnen« – dabei wackelte er mit seinem runden Kopf in meine Richtung – »soll ich von Herrn Kloßen ausrichten, daß die Sache mit dem *Revue*-Stück nächste Woche klappt!«

Nun ja, vom letzten Punkt abgesehen war dieser Bericht des Herrn Mentz sogar in zwiefacher Hinsicht erfreulich, denn er bewies einmal, daß Herr Kloßen noch tadellos in unserer Stadt weilte, zum anderen unterstrich er, daß er sogar mit besonderer Vehemenz seinem angestammten Handwerk nachging und nicht etwa gar ein Arbeitsamt oder dergleichen aufgesucht hatte. Auf manche Leute ist eben Verlaß. So, und da kam auch schon das junge Ehepaar Müller zur Türe herein, und wir konnten anfangen, Karten zu spielen.

Ein Wort noch zu dieser jungen Familie Müller, obwohl ich es recht ungern niederschreibe, vor allem, weil mich Frau Barbara heute nachmittag mit ihrem Telefonanruf so schön getröstet hatte. Aber meiner Meinung nach sind die beiden einfach zu jung, bzw. sie erkennen die Autorität von uns Alten nicht mehr recht an – ich meine jene echte Autorität, die sich der Überlegenheit des gereiften Denkens verdankt. Außerdem ärgert mich, daß die beiden mit 19 bzw. 22 Jahren schon geheiratet haben. Was hat nun sonderlich diese Barbara Müller von ihrer blühenden Jugend? Außerdem erklärte sie neulich einmal, sie gehe jetzt für zwei Jahre nach Afrika, weil man in unserem Lande nichts Vernünftiges mehr tun könne.

Ich meine, diese Frau ist jetzt 20 Jahre alt, und wenn ich denke, was ich in dem Alter noch alles gemacht habe! 1960 war ich sogar Jugend-Stadtmeister im Schleuderball! Aber das genügt denen eben alles nicht mehr.

Einmal allerdings gelang es mir, dieses junge Ehepaar Müller glänzend in die Schranken zu verweisen. Das junge Ehepaar Müller war nämlich einmal zu Herrn Peter Knott gekommen, wo bereits außer dem Hausherrn Herr Domingo und ich gesellig herumsaßen und unter Plaudern ein bißchen Obstschnaps tranken. Unerwartet hatte nun das junge Ehepaar – und vor allem die junge Frau Barbara immer voran – völlig störrisch angefangen, uns drei Alte ganz niederträchtig zu bekritteln und aufzustacheln, und zwar mit der Frage, was wir in dieser Gesellschaft und ihrer bevorstehenden Veränderung eigentlich für einen »Stellenwert« hätten und ob wir überhaupt »kritisch« über uns »reflektierten« usw. usf. Jedenfalls hat mir Herr Knott dann später erzählt, daß er und Herr Domingo eine Zeitlang sich lebhaft verteidigt hätten, und als die Geschichte ausgetragen war, habe man bemerkt, daß ich derweil im Sessel eingeschlafen war und zuvor die halbe Flasche Obstschnaps ausgeleert hatte. Und Herr Knott lobte mich sehr für die elegante Abfuhr, die ich so der jungen Frau Müller erteilt hatte.

So macht man das. Ich meine, natürlich ist es das Vorrecht der Jugend, zu fragen, uns Ältere zu fragen, meinetwegen sogar nach unserem »Stellenwert« zu befragen, aber irgendwo ist dann doch mal Schluß, und da müssen wir Alten eben unsere Würde bewahren und den Jungen ihre Grenzen aufzeigen.

Dagegen ist Herr Eilert, unser vierter Kartenspieler, trotz seiner ebenfalls erstaunlichen Jugend schon ein gesetzter, guter und sogar fast vornehmer Herr, der sich uns Alten in Stil und Denkweise schon recht ordentlich angepaßt hat und keine dummen Fragen stellt. Ich nenne das Takt und Herzenswärme.

Er und ich spielten gegen die junge Familie Müller, und als die reiferen und überlegeneren Köpfe durften wir uns einen kleinen Gewinn erhoffen.

Im Lokal war es zu dieser Zeit noch recht still, selbst die Herren Pettler und Dr. Mangold lehnten noch ruhig an der Theke und machten noch keinen Radau. Ein älterer, verhärmt aussehender Herr spielte mit dem Geldautomaten und erzielte, dem häufigen Erklingen von Münzen nach zu schließen, ganz erhebliche Gewinne. Bald hatten auch Herr Eilert und ich dank ein paar einfacher Mogeleien das erste Spiel für uns entschieden und damit zwei Schnäpschen gewonnen. So zeigt man es den jungen Leuten. Sie haben ohnehin zuviel Geld.

Nun betrat eine dicke ältere Frau das Lokal, setzte sich an unseren Nachbartisch, hinter den Kachelofen, bestellte ein Bier und einen Korn, ergriff die herumliegende Wochenzeitung »Der Heimkehrer« und las dessen Leitartikel »Bausparer, aufgepaßt!«. Es war dies, wie ich von Herrn Domingo wußte, eine Redakteurin der Zeitschrift »Elegante Welt«. Kurz nach ihr erschien der Universitätslehrer Schmidt, nahm auf einem Hocker an der Theke Platz, bekam ein Bier und versenkte sich sofort in die ebenfalls herumliegende Zeitung »Links«. Wir begannen unser zweites Spielchen.

Wiederum gab ich mir statt der vorgeschriebenen fünf ständig sechs Karten, und das dreimalkluge Ehepaar Müller merkte es noch immer nicht. An der Theke flackerte eine erste Unruhe auf. Nämlich der junge Herr Mentz sagte laut und leidenschaftlich zu Herrn Dr. Mangold, daß »wenn diese Sauerei nicht aufhört«, bekomme er Lokalverbot. Wir unterbrachen unser Spielchen und sahen, daß Herr Pettler, offenbar in der Absicht, den jungen Herrn Mentz rücksichtlich seines Freundes Dr. Mangold zu besänftigen, auf diesen einredete, sich dabei wohl aber im Ton vergriff, denn der Wirt rief nun noch mächtiger als zuvor: »Und das gilt auch für Sie, und wenn Sie zehnmal Studienrat sind – Sie habe ich schon gestern verwarnt, jawohl, genau Sie!« Wieder sah man nun Herrn Pettler etwas Aufmunterndes sagen, worauf der junge Herr Mentz zweimal hintereinander und mit großem Pomp rief: »Ich sagte Lokalverbot!« Bewundernswert mutig fletschte dabei Dr. Mangold die Zähne, die Lächerlichkeit dieser Drohung zum Ausdruck bringend. »Ich frage Sie als Studienrat«, schrie nun in neu hochlodernder Wut der junge Herr Mentz, »macht ein kultivierter Mensch in einem öffentlichen Lokal solche Sauereien?« Und dann: »Glauben Sie, wir Gastwirte sind dazu da, solche Sauereien wieder aufzuputzen?«

Diese Sauerei wollte ich mir nun doch näher ansehen, und ich schlich mich also schnell an den Ort des Geschehens heran. »Da sehen Sie!« rief mir der junge Mentz zu und deutete auf einen vor Herrn Dr. Mangold postierten Aschenbecher, in dem auf den Kippen ein Berg Senf aufgebaut war, auf dessen Spitze wiederum mittels zweier zusammengebundener Streichhölzer eine Art Gipfelkreuz errichtet stand: »Da sehen Sie!«

Aufmerksam und nachdenklich betrachtete, von seiner sozialistischen Lektüre aufblickend, auch der Universitätsdozent Schmidt diese Sauerei. Stolz und festlich lächelte Dr. Mangold.

Kaum hatten wir nun unser Kartenspiel wiederaufgenommen, da betrat Frl. Majewski das Lokal, begleitet von einem kleinen, drahtigen und prallen Mann mit wetterfestem Struppelkopf, den ich überhaupt noch nicht kannte. Frl. Majewski lächelte ihr »Hallo!«, stellte uns den neuen Herrn als »Alfred Edel« vor, und beide nahmen gleichsam erwartungsvoll Platz. Dabei glaubte ich sofort zu bemerken, daß dieser Herr Edel Frl. Majewski ununterbrochen mit wieselflinken Äuglein umspielte, ja sogar aus innerer Nervosität mehrfach und rasch hintereinander den Mund in Richtung dieser Dame spitzte. Und zwischendurch lächelte er uns vier freundlich und möglichst unverdächtig an.

Das alles verwirrte mich so sehr, daß mir beim Kartenspiel, das wir noch schnell zu Ende führten, geradezu unverständliche Fehler unterliefen, und wir allein durch Herrn Eilerts aufopferungsvollen Kampf zu einem erneuten Sieg und Schnäpschen kamen. Was hatte nun das wieder zu bedeuten, dieser Edel? Schon den dritten Abend hintereinander verlebte jetzt Frl. Majewski ohne Herrn Johannsen! Zuerst mit Herrn Hoffmann, dann bei den Negern, und jetzt brachte sie auch noch diesen neuen Menschen Edel mit, der überhaupt nicht edel, sondern besitzergreiferisch, ja unzüchtig lächelte! Und offenbar trotz seines Struppelkopfes als Sieger aus dem ganzen Rennen hervorgehen wollte!

Kaum war unser Kartenspiel beendet, teilte Herr Edel mit, daß er unser Spiel aus seiner »bayerischen Phase« gut kenne, nämlich er habe einmal kurz im Büro des damaligen SPD-Landesvorsitzenden Gabert gedient, er sei Mitglied der »Gabert-*Gang*« gewesen, heute dagegen sei er in der Werbebranche tätig und spiele nur zwischendurch ab und zu gewisse Rollen in den Filmen von Alexander Kluge, so etwa kürzlich den »Tobler im Weltraum«. Anschließend fragte Herr Edel, ob vielleicht Historiker am Tische säßen, und teilte, als wir verneinten, mit, daß er nämlich das 19. Jahrhundert für eine »in jeder Hinsicht faszinierende Periode« halte, insbesondere die Entwicklung der verschiedenen Nationen und Staatsformen betreffend. Am faszinierendsten allerdings sei für ihn die ethnologische Eigenart des Tessins, indem nämlich dort zwei völlig unterschiedliche Bevölkerungsgruppen absolut unabhängig nebeneinanderher lebten, die einen oben, die anderen unten, »buchstäblich wie es beim Brecht steht«.

Ich machte hier Herrn Edel ohne Furcht darauf aufmerksam, daß die Gliederung bei Brecht eine etwas andere sei, nämlich nach »Licht« und »Dunkel«. »Exakt«, antwortete Herr Edel ernst, »in dieser Beziehung ist das Tessin eine einzigartige polithistorische Landschaft.« Ebenfalls faszinierend aber sei die immer noch verkannte und von Rudolf Steiner begründete Wissenschaft der Anthroposophie, die gleichsam aus Mystik und aufgeklärtem Christentum erwachsen sei und deren Idee einer inner- und außerkosmischen Harmonie faszinierenderweise zu solch erhabenen Entdeckungen geführt habe wie der, daß z. B. den Planeten bestimmte Farben zugeordnet seien. Leider schreite diese Wissenschaft nur sehr mählich voran, er, Edel, vermisse seit drei Jahren nennenswerte Neuveröffentlichungen …

Frl. Majewski lächelte glücklich. Herrn Edel also war es vorbehalten, Herrn Johannsen aus dem Rennen zu werfen, zu meinem und indirekt auch Herrn Jackopps Schaden. Dieser Struppelkopf hatte es geschafft. Seltsam. Mit solchen losen Redensarten macht man das also heutzutage. Während Herr Jackopp und ich uns die fundiertesten Aussagen abringen...

Nur allzu gern, fuhr Herr Edel gleichmäßig lächelnd fort, würde er sein Geschichtsstudium wiederaufnehmen, aber sein harter Beruf in der Werbung, »mein siebter Beruf und der, den ich bisher am längsten ausübe«, lasse das nicht zu. Denn er, Edel, sei es, der heute das gesamte Denken, Fühlen und Handeln der deutschen Frau entscheidend diktiere, indem er deren »faszinierenderweise sogar jahreszeitlich motivierte Wertorientierungen und Leitideen« in diesem Jahr auf die »zielgruppenspezifisch relevante Formel Klamotten-Kosmetik-Koitus-Kinder« gebracht habe, eine Formel, die sich seither in der gesamten Bundesrepublik als »Basisidee für fast alle Langzeitkampagnen« durchgesetzt habe. Anschließend sagte Herr Edel noch etwas, das ich leider nicht verstand, weil an der Theke – ah, da betrat gerade Herr Domingo den Raum! – ein kleines Gewürge in Gang gekommen war mit verschiedenen kleinen Schreien und Gegenschreien, an deren Ende Herr Dr. Mangold von dem jungen Herrn Mentz zur Tür hinausgeschoben wurde, dabei aber so bravourös verächtlich lächelte, als wollte er dem ihn mit den Worten »So-so-so-so« vorwärts schiebenden jungen Herrn Mentz jetzt schon bedeuten, daß er ja morgen abend doch wieder hier sein und Spaß machen werde.

Übrigens ging Herr Studienrat Pettler, wie aus Einspruch gegen die ungerechte Behandlung seines Freundes, seinerseits trotzig hinter Herrn Mentz her und verschwand ebenfalls.

Angenehm überrascht über diesen lockeren Empfang, setzte sich nun Herr Domingo zu uns. Bei der Vorstellung muß Herr Edel Herrn Domingos italienischen Namen registriert haben, und er fragte ihn auch deshalb sofort, ob er etwa aus dem Tessin komme. Nein, sagte Herr Domingo, er wisse es zwar nicht genau, wie das mit seinen Ahnen zugegangen sei, vermutlich habe aber um die Jahrhundertwende irgend so ein venezianischer Teppichhändler seinen Kragen über die Alpen gestreckt und erkannt, daß in Deutschland auch einiges abzusahnen sei. »Genau«, lächelte

Herr Edel dazwischen, »ein faszinierendes Jahrhundert!« Ich sagte nun, um auch einmal zum Zuge zu kommen, zu Herrn Edel, der sich längst als der geheime Kommandant des Abends installiert hatte, wir hätten allerdings einen Schweizer unter uns, einen Herrn Jackopp – die Redakteurin der »Eleganten Welt« kippte gerade flott einen neuen Korn –, und dieser Herr Jackopp habe auch seine Frau mitgebracht und habe eine ganz tiefe Stimme und (hier fiel mir nun absolut nichts mehr ein) »würde Sie sicher gern einmal kennenlernen«.

»Interessant«, antwortete Herr Edel, lächelte sinnlos und warf einen gierigen Blick auf die Brust von Frl. Majewski. Ich muß übrigens sagen, daß Herrn Edels Ausführungen ausnahmslos alle Mitglieder an unserem Tisch irgendwie entzückten, auch die autoritätverachtende junge Frau Müller lauschte diesem älteren Herrn willig und teilweise sogar mit offenem Munde. Gleichfalls Herr Domingo schien zufrieden mit diesem Neuankömmling, und Frl. Majewski machte an seiner Seite einen so restlos, ja glühend glücklichen Eindruck, daß für mich endgültig feststand: Diese Frau war für mich verloren. Ein Begräbnis ersten Ranges …

»Klamotten-Kosmetik-Koitus-Kinder«, nahm Herr Edel den Faden erneut auf, diese Formel habe die alte Frauenformel »Kinder-Küche-Kirche« heute bereits restlos überholt. Als Herr Edel dies sagte, wußte ich plötzlich nicht mehr, wo eigentlich die kleinen Kinder herkamen. Erst nach einigen Sekunden erstaunten Nachdenkens fiel es mir wieder ein. Ach ja, natürlich, was denn sonst? Da betraten auch schon Herr Peter und Frau Johanna Knott das Lokal, begleitet von einem Herrn, den ich ebenfalls nicht kannte und der Ossenbach hieß und von dem ich, daran erinnere ich mich genau, sofort wußte, der würde einmal Bundespräsident werden, so vertrauenswürdig sah er aus und hatte auch nur noch wenige Härchen am Kopf.

Und wieder ein paar Minuten später saßen plötzlich auch Herr Rösselmann und Frl. Bitz an unserem Tisch, wo kamen die beiden eigentlich her? Wo war Frl. Czernatzke? Betörend, ja sphinxhaft lächelte Frl. Majewski und nippte an ihrem Bierchen …

Da! An der Theke war schon wieder etwas im Gange oder doch im Entstehen. Der junge Herr Mentz, der heute offenbar einen besonders kampffreudigen Tag hatte, schrie jetzt unbarmherzig auf jenen älteren Herrn ein, der schon den ganzen Abend über an dem »gold&silber«-Geldautomaten gespielt und immer wieder gewonnen hatte, doch man hörte jetzt von seiten des Herrn Mentz mehrmals die Worte »Betrug« und »Schweinerei« und »Der Dumme ist der Wirt!« Dabei sah man den älteren angeschuldigten Mann scheue und gleichsam resignierende Abwehrgesten vollziehen, dann legte er einige Münzen auf den Tisch und verließ flüchtend das Lokal, indessen der junge Mentz ihm nach- und weiterwütete.

»Komm!« winkte mir Herr Domingo, »hier müssen wir unverzüglich einschreiten«, und wir begaben uns also an die Theke. Dort ergab sich aus des jungen Herrn Mentz nicht ganz leicht zu verstehenden Ausführungen, daß es beim Geldautomatenspiel des Alten zu gewissen Unregelmäßigkeiten und Schädigungen gekommen sein muß; Herr Mentz behauptete nachdrücklich, daß der Alte nur deshalb immer soviel gewinne, weil er – »und jetzt habe ich es selbst gesehen« – immer von oben durch einen Schlitz Bier in den Automaten schütte und so den Apparat vollkommen beherrsche – »und ich, die Wirtschaft, muß jetzt einen neuen Automaten kaufen!« »Wer ist denn dieser Alte eigentlich?« fauchte der junge Mentz nach einer kleinen Pause, während der er hektisch mit einem Lappen den Thekentisch rieb, als wolle er das unsittliche Verhalten des Alten gleichsam aus seinem Lokal fegen, – niemand kenne diesen Mann, niemand wisse seinen Namen, mit niemandem rede er an der Theke, immer nur spiele er am Automaten …

Aber das sei doch, raunte Herr Domingo nun fast beschwörend, das sei doch der alte Max Horkheimer. »Wer? Was? Hockenheim?« fragte der junge Herr Mentz scharf und ungnädig zurück. Ja freilich, der Professor Horkheimer, »einer der wertvollsten und stichhaltigsten Köpfe unserer Zeit«, erklärte Herr Domingo. »Das ist mir ein schöner Professor, der da …«, konterte Herr Mentz. Nun ja, beschwichtigte ich, das sei eben so, der Professor Horkheimer sei natürlich jetzt schon ein wenig alt und verkalkt, und das Geldautomatenspielen sei sozusagen seine letzte Freude, man müsse ihm da seine Kindereien schon ein wenig nachsehen. Und es mache ihm halt den größten Spaß, wenn viel Geld herauspurzle. »Und wenn er zehnmal der Professor Horkheim ist«, brüllte der junge Herr Mentz unbeherrscht weiter, »in meinem Lokal wird anständig Automat gespielt!«

Inzwischen war durch des jungen Mentz anhaltendes Geschrei auch der praktisch an allem interessierte Herr Rösselmann an die Theke gelockt worden, er hatte die Entwicklung schnell erfaßt und versicherte deshalb Herrn Mentz eindringlich, im Falle Horkheimer gehe es ja auch gar nicht um Unehrlichkeit und Raub, dieser hervorragende Gelehrte könne von seiner »Dialektik der Aufklärung« ganz fabelhaft leben – »abgesehen von der Verfilmung des Buchs«, ergänzte Herr Domingo, und wiederum Herr Rösselmann forderte Nachsicht mit diesem bewährten alten Denker, der nun mal seit dem Tod seines Freundes Adorno ein wenig aus dem Trott geraten sei. Außerdem sei dies hier, sagte Herr Domingo fast unwirsch, »ein Lokal mit alter kritischer Tradition ...«

»Bei mir«, krähte nun der junge Herr Mentz noch erschütternder, »haben schon der Adorno und der Dr. Mabuse, der Mabuse und wie sie alle heißen verkehrt, und alle haben sich bisher anständig aufgeführt, sonst hätten sie kein Land mehr gesehen. Wie vor zwei Stunden der Dr. Mangold!«

Übrigens erklärt sich das tölpelhafte Zeug, das der junge Herr Mentz da zusammenredete, wahrscheinlich aus einer falschen und noch dazu falsch aufgeschnappten Information seines Vaters. Dieser hatte nämlich Herrn Rösselmann gegenüber einmal behauptet, er habe gleich nach dem Krieg, »als die Herren Gelehrten noch schauen mußten, wo sie blieben«, den gesamten Vertretern der Kritischen Theorie »von Adorno bis Alfred Schmidt« 20 Mark geliehen, bzw. »die Herren haben hier in die Kneipe ihre Studenten mitgebracht und Vorlesungen gehalten«.

Nun, das mögen später einmal die Historiker und Biographen nachprüfen, ich jedenfalls wollte mir das Loch, in das da Bier geschüttet wurde, ansehen und kletterte dazu auf einen Stuhl. Von dort berichtete ich, daß sogar zwei Löcher da seien, eines links, das andere rechts. Herr Rösselmann wollte nun wissen, in welchen der beiden Schlitze der Professor Horkheimer sein Bier gieße, und der junge Herr Mentz deutete sofort auf den rechten, der beistehende Zeuge Tarzan Schatz bestätigte es nickend. »Ha! rief Herr Rösselmann, das könne nimmermehr sein, Max Horkheimer als einer der bewährtesten Kämpfer der Linken gieße, wenn überhaupt, sein Bier wenigstens in den linken Schlitz. So vergeßlich, schüttelte Herr Domingo den Kopf, könne er doch nicht geworden sein, der Max. »Da sehen Sie«, heulte der junge Herr Mentz auf, »was der Alkohol aus diesen Professoren macht!«

An diesem Satz war nun freilich so gut wie alles unlogisch. Abgesehen davon, daß der junge Herr Mentz vom Alkohol lebte, hatte ja der alte Horkheimer den Alkohol eben nicht in sich hinein, sondern in den Automaten geschüttet, und nachdem der alte Horkheimer ja vielleicht auch noch dann und wann ein Gläschen dazu genippt hatte, hatte der junge Herr Mentz sogar dabei doppelt was verdient und sollte überhaupt froh sein usw.

Es war aber dieser schlichte Gedankengang dem jungen Herrn Mentz nicht mehr einzutrichtern, und so begaben wir drei Herren uns wieder an unsere Plätze zurück und berichteten unser Erlebnis, für das wir viel Anerkennung ernteten, ja es gelang uns damit sogar, Herrn Edel kurzzeitig die Regie zu entreißen – obwohl es doch ein leichtes gewesen wäre, hier sofort wieder aufs Tessin zu rekurrieren! Wer, Herr Edel, ist denn der wertvollste Bewohner des Tessins?? Keine Ahnung von wegen Kritische Theorie weiterführen – aber Frl. Majewski mit Redensarten umgaunern ...!

Jetzt kam innerhalb eines Haufens von Studenten ein sehr wilder, unschöner, sogar rothaariger Mann zur Tür herein, lief zu einem schon voll bepackten Tisch und wurde dort von mehreren jungen Damen sehr lebhaft mit »Dany« und immer wieder »Dany« begrüßt. »Der Cohn-Bendit schleicht sich hier auch immer öfter an«, kommentierte Herr Knott den Vorgang. »Alle wertvollen Kräfte kommen wieder«, antwortete seufzend Herr Domingo.

Und Frl. Majewski lächelte noch immer hingebend, vollkommen in den schamlosen Fängen dieses Edel.

Da überfiel mich plötzlich eine große Müdigkeit, und die nun folgenden Vorgänge – das möchte ich dem Leser gleich hier mitteilen und erbitte seine Nachsicht – erschienen mir wie im Traum, *un sogno,* und streckenweise verlor ich wohl auch die Übersicht, sogar über mich selbst. Eines aber weiß ich noch ganz genau: es fing damit an, daß mir, möglicherweise in der Folge unseres Horkheimer-Erlebnisses, ein philosophischer Lehrsatz einfiel und überhaupt nicht mehr aus dem Kopf gehen wollte, ein Satz, den ich wie so viele sogar wörtlich im Kopf herumtrage und der mir in diesem Augenblick besonders einleuchtete: »Will man aber standhalten, so darf man nicht befangen bleiben im leeren Erschrecken.«

C'est ça. Richtig. Man mußte etwas dagegen tun. Widerstand leisten. Und schon stand ich wieder an der Theke. Weg von dieser Welt der Freunde, von Frl. Majewski, die mich verriet, weg von der Politfaszination des Herrn Edel, weg von Herrn Knott, der in Ibiza »ausflippte«, und von dieser jungen Frau Müller, die nach Afrika davonrennen wollte – hier galt es den ungebrochenen Willen des Einzelmenschen, der sich behaupten mußte, die Stellung halten, Widerstand leisten …

Ich muß wohl schon eine Weile reflektierend an der Theke gelehnt haben, da hörte ich neben mir einen älteren Herrn, den ich flüchtig kannte, der Egon heißt und in der Nähe eine kleine Wirtschaft besitzt, fragen, ob er mich zu einem Bier einladen dürfe. Der erste Lohn des Widerstands! Ich nahm das Angebot an und verspürte gleich darauf, daß Herr Egon sein Knie an meines rieb. Nun, man mußte standhalten. Gleich darauf fragte Herr Egon, ob ich jetzt mit ihm nach Hause gehen möchte, er würde mir auch etwas Schönes zeigen. Und erneut rieb Herr Egon. Und ich könnte auch bei ihm schlafen.

Ich gestehe frei, daß ich in diesem Augenblick etwa folgendes zusammendachte: *Vorrei e non vorrei.* Dieser Egon, das Optimale ist er nicht. Aber er besitzt ein kleines Gasthaus, das ich vielleicht einmal beerben könnte. Herr Kloßen würde den Wirt abgeben,

Herr Jackopp den Stammgast. Außerdem verschaffte mir die neue Lebensgemeinschaft mit Herrn Egon Unabhängigkeit gegenüber Frl. Majewski. Und drittens – daran erinnere ich mich ganz genau – stellte ich mir vor, wir mir Herr Egon zum Weihnachtsfest eine elektrische Eisenbahn schenken würde mit Schranken, Drehscheibe, Leuchtsignal und Tunnels und wie schön wir dann zusammen spielen könnten.

Les jeux sont faits. Ich stimmte zu. Herr Egon spendierte sofort und galant ein neues Bier. Es kommt alles, wie es kommen muß. Fahr hin, Frl. Majewski, fahr hin, Frau Knott, Cordula Trantow, fahr du auch hin, du türkische Frau! – wollte man standhalten, so durfte man nicht befangen bleiben im leeren Erschrecken ...

Und dafür bekam man sogar noch eine elektrische Eisenbahn ... Ich bekam aber am Ende doch keine, sondern plötzlich lehnte die junge Ehefrau Müller neben mir und schmiegte sich nachhaltig an mich. Und dann muß sich, nach ihrem später eingeholten Bericht, etwa folgendes abgespielt haben: Der Gastwirt Egon habe dieses Schmiegen sofort bemerkt und gegenüber Frau Müller mehrfach betont, dieser Herr gehöre zu ihm. Darauf habe sie, berichtete Frau Müller, Herrn Egon bedeutet, dieser Herr sei ganz im Gegenteil ihr Verlobter und er gehöre also absolut ihr an und deshalb gehe dieser Herr jetzt auch wieder ganz brav zurück an unseren Tisch. Herr Egon soll daraufhin noch eine Weile protestiert haben, aber – und daran erinnere ich mich nun wieder – irgendwann einmal faßte mich die junge Ehefrau Müller liebreich unter die Arme, führte mich zum Haupttisch zurück und zischelte mir dabei scharf zu, ich sei ein ganz blöder Esel, und sie habe es von hinten nicht mehr mit ansehen und verantworten können, wie mich dieser Egon umgarnte, und so einen Schwachsinn solle ich ja nicht noch einmal machen!

Heute, im nachhinein, möchte ich dazu folgendes sagen: Natürlich bin ich der jungen Ehefrau Müller sehr dankbar, daß sie mich gerettet und Herrn Egon entwunden hat. Ich mache so etwas wahrscheinlich auch nicht wieder. Andererseits ist das noch längst kein Beweis dafür, daß wir Alten die Dummen und die Esel sind. Ich vermute vielmehr, die Aufreibungen der letzten Tage haben mich etwas übermüdet, mein vielseitiges Engagement, meine zahllosen Funktionen, die mir von der jungen Ehefrau Müller am allerwenigsten abgenommen werden. Sollte sie doch mal Herrn Jackopp betreuen! Deshalb bei aller Dankbarkeit: Diese Person braucht sich gar nicht so aufspielen. Ich meine, sie hat sich auch gar nicht aufgespielt, aber innerlich feiert sie sicher den Triumph. Das ist gemein. Ich könnte da nämlich auch ganz schön auspacken ...

Jedenfalls nahm ich jetzt halb beschämt, halb einfach nur benommen wieder brav am Gemeinschaftstisch Platz. Da saßen sie nach wie vor, diese Rösselmanns und Domingos, Knotts und Müllers und schwätzten ungerührt, während ich geschlagen aus der Widerstandsbewegung zurückkehrte. Es hatte sich aber zwischendurch noch etwas Erstaunliches angebahnt – Herr Edel tönte jetzt nicht mehr auf Frl. Majewksi, sondern auf Frl. Bitz ein, ja er war sogar einen Stuhl nachgerückt, so daß neben Frl. Majewski ein Freiraum entstanden war. Zum Letzten entschlossen, besetzte ich ihn.

An die nächsten eineinhalb Stunden erinnere ich mich teilweise wieder nur dunkel. Frl. Majewski saß rosig und lieblich und merkwürdig still in ihrem Eckplatz und lächelte, doch nicht mehr sonnig, wie es mir zuerst erschienen war, sondern geradezu traurig und irgendwie sogar gleichgültig. Da faßte ich mir ein Herz und ergriff ihr Händchen und streichelte es. Sofort streichelte Frl. Majewski mit der anderen Hand zurück. Es war jedenfalls ein fast edles Gefühl, was mich durchlief, ich bestellte deshalb zwei Korn und teilte Frl. Majewski mutig mit, daß ich sie schon sehr lieb hätte. Auf diese äußerst dürftige Aussage hin lächelte Frl. Majewski huldreich und drückte mir, während wie aus unendlich weiter Ferne träumerisch die Stimme Alfred Edels an mein Ohr drang, noch etwas heftiger das Händchen. Im Anschluß schoben diese Dame und ich wohl immer zärtlicher die Leiber aneinander und sandten gewisse erotische Signale aus, und zuletzt lehnten wir die Köpfe gegeneinander – und in dieser zugleich ulkigen und fesselnden Stellung sollen wir, nach mehreren Zeugenaussagen, die nächsten eineinhalb Stunden verbracht und nur zwischendurch pausiert haben, um ab und zu einen Korn zu bestellen, den wir, nach der kichernd vorgetragenen Darstellung des Herrn Domingo, stets synchron gekippt hätten, nachdem wir uns jeweils zuvor innig und zufrieden in die Äuglein gestrahlt hätten. Genau dagegen erinnere ich mich, in dieser Zeit nachgemessen zu haben, daß eine Schachtel Marlboro-Zigaretten haarscharf so lang ist wie eine Schachtel Streichhölzer einmal längs und einmal quer genommen. *C'est la vie…*

So richtig kam ich aber erst wieder zu mir, als plötzlich das Licht in unserer Tisch-Nische ausgeschaltet wurde und der junge Herr Mentz zum Abkassieren anrückte. Da bemerkte ich auch, daß das ganze Lokal schon leer war, nur über die Theke krümmte sich noch zäh und einsam Herr Tarzan Schatz – der Taumel des langersehnten Einanderfindens hatte die Zeit stillstehen lassen, hatte uns den Abgang dieser Rösselmanns und Knotts und Ossenbachs erspart – ja auch Herr Edel war wundersamerweise verschwunden, wie ein Spuk, ein böser. Jetzt waltete das Reich der Liebe…

Ich zahlte die Zeche und strich Frl. Majewski noch einmal herzklopfend und versiert über das braune Rapunzelhaar. *Andiam.*

Da hätten um ein Haar zwei Vorkommnisse das Glück noch verhindert. Eben als wir beide Liebenden aufbrechen wollten, schellte das Telefon, und es war Herr Kloßen, der mich zu sprechen verlangte. Leider hatte der junge Mentz schon zugegeben, daß »der noch da ist«, und so mußte ich vor der Erreichung des größten Glücks noch einmal Herrn Kloßens Stimme anhören, die mir mächtig scheppernd mitteilte, daß ganz in der Nähe des »Krenz« bei einem Mitglied der Itzehoe-Gruppe ein rauschendes Fest stattfinde, und ich müsse unbedingt hinkommen, es seien sogar »Klasse-Weiber« da, und »das mit dem Geld«, darüber redeten wir morgen, es sei von ihm heute auch bei der Bank für Gemeinwirtschaft ein Dispositionskredit-Verfahren eingeleitet worden, »und du brauchst also überhaupt keine Angst zu haben«, sondern ich solle gleich herlaufen und möglichst vielleicht auch noch zwei, drei Flaschen Wein mitbringen. Und dann hörte man auch noch so eine ordinär fette Stimme: »Hallo! Hier ist die Gabriele« und »Süßer, komm doch!«

Ich kam aber nicht, sondern zwang den betrübten Kloßen zu begreifen, daß ich einfach zu müde sei, morgen aber gern den Kontakt zu ihm wiederaufnähme. Leider hatte das wohl kurzfristig wiedererstarkte Frl. Majewski bei meinem Telefonat mitgekriegt, daß irgendwo noch eine Feier stattfinde, und wollte plötzlich, kurz vor dem höchsten Glück, »noch vorbeigucken, komm, laß uns mal!« Diese fast beleidigende Unentschlossenheit nach vorherigem so raschem und trefflichem Entschluß verstimmte mich natürlich ein wenig, aber jetzt galt es hart zu bleiben, und endlich verließen wir also zusammen mit Tarzan Schatz, der noch ein wenig ein Sex- und *Erotic*-Theater aufsuchen wollte – »kommt ihr mit?« –, das Lokal. Wir hatten uns schon ein paar Meter entfernt, da erschien noch einmal der junge Mentz unter der Türe und rief uns, offenbar aufs neue erhitzt, nach, es könnte so »schön und Klasse« in seinem Hause sein, »wenn nur nicht diese drei wären: der Pettler, der Dr. Mangold und dieser alte Horkheimer. Und wo sitzen sie jetzt? In der ›Goldenen Gans‹, in diesem Zuhälterlokal! Und immer dieselben, immer diese drei!«

Ein letztes Mal ereignete sich ein kleiner Zwischenfall, als in einer Kurve das recht matt an mir hängende Frl. Majewski plötzlich strauchelte, mich zu Boden riß und wir dort unten rein zufällig genau jene Stellung schon vorwegnahmen, die uns dann wenig später ebenfalls gegönnt sein sollte.

Ein gutes Omen? Nun, darüber berichte ich als Kavalier der alten Schule natürlich nichts. Frl. Majewski schlief auch bald ein, vielleicht war sie auch nur zu 85 oder 90 Prozent zufrieden, so wie es mir das Frl. Kopler einmal gestanden hat. Immerhin, irgend etwas war da noch, und ich wünschte bei dieser Gelegenheit Herrn Jackopp von Herzen, daß ihm wenigstens das mit Frl. Czernatzke vergönnt gewesen sein möchte, was mir diesmal die Kraft des Alkohols noch unvermutet zuspielte. Wer hätte das gedacht.

Zwischenbilanz

Manch einer wird zweifellos spätestens an dieser Stelle meiner Niederschrift sagen: Was soll denn dieses ganze alberne und törichte Kramzeug! Es geht doch darin nur bloß um Liebe und um Geld, das dieser oder jener nicht hat! Wichtige Gegenwartsprobleme dagegen wie der Umweltschutz, das ungute Treiben der Anarchisten in unserem Lande und die systemüberwindenden Reformen bleiben völlig unerwähnt. Richtig. Nur darf ich darauf hinweisen, daß das erstens nicht ganz richtig ist, sondern der Umweltschutz wird am Ende des zweiten Tages einmal von Herrn Jackopp knapp umrissen, und im nächsten Kapitel kommt sogar das Stalinismus-Problem dran – und zum zweiten bin ich der Meinung, daß man in einem Buch auch nicht alles und jedes unterbuttern sollte, was heute Rang und Namen hat, es reicht schon, was bisher alles so tangiert wurde ...

Drittens aber bin ich der festen Überzeugung, daß Geld und Liebe, also die führenden Themen meiner Niederschrift, nach wie vor und durchaus auch die führenden Themen unserer Zeit und der Nation sind. Also was will man eigentlich! »Am Golde hängt, zum Golde drängt doch alles«, sagt Goethes Gretchen, das gleichzeitig Faust liebt. Man sieht: Geld und Liebe halten auch dem Wandel der Zeiten stand. Im übrigen, wer sagt uns denn, daß nach der Beseitigung des Kapitalismus alles besser wird? Alles? Ach wo denn! Wenn dann auch Herr Kloßen noch immer Geld in der Tasche hat, wird er höchstens noch mehr Unfug machen und noch mehr Elend verbreiten. Wie auch immer: Geld und Liebe sind die Säulen unseres Lebens.

Das dritte aber ist der Fußball, ja er hat möglicherweise sogar die Liebe schon überholt. Ich meine, gegen einen zentimetergenauen Beckenbauer-Paß oder einen Spurt Netzers in den gegnerischen Strafraum ist sogar die Liebe des Herrn Jackopp gegenstandslos, verlieren Herrn Jackopps Gefühle jeden Witz. Wieder anders ist es im Falle des Torwarts Manfred Manglitz. Er beauftragte seine Braut, Irmgard Walter, auf einen Kölner Parkplatz zu fahren, dort nach einer Offenbacher Autonummer Ausschau zu halten und dann das Geld heimzubringen, das die Kickers für ein paar durchgelassene Schüsse zahlen wollten. Wenn es auch dann letztlich nicht so schön geklappt hat, sieht man hier doch die glänzende Einheit von Geld, Liebe und Fußball.

Herr Jackopp spielt nicht besonders gut Fußball. Theoretisch mag er ja recht ordentlich beschlagen sein – die berühmte Breslauer Elf hat er mir einmal betrunken ganz langsam und auswendig hergesagt, am nächsten Tag konnte er sich nicht mehr daran erinnern und wackelte verstört mit dem Kopf –, im aktiven Spiel zeigt er aber keinerlei Plan, Übersicht, keinen Weitblick. Aber auch Herr Johannsen ist ein keineswegs brillanter Fußballspieler. Er rennt zwar immer furchtbar sportlich drauflos, verfügt über eine Riesenkraft und Kondition, aber immer wieder verliert er nach dem ganzen Aufwand in aussichtsreichen Positionen den Ball an den Gegner, und alles war umsonst.

Wieder anders ist es bei mir. Konditionell nur mehr beschränkt einsatzfähig, auch ohne größere Grundschnelligkeit, habe ich mich notwendigerweise ganz auf Köpfchen und Raumaufteilung verlegt. Raumaufteilung ist die wichtigste Sache im Fußball. Ein überlegener Geist, der in der Mitte des Spielfelds herumsteht und mit einem Minimum an Bewegung die Bälle an seine Mitspieler verteilt. Die können dann loslaufen und die Tore schießen, die Ehre wird auch mir zuteil. Ab und zu schieße ich sogar mal ein Tor aus dem Hinterhalt.

Der gegenwärtig beste Raumaufteiler des deutschen Fußballs ist Bernd Hölzenbein von der Frankfurter Eintracht. Sie sollten ihn jetzt bald einmal in die Nationalmannschaft tun.

Noch besser beschlagen aber bin ich im theoretischen Fußball, ja einst war ich da sogar ein absolutes As. Drei Jahre nach der Eröffnung der Bundesliga konnte ich sämtliche angefallenen Ergebnisse hersagen, und das waren immerhin 32 mal 8 mal 3 = 768 Ergebnisse! Im Rahmen von Wetten habe ich damals durch dieses mein erstaunliches Vermögen ziemlich viel Geld verdient, die Bewunderung vieler Menschen erworben und mein Taschengeld als damaliger Student der Geisteswissenschaften etwas aufgebessert. Man muß sich einmal genau vorstellen, was das heißt: 768 furchtbar dumme Fußballergebnisse im Kopf zu haben, daß der Meister der allerersten Spielzeit der 1. FC Köln, völlig überraschend zuhause (!) gegen den Tabellenletzten und späteren Absteiger 1. FC Saarbrücken 0:3 verloren hat – ich wiederhole: zuhause!! Das sollen mir diese neuen und neunmalklugen Jugendlichen, diese Kersten und Barbara Müller, erst einmal nachmachen!

Heute beherrsche ich nur mehr die Ergebnisse von Bayern München und Eintracht Frankfurt auswendig. Im übrigen halte ich Hölzenbein sogar noch für stärker als Grabowski. Er spielt meiner Ansicht nach rationeller und deshalb am Ende auch effizienter.

Herr Rösselmann spielt überhaupt nicht Fußball, sondern schwätzt lieber mit den Damen am Spielrand. Höchst eigenartig ist die Spielweise von Herrn Domingo. Er steht zwar meistens träg irgendwo auf Linksaußen herum, holt sich nie selber einen Ball, spielt ihm jedoch der Zufall einmal einen zu, dann läßt er sich nicht mehr von ihm trennen, genau wie damals bei Frl. Kopler – die typische Zähigkeit des Intellektuellen.

Eher gradlinig von hinten nach vorn den Ball drischt Herr Peter Knott, überraschend elegant tänzelt dagegen sein Bruder Stefan um mehrere Gegner, hier ein Hakentrick, dort eine Körpertäuschung, sehr anmutig anzusehen. Trotzdem gehört seine Frau Heidi jetzt Herrn Taheri an. Höchst eigenartig …

Unser bester Fußballer aber ist Herr Waechter, ein zurückgezogen lebender Maler, der gleichermaßen mit Herz und Hirn, mit Kondition und Übersicht, mit Schnelligkeit und Abstauberqualitäten operiert, und sein Haar weht mächtig im Wind – eine wunderbare Symbiose von Malerei und Fußball …

Nun, ich meine, ganz läßt sich die Liebe durch den Fußball natürlich nicht ersetzen – der Bundestrainer muß eben sehen, wie er mit seinem Spielermaterial zurechtkommt. Doch Herr Jackopp hin, Frl. Majewski her, viel wäre gewonnen, wenn Herr Schön sich endlich einmal entschlösse, Hölzenbein für die Nationalmannschaft zu nominieren. Er zusammen wäre mit Günther Netzer, der übrigens am gleichen Tag wie ich, am 14. September, geboren wurde, allerdings drei Jahre später, das ideale Mittelfeldgespann. Nun, Herr Schön möchte schon, traut sich aber wegen des Drucks der Springerpresse nicht, das Mönchengladbacher Team Netzer-Wimmer auseinanderzureißen. Doch genau in diesem entscheidenden Punkt muß Herr Schön eben einmal moralische Größe zeigen und Wimmer entweder als Verteidiger umschulen oder aus der Mannschaft nehmen. Bzw. wenn Hölzenbein verletzt ist, mag Wimmer gerne wieder einspringen. Ich leugne auch gar nicht Wimmers unbändige Einsatzfreude, sein erstaunliches Laufpensum und sein beträchtliches fußballerisches Können. Aber die Genialität von Hölzenbeins oft – im Gegensatz zu Netzer – unauffälligen, heimlichen Spielzügen und Finten, seiner den Gegner gleichsam lächerlich machenden Pässe in den freien Raum und nicht zuletzt sein Torinstinkt sollten genügen, dem Bundestrainer endlich die Scheuklappen zu nehmen und seinem Herzen einen Stoß zu geben und dem Frankfurter die Bahn frei zu machen für internationale Aufgaben.

SECHSTER TAG

Frisch und munter erwachte ich am andern Morgen. Die Sonne war schon prächtig auf und Frl. Majewski ohne Dank und alles weggegangen, auch von Frl. Czernatzke keine Spur, so daß sich die bange Frage stellte, wer mir ein Frühstück bereiten würde. Na wer denn! Natürlich der beste Frühstücker aller Zeiten, Herr Rösselmann, der gleich schräg gegenüber wohnte! Es ist überhaupt ein Merkmal in unserer Gruppe und erklärt vielleicht manches, daß wir fast alle irgendwie schräg gegenüber wohnen.

Ich wischte mir den Schlaf aus den Augen, kleidete mich rasch an und eilte aus dem Haus. Eine ältere Frau putzte die Stiegen, hob den Kopf und erwiderte mürrisch und lauernden Blicks meinen lockeren Morgengruß. Ihre Funktion bestand wahrscheinlich darin, Frl. Majewskis und Frl. Czernatzkes Wohnung zu beschatten und sich die daran teilnehmenden Herren für die polizeiliche Wiedererkennung einzuprägen.

Ach was, Kummer und Sorgen! – bei Herrn Rösselmann herrschte bereits das rundeste und perfekteste Frühstücksleben. Auch Frl. Bitz war anwesend, und beide Herrschaften löffelten gerade reinlich das zweite Ei. Herr Rösselmann hieß mich, wie immer bei seinen Frühstücksausschweifungen, mit freundlichem Zähnefletschen willkommen, wahrscheinlich erhöhte die Vielzahl der Teilnehmer sein Frühstücksglück. Diese stadtbekannten morgendlichen Exzesse bestehen übrigens aus Orangensaft, Friesentee, Toasts, Marmelade in sechs Sorten, darunter zwei Gläser, auf deren Etikett steht, daß das auch Ihre Majestät die Königin jeden Morgen schleckt, sodann aus Speck, mehreren Wurstsorten, Quarkcreme, Tomaten, Käse, Milch und zu besonderen Feierlichkeiten sogar auch aus kleinen gerösteten Kartoffeln. Ich kann gar nicht verstehen, wie ein zivilisierter Mensch zu einer Tageszeit, da doch das Hirn noch belastet ist mit den meist komplizierten

Prozessen des Vorabends und der Nacht, wie ein höher fühlender Mensch da schon solche Fuhren in sich hineinschlichten kann. Noch mehr wundere ich mich, daß das auch bei mir, wenn ich bei Rösselmann gastiere, meist sehr gut funktioniert.

Als einen Formfehler von Herrn Rösselmanns Frühstücken beklagte Frl. Bitz mir gegenüber einmal die Wahllosigkeit der musikalischen Umrahmung, die Herr Rösselmann zu diesen Kulturen auffahren läßt: nämlich völlig beliebiges und derbes Schlagerzeug, das gerade so zufällig aus dem Radiogerät rattert. Frl. Bitz sagte, ihr stünde der Sinn viel lieber nach ausgewählter Barockmusik, den Vier Jahreszeiten etwa, oder daß vielleicht ein Gregorianischer Choral aufspiele und die Teemassen gewissermaßen in etwas Außerirdisches verwandle. – Nun, ich bin der Ansicht, was Herr Rösselmann bezüglich musikalischen Geschmacks in seiner Jugendzeit nicht gelernt hat, das holt er heute einfach nicht mehr auf. Er weiß es auch vermutlich, strengt sich überhaupt nicht an und konzentriert sich ganz auf das Abschälen der Eier und das zähe unnachgiebige Abhäuten selbst der widerspenstigsten Würste und schnaubt dabei – einmal wäre ich beinahe mit bebenden Gliedern davongelaufen.

Herr Rösselmann wollte wissen, warum ich zu dieser frühen Stunde, halb zehn Uhr, bereits unterwegs sei. Ich mußte mich sehr zusammennehmen, ihm die Wahrheit zu verschweigen – nicht daß ich mich ihrer geschämt hätte, o nein, aber Herr Rösselmann hätte es im Zuge dieser Wahrheit auch verstanden, aus mir ihr mehr als unwürdiges Beiwerk herauszukitzeln, und das wollte ich aufgrund meiner dankbaren Gesinnung gegenüber Frl. Majewski nicht freigeben – allzu hämisch hätte Herr Rösselmann sein rohes Vergnügen daran gehabt. Allerdings, daß die Wahrheit nun doch voll und breit dasteht, ist eines der Geheimnisse der Dichtkunst.

So lenkte ich das Gespräch denn eilig auf den Ablauf des gestrigen Abends und insbesondere auf die neu aufgetauchte Gestalt des Herrn Alfred Edel, und Frl. Bitz brachte dazu noch eine gute Nachinformation ein. Herr Edel hatte nämlich gegen Mitternacht ihr gegenüber nachdrücklich gegen die Frauenbefreiung geeifert und die These vertreten, all das gegenwärtige Unheil rühre von einem christlichen Kirchenlehrer her, der als erster und wider alle Vernunft der Frau eine Seele zugebilligt hatte. Nun, nachdem mir Herr Edel keine Gefahr mehr bedeutete, gefiel mir diese Anschauung recht gut, und ich gebe ihr gern recht.

Das Telefon Herrn Rösselmanns schellte. Herr Rösselmann nahm ab, schaute gleich darauf abwehrbereit drein und sagte nach einer Weile: »Nein, das tut mir sehr leid, ich habe selber nur mehr 50 Mark in der Brieftasche, und mein Gehalt kommt erst in drei Tagen auf die Bank.« Und nach einer längeren Pause sagte er: »Versuchen Sie es doch am Mittag noch mal bei ihm, so viel ich weiß, ist er jetzt ... was? ... ach, im Café Härtlein waren Sie schon, und da ist er auch nicht? ... Hören Sie, versuchen Sie es doch einmal am Mittag, so viel ich weiß, ist er am Mittag immer zuhause.« Und wiederum nach einer kleinen Weile: »Ja, ich verstehe Ihre Situation natürlich, aber es geht bei mir nicht, beim besten Willen nicht, ich muß jetzt gleich in die Kleiderreinigung, wie?« Und dann: »Ja, mittags ist er sicher daheim.«

Selbstverständlich wußte ich längst Bescheid. Wie schön, daß der junge Tag die Schätze des späten gestrigen Abends so früh und sicher herüberrettete! Glanz und Zauber des Ewiggleichen, mit Nietzsche zu sprechen. Und schon kehrte, tückische Freude in den Augen, Herr Rösselmann an den Frühstückstisch zurück und berichtete in sprudelnder Rede, was ich schon wußte: Kloßen sei am Telefon gewesen, wegen Geld, wie denn auch anders, und zwar habe Kloßen ihn, Rösselmann, deshalb angerufen, weil ich nicht in meiner Wohnung anzutreffen gewesen wäre. Und nun, berichtete Rösselmann freudig, habe ihm Kloßen gerade am Telefon erklärt, ich hätte ihm, Kloßen, einst gesagt, sollte ich einmal in einer dringenden Angelegenheit nicht erreichbar sein, zum Beispiel in Finanzierungsfragen, solle er, Kloßen, sich ruhig an ihn, Rösselmann, wenden, wobei, sagte Rösselmann, »du ihm gesagt haben sollst: Herr Rösselmann ist in diesem Fall mein Vertreter.«

Diese Geschichte, das muß ich sagen, stimmte nicht ganz. Ich habe tatsächlich Herrn Kloßen vor ein paar Wochen beiläufig bedeutet, es doch einmal mit Herrn Rösselmann zu versuchen, weil dieser bezahlter Angestellter und also ein ziemlich wohlhabender Mann sei, und ich wiederum von Rösselmann wußte, er selber sei vermutlich der einzige, der von Kloßen noch nicht um Geld gebeten wurde, sei's aus Furcht vor Herrn Rösselmanns oft schrecklich drohendem Blick, sei's aus der Kalkulation heraus, Herrn Rösselmann so lange zu verschonen und einzuschläfern, bis einmal der große *Coup* fällig würde, der selbstverständlich peinlich genau geplant und vorbereitet sein müßte. Ich meinerseits hätte es natürlich gern gesehen, wenn auch Herrn Rösselmann von Kloßen nicht ungeschädigt bliebe, einfach wegen meines unverbrüchlichen Sinns für Gerechtigkeit. Und deshalb habe ich Herrn Rösselmann Kloßen gegenüber nicht gerade als meinen »Vertreter«, aber doch wohl als meinen gewissermaßen Vorgesetzten und Übergeordneten dargestellt.

Diesen Trick muß Herr Rösselmann am Telefon nach Kloßens ersten Einleitungssätzen sofort durchschaut haben, mit dem Effekt, Kloßen wie aus Rache wiederum mich anzuempfehlen. »Punkt 12 Uhr«, sagte Herr Rösselmann geradezu teuflisch lächelnd, »wird er bei dir läuten. Und du wirst zuhause sein, hörst du! Und Herr Kloßen wird dir erzählen, daß er von mir ausgesandt worden ist, und deshalb mußt du ihm 20 Mark geben.«

Ich wollte heute mittag tatsächlich zuhause sein, nämlich die unselige Glasreiniger-Sache so oder so zu Ende zu bringen. Andererseits besaß ich nicht mehr viel Geld. Sollte ich vor Kloßen flüchten? In einen tiefen Wald? Zu meinen lieben Eltern? Nein, es wäre die Flucht in eine Feigheit, in eine Unwürdigkeit, die ich nicht vor mir verantworten konnte. Wer aber standhalten will, so tönte es erneut in mir, darf nicht befangen bleiben, der muß sich stellen, Kloßen offen und frei entgegentreten, ihm ins Auge schauen... Und Kloßen würde sich sofort dankbar erweisen und mich von der Glasreinigung abhalten, und vielleicht würde es wieder ein netter Nachmittag.

Ich mußte plötzlich innerlich äußerst lachen. Wie schön war doch mein Dasein! Zuerst ein berauschender Abend, dann gar das größte Glück, dann ein festliches Frühstück mit Telefoneinlage, und nun lag schon wieder etwas in der Luft…

Froh trennte ich mich von Herrn Rösselmann und Frl. Bitz, die ins Büro mußten. Mir war so recht wohl, ein frischer Wind strich über die Stadt, in die schöne Welt hinunter, ganz wie neugeboren schlenderte ich die Straße entlang, die zu meiner Wohnung führte, standzuhalten Herrn Kloßen, freundlich blinzelte die Sonne, tausend Stimmen lockend schlugen – da plötzlich, damit hatte ich nun wirklich nicht auch noch gerechnet, strebte mir Herr Peter Jackopp entgegen.

Er trug einen langen schwarzen Mantel, der ihm fast bis zum Knöchel reichte, hielt den Kopf gebeugt, geradezu phosphoreszierend bleich das Gesicht, und insgesamt machte er mir sofort den Eindruck, als ob er mit äußerster Zielstrebigkeit irgendwohinaus unterwegs sei, ja als ob er einen großen weittragenden Entschluß gefaßt hätte und diesen nun sofort und unnachgiebig ins Werk setzen wollte.

Erst wenige Schritte von mir entfernt lüftete Herr Jackopp den Kopf, und nach etwa zwei Sekunden entspannte sich seine Miene zum Ausdruck des Wiedererkennens. Ich blieb stehen, begrüßte ihn freundlich und wegen seines ungewohnt drangvollen und entschlossenen Gesamteindrucks nicht ohne Neugierde mit »Ah, Jackopp!« und fragte, wohin es denn gehe. Herr Jackopp blieb nun auch stehen, schaute mir tiefernst, fest und ohne jedes Begrüßungslächeln ins Gesicht und sagte langsam und mit Grabesstimme:

»Eine Frage. Kann ich bei dir scheißen? Ich muß unbedingt scheißen.«

Eine echte Überraschung, eine Überfall-Frage sozusagen! Ich muß sagen, ich war sehr beeindruckt. Immer besser beherrschte Herr Jackopp nun das Fragestellen. Und auch in der Form: schlagartig, bestimmt, hart, präzis! – Selbstverständlich könne er das, sagte ich zu Herrn Jackopp, er solle nur gleich mitkommen. »Ja«, sagte Herr Jackopp, machte kehrt und schritt schweigend neben mir her, in gleichzeitig eigentümlich gebückter und doch keineswegs greisenhafter, sondern zielstrebig nach vorne, ja gleichsam in die Zukunft gerichteter Haltung.

Zahlreiche Fragen bewegten sofort meine Seele. Herr Jackopp wohnte gar nicht weit von unserem Treffpunkt entfernt – warum war er dazu nicht nach Hause gegangen? Ja, wenn ich es abschätze: seine Wohnung und meine waren gleich weit entfernt. Zum zweiten, warum war er nicht in die nächste Gaststätte gegangen, wenn es so eilte? Und drittens, warum war Herr Jackopp überhaupt so zielstrebig und tüchtig genau in jene Richtung marschiert, die sowohl von meiner als auch von seiner Wohnung wegführt, wenn es so dringlich war? Ein nicht eben angenehmer Verdacht stieg in mir auf und ballte sich zur Gewißheit: Herr Jackopp hatte erst da bemerkt, daß er scheißen mußte, sein Vorwärtsdrang war sich erst da seines konkreten Inhalts bewußt geworden, als er mich erblickt hatte …

Unterdessen war Herr Jackopp schweigend neben mir hergegangen, schweigend und mit starr auf den Boden gerichteter Kopfhaltung. War er am Ende schon so früh betrunken? Ich fragte ihn nun, woher er käme: »Ja«, antwortete Herr Jackopp ernst, so daß ich wohl eine neue Frage überlegen mußte. Doch Herr Jackopp kam mir zuvor: »Es ist unheimlich gewesen.« Und nach ein paar Sekunden Pause, die ich nicht durch ein »was?« verletzen wollte: »Ich bin seit gestern mittag im Bett gelegen, zuhause im Bett, und ich habe unheimliche Pfannen Kaffee getrunken, ich habe gedacht, ich gehe kaputt. Aber ich bin nicht kaputtgegangen.«

Ob er vielleicht jetzt Herzschmerzen hätte, warf ich zart ein, doch Herr Jackopp fuhr fort: »Ich habe den Camus gelesen«, und Herr Jackopp betonte dabei eigenartig »Camus« auf der ersten Silbe, so daß es fast wie »Gummi« klang, »ich habe den Mythos des Sisyphos gelesen. Es ist ein unheimliches Buch. Du kennst es?«

Das war für mich natürlich eine Gelegenheit, dieses für mich etwas »unheimliche« Gespräch in seichtere Bahnen zu lenken, und ich sagte, ja, ich würde das Werk kennen, und ein Satz daraus habe mir besonders gut gefallen: »Der Ausdruck beginnt, wo das Denken aufhört.« »Ein unheimliches Buch«, erwiderte Herr Jackopp, zuvor sei er in der Stadt gewesen und dabei an einer großen Schaufensteranlage vorbeigekommen, die »total bescheuert« eingerichtet gewesen wäre. Da sei er, Jackopp, in das Kaufhaus hinein, habe den Chefdekorateur kommen lassen und ihn geheißen, das Zeug aus dem Fenster zu nehmen und es anders einzurichten. Der Mann habe es aber nicht verstanden, sagte Jackopp, da sei er heimgegangen und habe sofort den Camus gelesen, »ein unheimliches Buch«, wiederholte Herr Jackopp, »ich verstehe es nicht. Ich kann bei dir scheißen?«

Jetzt waren wir vor meiner Wohnung angelangt. Die Treppen hinaufkletternd, überlegte ich, daß eine Frage nach dem Brief an Frl. Czernatzke überflüssig, ja fast unehrfürchtig wäre. Wer ganze Pfannen Kaffee trinkt und den Camus dazu liest, schreibt keine erotischen Briefe. Unter dem Türschlitz lag erwartungsgemäß ein Zettel: »Hallo, Alter! Komme Punkt 12 Uhr vorbei und dann jede halbe Stunde wieder. Habe eine dolle Sache in petto. Anschließend können wir dann in den Zoo gehen. Gruß Kloßen«.

Mit »Alter« redete er mich nun an – das konnte gefährlich werden! Und noch dazu mit einer tollen Sache im Hintergrund! »Ich gehe scheißen«, sagte Herr Jackopp und er verschwand im Klosett. Die Zeit verging. Es mußte sich um unheimliche Pfannen handeln. Oder war Herr Jackopp tot? Schließlich rief ich seinen Namen. »Ja«, rief Herr Jackopp gedämpft zurück. »Ist gut«, sagte ich.

Wieder vergingen bange Minuten. Camus war gefährlich, der Mythos des Sisyphos ganz besonders. Es stand zu befürchten, daß er Herrn Jackopp allzu früh und unfruchtbar von Frl. Czernatzke wegtrieb. Auf daß dieser Mann im philosophischen Bereich noch Verheerenderes anrichtete. Nein, ich würde ihm, sobald sich Gelegenheit bot, doch einen neuen sexuellen Anstoß verpassen müssen …

Als Herr Jackopp aus dem Klosett zurückkam, spürte ich plötzlich, daß ich nun auch »scheißen« mußte. Ich bat Herrn Jackopp ins Arbeitszimmer und machte mich nun meinerseits an die Sache.

Da schellte das Telefon, ich mußte mich also mit dem »Scheißen« beeilen (ich war plötzlich wie verliebt in das Wort), und als ich ins Arbeitszimmer kam, hatte Herr Jackopp bereits den Hörer abgehoben und er sagte gerade: »Ja, er ist da. Er scheißt gerade. Da kommt er zurück.«

Zweifellos keine günstige Ausgangslage für mich, unter diesen Umständen das Telefon zu übernehmen, es konnte ja ein Minister oder doch die Spitze des Glasreinigerverbands am Gerät sein, es war aber nur ein Herr Reinecke, der verantwortliche Herr eines Studentenjournals, mit dem ich gelegentlich im Rahmen wechselseitiger Übertölpelungen zu tun gehabt hatte, und an einer solchen nicht ganz einwandfreien Machenschaft mir gegenüber war diese Verbindung dann auch in die Brüche gegangen. Überraschend munter und kordial, als ob nie etwas zwischen uns gewesen wäre, erklärte mir dieser Herr aber jetzt ins Telefon, er habe wieder einmal »etwas Typisches für Sie«, nämlich eine »spritzige Polemik« gegen den SPD-Bildungspolitiker Lohmar zu verfassen. Herr Reinecke erläuterte mir die im übrigen recht undurchsichtigen Hintergründe seines Vorpreschens gegen Lohmar, und ich dachte zwischendurch blitzschnell nach: Herr Reinecke befand sich zweifellos unter einem gewissen Druck. Normalerweise zahlt er für eine Polemik 200 Mark; dazu rechnete ich 50 Mark Eilgebühren und 50 Mark Wiedergutmachung. 300 Mark wollte ich fordern.

Als Herr Reinecke fertig war, erklärte ich, Archivstudien und Ausfeilung einer spritzigen Polemik würden mindestens drei Tage in Anspruch nehmen: »Sagen wir 300 Mark, Herr Reinecke, ein Freundschaftspreis.« Herr Reinecke war sofort einverstanden. Ich hätte mehr verlangen sollen. Immerhin, Archivstudium und Textausfeilung würden keine sechs Stunden ausmachen. Gelernt ist gelernt.

Einer drohenden und heiklen Frage meiner Leserschaft möchte ich hier nicht ausweichen. Warum denn mußte es, nach den Glasreinigern, schon wieder gegen die Sozialdemokratie gehen, übrigens meine Mutterpartei? Eine berechtigte, eine schwierige Frage, der ich mich stellen muß. Es gibt überhaupt viele schwierige Fragen in meinem Leben. Wie könnte ich z. B. die Glasreiniger dazu bringen, die Unsinnigkeit ihres Vorhabens einzusehen, ohne doch das Geld zurückgeben zu müssen? Woher bezieht eigentlich Herr Domingo seine Einkünfte? Würde der junge Herr Mentz dem alten Herrn Mentz heute sein Erlebnis mit dem alten Horkheimer andrehen? Würde der alte dem jungen deshalb eine runterhauen? Oder würden wir alle vielmehr Lokalverbot bekommen? Wie konnte ich Herrn Jackopp noch einmal verschärft auf Frl. Czernatzke treiben?

Fragen über Fragen! Nun, die letzte wollte ich gleich in Angriff nehmen. Während des Telefonats hatte Herr Jackopp in einem Stuhl gesessen und sichtlich ohne Verstand in den herumliegenden Akten der Glasreiniger geblättert. Wie nun möglichst harmlos beginnen? Doch Herr Jackopp half mir selber aus der Verlegenheit: »Du warst gestern im Krenz?« fragte er tonlos. Und als ich bejahte: »Ich war vorgestern im Krenz.«

Ach ja, so plauderte ich möglichst leichthin, das hätte ich noch gegen Ende des Bürofestes von Frl. Czernatzke gehört, die er, Jackopp, wohl angerufen habe. »Ja«, bestätigte Herr Jackopp. Hier schon direkt überleiten? Etwa mit der Frage: »Wie läuft es denn mit Frl. Czernatzke jetzt eigentlich?« Oder: »Hast du sie wieder mal gesehen und gesprochen?« Nun, was hieß »wieder mal gesprochen«? Herr Jackopp hatte ja seit seiner – und nicht einmal völlig gesicherten – Generalerklärung vor fünf Tagen überhaupt nie mehr mit Frl. Czernatzke gesprochen! Das war der Punkt! Und so faßte ich mir denn nach ein paar langen Minuten prickelnden Schweigens ein Herz und fragte mutig: »Hast du denn eigentlich einmal versucht, mit ihr zu sprechen?« Herr Jackopp verstand sofort, wer mit »ihr« gemeint war, und antwortete nach einer Weile mit rauher, verhangener Stimme: »Nein.« »Gibt es überhaupt noch einen Kontakt?« faßte ich flink nach. »Nein«, sagte wiederum nach kürzerem Nachdenken hoffnungslos Herr Jackopp.

Nun, damit war auch erforscht, daß der berühmte Brief im Zuge von Camus erneut hatte ausfallen müssen. Hm …

»Hör mal«, sagte ich nach einer wieder recht prekären Pause des

Schweigens, »du solltest versuchen, dich wenigstens mit ihr auszusprechen. Und meines Wissens«, fuhr ich nach kurzer schwerer Gewissensentscheidung behend fort, »ist überhaupt noch nicht ausgemacht, wie die Rosen gewirkt haben.«

Ich bin mir über die Zweischneidigkeit der letzteren Aussage voll im klaren. Denn ich wußte, was Jackopp möglicherweise gar nicht bekannt war, daß die Rosen völlig in die Hosen gegangen waren – und insofern erweckte ich in dem Herrn Jackopp wahrscheinlich völlig falsche Hoffnungen. Aber andererseits kam doch so etwas in Frage, daß die Rosen gleichsam posthum, aus der Entfernung in Frl. Czernatzkes Seele nachgewirkt haben könnten, eine Saite langsam ins Schwingen gebracht haben mochten, weiß der Himmel, wem der »Hirt auf dem Felsen« vorgestern nun wirklich gegolten hatte ...

»Was soll ich tun?« fragte Herr Jackopp mit umwölkter Stimme und zäh auf seine Knie starrend – ein wunderbares Motiv für einen Bildhauer! Nun, sagte ich mit Nachdruck, er könne ja des Nachmittags einmal zu stiller Stunde Frl. Czernatzke in ihrem Büro aufsuchen und sie um eine Aussprache bitten. Und wenn die nur einen Funken Gefühl für höhere Gefühle, für ein zivilisiertes humanes Miteinander habe, dann ...

»Ich werde heute«, unterbrach Herr Jackopp langsam, aber fest mein Gefasel, »zu ihr ins Büro gehen. Um 2 Uhr werde ich hingehen. Ja, das mache ich.«

»Gehen wir zuvor ein Bier schlucken?« fuhr Herr Jackopp wie aufatmend fort. Ich war damit sehr einverstanden, gelang es mir auf diese Weise doch auch, den bereits drohenden Kloßen noch ein bißchen auf die Folter zu spannen. (Ich leugne nicht, daß solche Gefühle ein wenig häßlich sind, aber sie müssen auch sein.) Doch hatte ich mich verrechnet. Denn gerade, als Herr Jackopp und ich uns aufmachten – es war kurz vor 12 Uhr –, schellte die Klingel, und natürlich war es niemand anderer als der Unhold Kloßen im dunkelblauen, leicht verknitterten Anzug, deutlich verschmutzten Nyltesthemd, aber wiederum prächtig geschmückt mit einer diesmal purpurroten Fliege – und er ratterte sofort los, daß er heute morgen bereits mit Herrn Rösselmann gesprochen habe wegen unseres Fernsehspiels, und Herr Rösselmann habe diesem Projekt durchaus Chancen gegeben, und er, Kloßen, komme gerade vom Finanzamt, wo alles bereits »einwandfrei läuft« und nur noch die Auszüge kontrolliert...

»Herr Kloßen«, beendete Herr Jackopp dessen verzweifelte Ungereimtheiten, »wir gehen ein Bier schlucken. Sie kommen mit?« Herr Kloßen witterte sofort Morgenluft, hatte ihn doch Herr Jackopp gewissermaßen eingeladen, und auf dem Weg erzählte er mir, das mit dem Fernsehspiel sehe er jetzt bereits deutlich vor sich, er habe jetzt auch schon eine Idee dabei bzw. vielmehr eine »wahnsinnig dufte *Story*«, von einer Ziege, die einmal in der Stadt Velbert vor Gericht erscheinen mußte als Zeuge im Zusammenhang einer dicken Wirtin Berta – ja und heute um vier Uhr nachmittag sei es dann auch mit dem Großkredit soweit, da könne er nämlich bei der Post 300 Mark abholen, die in Form einer telegrafischen Überweisung als erster Vorschuß des 4500-Mark-Kredits eintreffen würden, mit dem er, Kloßen, dann seine Wohnung »auf Zack bringen« wolle, »alles bezahlen« werde, und außerdem lade er mich dazu ein, stets mit ihm zu Abend zu speisen, »du gibst mir 2,50 Mark pro Tag, und ich lege auch 2,50 Mark zu, und mit 5 Mark mach ich ein Klasse-Essen für uns zwei«, er, Kloßen, koche ja so leidenschaftlich gern, »und wenn der Laden läuft, dann laden wir Weiber ein, füllen sie ab und verladen sie dann.«

Wir waren inzwischen in einem libanesischen Speiselokal angekommen. Seltsam! Zum zweiten Male kurz hintereinander gedachte Herr Kloßen des geschlechtlichen Lebens, das doch eigentlich Herrn Jackopps Domäne war! Und eindrucksvoll auch, wie keß er das auch gleich formulierte! Sollte wirklich eine neue Ära in Herrn Kloßens Leben heraufdämmern? Was das Essensgeld betrifft, fiel mir jetzt auch ein, daß Herr Kloßen schon einmal, nämlich unmittelbar nach seiner unseligen Ankunft in unserer Stadt, in dieser Sache vorgeprescht war, nämlich er hatte einmal in einem geselligen Kreis verkündet, demnächst lade er alle hier zum

Essen ein, »mit 1a Fleisch, das kostet mich dann pro Mann und Nase 15 Mark, das geht ohne weiteres in Ordnung«. Und nun ging es also auch für 2,50 Mark, und immer noch war es ein Klasse-Essen ...

»Und die tollste Sache«, riß mich Herr Kloßen aus meinen Überlegungen und er schlug sich dabei sogar lebhaft auf den Schenkel, »für nächste Woche habe ich ein ganz dickes Ding für uns beide. Da läuft so ein Fußball-Schlagerspiel, das dann lang vor Spielbeginn ausverkauft ist, und wenn wir uns am Montagmorgen gleich 500 Karten unter den Nagel reißen, dann ...«

O Gott! Das Verbrechen. Es war soweit. Ich bestellte einen Espresso, Herr Jackopp ein libanesisches Nudelgericht und Herr Kloßen ein großes Bier, obgleich er, da hätte ich wetten mögen, heute noch keinen Bissen zu sich genommen hatte, aber dieser Mensch braucht offenbar nichts mehr außer seinen Visionen ...

»... dann kaufen wir die Karten für 5 Mark und verkaufen sie weiter für 20, das sind dann 500 mal 15 Mark, das sind 7500 Mark Gewinn, verstehst du?«

Ich verstand. Kloßen der Chef, ich der Vasall. Ich sollte 500 mal 5 Mark = 2500 Mark vorschießen, und dann würde das gemeinsame Glück beginnen. Mit 2,50 Mark pro Abend Ausgaben, erstklassigen Weibern und der nötigen Muße für ein Fernsehspiel. Noch etwas? Jawohl, Herr Kloßen ließ mich nicht warten: »Und von dem Gewinn können wir dann noch fetter ins Lottogeschäft einsteigen. Mit dem Rohleder mach ich sowieso nicht mehr. Der ist nicht seriös genug!«

Ich beobachtete, wie Herr Kloßen hinter seiner Brille mit flehenden Augen meine Reaktion auf seine Glücksvision erwartete. Wie gern hätte ich ihm eine Freude bereitet, aber ich vermochte nicht, seinen Optimismus zurückzustrahlen, im Gegenteil, ich, der den Tag so frohgestimmt begonnen hatte, war schon wieder recht matt und sehr dankbar, als Herr Jackopp, der all dem völlig abwesend beigewohnt hatte, für eine nette Unterbrechung sorgte. »Herr Ober«, rief er, nachdem er für eine halbe Minute in seinen

Nudeln herumgestochert hatte, diesen zu sich, »nehmen Sie das wieder mit«, und er deutete auf seinen spinatgrünen Nudelhaufen. Es sei ja noch gar nichts gegessen, erstaunte sich der übrigens sehr verlogen aussehende Kellner und wurde, wie vor ein paar Tagen schon Herr Hock im »Alt-Heidelberg«, unmutig – ob etwas an den Nudeln auszusetzen sei? »Die Nudeln sind zu hart«, sagte Herr Jackopp. Der Kellner bestritt das und verteidigte seine Nudeln. »Hören Sie, dieses Zeug da ist zu hart!« beharrte Herr Jackopp barsch und trutzig, »nehmen Sie das weg da! Und bringen Sie mir ein Bier!« Flugs nutzte Herr Kloßen die Gelegenheit und trank mit einem mächtigen Zug sein erstes Glas aus und hielt es ebenfalls und fast vorwurfsvoll dem Kellner hin.

»Ich bin ein armer Mensch«, sagte nun tonlos wie jener Alt bei Gustav Mahler Herr Jackopp, »ich interessiere mich eigentlich nur mehr für drei Sachen. Für Profi-Boxen, schicke Klamotten und Kellner beleidigen.« Drei Dinge! Und Rut Brandt? Und Albert Camus? Und vor allem: hatte er Frl. Czernatzke schon wieder vergessen? Wieder galt es höchste Wachsamkeit ...!

Es war auch inzwischen fast 2 Uhr geworden, und so erinnerte ich denn Herrn Jackopp, nachdem Herr Kloßen noch schnell eine donnernde Geschichte über einen Ober erzählt hatte, der von ihm einst in Itzehoe »intellektuell fertiggemacht« worden war, erinnerte ich Herrn Jackopp behutsam an das vorgesehene Gespräch mit Frl. Czernatzke. Unangenehm genug, daß Kloßen auch hier eingriff und mit scheppperndem Lachen und plötzlich wieder kreuzfidel fragte: »Bummst du die jetzt eigentlich schon, die Tante?« Worauf Herr Jackopp Kloßen zuerst mit einem langen und betäubenden Blick mitten ins Gesicht traf und dann die meines Erachtens wunderbare, ja geniale Entgegnung »Was? Ach was!« fand.

Wir brachen auf. Beim Zahlen stellte sich seitens Herrn Kloßen die erwartete Nervosität ein, die auch durch den raschen Genuß von drei großen Bieren nicht ganz eingedämmt worden war. Als ich mich absichtlich wieder spröde zeigte (wieviel schuldete der Mann mir eigentlich schon?), offenbarte Herr Jackopp wieder trotz aller Leiden hohe Ritterlichkeit: »Brauchst du Kohlen?«, und während Herr Kloßen dazu ansetzte, elende Aussagen wie »Heute abend kommt das Geld« zu machen, schob Herr Jackopp ihm wieder einmal einen grünen Schein hin, den Kloßen behend erraffte, und gleich darauf verließen wir das Lokal.

Herr Jackopp verabschiedete sich nun, den entscheidenden Weg zu Frl. Czernatzke zu gehen, indessen Herr Kloßen und ich ein wenig durch eine Alleeanlage bummelten. Dabei fiel mir der Dispositionskredit ein, von dessen Gelingen mir gestern spätabends Herr Kloßen im »Krenz« telefonisch berichtet hatte, und ich fragte ihn nun, was das sei, und ob das auch in Ordnung gehe. »Selbstverständlich«, lärmte Kloßen unverzüglich los, wie er das nur habe vergessen können, jawohl, das mit dem Dispositionskredit laufe ebenfalls, es sei dies eine Art Werbeaktion der Bank für Gemeinwirtschaft für junge Menschen, die neu ins Leben träten und da natürlich noch nicht so konnten, wie sie wollten. Bei ihm sei, als er gestern in dieser Sache vorgesprochen habe, nur die geringfügige Schwierigkeit gewesen, daß er kein regelmäßiges Gehalt beziehe, aber der Beamte sei sehr freundlich gewesen, und er, Kloßen, habe ihm auch von unserem Fernsehspiel erzählt ...

Ich gebe zu, daß ich es nun irgendwie nicht mehr aushalten konnte, und ich schüttelte Herrn Kloßen ab, indem ich ihm vorgaukelte, ich müßte jetzt ins Staatsarchiv, um gewisse Studien zu betreiben. Herr Kloßen bedeutete mir sichtlich enttäuscht, er habe mich eigentlich zu Hajo, dem Ballspieler, mitnehmen wollen, der bei einer Lehrerin wohne und von dieser täglich 6 Mark Zehrgeld erhalte, und im Kühlschrank sei auch etwas Wermut – jedenfalls komme er, Kloßen, kurz vor 5 Uhr wieder bei mir vorbei, und ich sollte ihn dann mit dem Auto zur Telegrafenpost fahren, wo wir endlich das viele Geld entgegennehmen würden.

Wieder zuhause, überlegte ich gerade, wie ich das mit dem Bildungspolitiker Lohmar anstellen und wie ich diesen allzu rasch emporgekommenen Mann zähmen könnte, da kam mir der Gedanke, als makelloser Kavalier müsse ich eigentlich Frl. Majewski anrufen. Doch so leid es mir für Frl. Majewski tat, nach meinem jüngsten Kloßen-Erlebnis fiel mir zu diesem Thema überhaupt nichts mehr ein. Vielleicht war es auch aparter, heute wie in übergroßer Verzauberung zu schweigen, die Galanterie gewissermaßen ins Über-Zweckgebundene zu steigern … Da schellte das Telefon. Frl. Majewskis Einladung für den heutigen Abend? Es war aber vielmehr Herr Domingo, der sich, wieder einmal Heiteres erlauernd, nach den »Gegebenheiten der Zeit« erkundigte, und wunschgemäß erzählte ich ihm, daß ich soeben mit den Herren Kloßen und Jackopp wichtige Entscheidungen eingeleitet hätte, bei dem einen betreffs Geld, beim anderen Liebeslust oder aber Entsagung für alle Zeit. Lachend beendete Herr Domingo unseren Plausch mit dem Satz: »Die Härte der Zeit verlangt ihre Opfer.«

Nun muß ich allerdings sagen, daß Herrn Domingos überlegenes Lachen insbesondere im Zusammenhang mit Herrn Jackopps Leid keineswegs so begründet war, wie es scheint. Auch er war vor einem Jahr und trotz seines Töchterchens Julia Domingo einmal zäh und eindringlich hinter Frl. Czernatzke hergeschlichen, war mit ihr immer wieder *Paella* essen gegangen, hatte mit mehr oder weniger haltbaren philosophischen Einsichten auf sie einzuwirken versucht – und war zuletzt doch verdientermaßen gescheitert. So geht es uns Intellektuellen immer wieder.

Die Glasreiniger oder die SPD-Bildungspolitik? Eins davon mußte sein. *Hic et nunc.* Doch wieder schellte das Telefon, es schien wie eine geheime Verschwörung gegen die CDU/CSU. Diesmal war es Herr Waechter, der schon erwähnte Maler und Fußballer, der anfragte, ob wir nicht ein wenig kicken gehen sollten, das Wetter sei heute so prächtig, und er habe auch schon einen neuen Ball gekauft. Ich bedeutete Herrn Waechter, daß dies heute wegen Arbeitsüberlastung leider nicht möglich sei, denn – »Augenblick, Herr Waechter, an meiner Tür schellt es gerade« (ich ging in den Flur, drückte das Knöpfchen für die Haustüre und öffnete die Wohnungstüre einen Spalt) »so, Herr Waechter, ich bin wieder da« – ja, ich hätte so grauenhaft viel zu tun. Was mit Herrn Eilert, Herrn Ulf und Herrn Jackopp sei, wollte nun Herr Waechter wissen. Von den ersten beiden, sagte ich, wüßte ich nichts, Herr

Jackopp dagegen gründe soeben zusammen mit Frl. Czernatzke einen Albert-Camus-Club. Merkwürdigerweise wunderte sich Herr Waechter darüber überhaupt nicht – nun, vielleicht war es ja auch wirklich wahr –, sondern sagte, er wolle bei Frl. Czernatzke anrufen, denn Fußball sei wichtiger als Camus.

Ich legte den Hörer auf und drehte mich um. Unter der Tür stand im lang abfallenden Mantel, todbleich und sichtlich restlos verstört Herr Jackopp mit einer Kognakflasche unter dem Arm. »Hör mal«, sagte Herr Jackopp schwer, »mir ist da gerade etwas so unheimlich Blödes passiert, so blöd, daß ich es überhaupt nicht verstehen kann. Und ich möchte dich fragen, ob du es verstehst.« Der Bruch der Logik, blitzte es in mir auf, und ich bat Jackopp, der noch immer reglos stand, sich doch erst einmal gemütlich hinzusetzen. »Hör mal«, sagte Herr Jackopp, »kann ich mich einen Moment bei dir hinsetzen? Ich möchte dich etwas fragen, was ich überhaupt nicht verstehe.« Ich wiederholte meine Bitte, Herr Jackopp nahm Platz, starrte kurz vor sich hin, riß dann den Kopf in die Höhe, steckte sich wie im Traum eine Zigarette an und begann mit »Hör mal!«. Es mußte sich in der letzten Stunde etwa folgendes zugetragen haben: Herr Jackopp war in Frl. Czernatzkes Büro gegangen, die Aussprache zu erzwingen, Frl. Czernatzke war aber nicht dagewesen, sondern nur eine Frau Vollmers, die Herrn Jackopp gegenüber angab, Frl. Czernatzke sei bei einer Demonstration von mehreren hundert Frauen gegen den Paragraphen 218. Herr Jackopp hatte sich nun beschreiben lassen, wo dieser Auflauf stattfand, dann war er ebenfalls hinmarschiert. Er habe sich, erzählte er, an eine Straßenecke gestellt und gewartet, bis der Zug vorbeimarschiere. Schon in einer der ersten Kolonnen sei Frl. Czernatzke mitgelaufen und habe, so Jackopp, »ununterbrochen diese blöden Parolen von den anderen Schicksen mitgebrüllt«. Daraufhin habe er, Jackopp, vom Gehsteig her Frl. Czernatzke ein Signal gegeben, sie solle zu ihm herauskommen, aber Frl. Czernatzke habe ihm im Laufen zugeschrien:

»Los, Genosse, reih dich ein,
Komm herein in uns're Reihn!«

»Kannst du es verstehen?« fragte Herr Jackopp mit schon morscher Stimme; er habe eine Aussprache erreichen wollen, und sie, die Czernatzke, rufe ihm dafür »so einen blöden Scheißdreck« zu. Er sei dann wieder weggegangen und habe unterwegs diese Flasche Kognak für mich gekauft, »für das, was du in dieser ganzen verwichsten Scheiße für mich getan hast«.

Natürlich machte ich gleich ein paar abwehrende Gesten und Aussagen, daß ich in dieser ganzen Sache ja selbstverständlich um der Sache willen …

»Der Kognak gehört dir«, befahl mir Herr Jackopp, »du trinkst ihn.« Dann sollten wir ihn doch wenigstens zusammen trinken, wandte ich ein. »Ich kann nicht«, sagte Herr Jackopp gleich wie schauernd, »ich bin vollkommen besoffen.«

Seltsam! Und gerade jetzt machte Herr Jackopp einen irgendwie wachen, fast nüchternen Eindruck. »Kannst du es mir erklären?« fuhr er fort. »Was?« fragte ich. »Ich wollte mit ihr sprechen«, sagte Herr Jackopp, »und sie schreit mich an: ›Los, Genosse, reih dich ein, komm herein in uns're Reihn da.‹ Ich mag die Czernatzke unheimlich. So was Verwichstes ist mir noch nie passiert!«

Seit 1957, dachte ich unwillkürlich und war nun zur Besänftigung von Herrn Jackopp sogar gezwungen, die Sache der Frauenrechtlerinnen zu vertreten, denen allerdings, wie man weiß, auch ich mit großen Vorbehalten begegne. Mit äußerster Behutsamkeit wies ich also Herrn Jackopp darauf hin, daß so eine Demonstration vielleicht doch nicht ganz der rechte Ort für eine letzte Aussprache sei. Man müsse ja immerhin bedenken, daß all die Frauen, die da mitgerannt seien, starke persönliche und vielleicht sogar politische Motive mit sich trügen, die wegen privater Leidenschaften vorerst keinen Aufschub duldeten. Die freiheitliche Bewegung innerhalb der Frauenwelt sei heute in den westlichen Ländern soweit fortgeschritten, daß …

»Ich bin Stalinist!« unterbrach Herr Jackopp mein Gerede sehr streng und sah beinahe verklärt aus, »aber das verstehe ich nicht. Kannst du es mir erklären? Der Schnaps da gehört dir.«

Ganz offenbar war Herr Jackopp wirklich vollkommen besoffen. Nachdenklich nippte ich ein wenig von meinem Kognak-Geschenk und fragte, um Herrn Jackopp vielleicht abzulenken, wie das mit seiner stalinistischen Gesinnung zu verstehen sei. Herr Jackopp sagte nun: »Die von den Reaktionären und Schweinen so genannte Säuberungswelle war objektiv notwendig, um den Sozialismus im Inneren abzusichern. Alles andere ist eine verwichste Scheiße und von gestern.« Gerade als ich darauf eine Antwort überlegte, sagte dann Herr Jackopp: »Welche Rolle spielt eigentlich Herr Rösselmann?« Warum, fragte ich. Der Herr Rösselmann habe, als er, Jackopp, im Büro nach Frl. Czernatzke gefragt habe, immer wieder nur gesagt, er wisse es nicht, er wisse es nicht. Erst von Frau Vollmers habe er dann die Wahrheit erfahren.

»Der Rösselmann ist ein Betrüger!« sagte mit Nachdruck und Schärfe Herr Jackopp, »ein ganz verwichster Betrüger!«

»Verwichst« waren damit hintereinander »die ganze Scheiße«, die Feinde des Sozialismus sowie Herr Rösselmann. Irgendwie schien mir das plötzlich eine recht stimmige, nach unten abfallende Kausalkette. Ich nahm noch einen Schluck Kognak und legte mich auf mein Bett, um mich ein wenig zu entspannen und gründlich nachdenken zu können. Herr Jackopp verstand dies leider völlig falsch. »Ich gehe jetzt«, sagte er, »der Schnaps da gehört dir.« Ich bat Herrn Jackopp nun aufrichtig, doch hier bei mir zu bleiben, gewissermaßen brauchte ich ihn jetzt sogar. »Eine Frage«, sagte scharf Herr Jackopp, »kann ich morgen früh auf deinem Telefon meinen Schwager in Basel anrufen?« Natürlich, sagte ich. »Ich laß dir die Flasche da«, sagte Herr Jackopp, deutete auf den Arbeitstisch und schlurfte in geduckter Haltung aus meiner Wohnung.

Offen gestanden, Herrn Jackopps Kognak konnte ich jetzt sehr gut brauchen, und ich nahm auch gleich noch einen nachdenklichen Schluck. Nachdenken konnte ich allerdings nicht, statt dessen schritt ich träumerisch in meinem Zimmer auf und ab. Plötzlich hatte ich die allergrößte Lust, auf einen Friedhof zu gehen.

Vielleicht würde eine Blaskapelle irgend etwas Dummes aufspielen. Doch es war schon zu spät. Ich stellte mich ans Fenster. Auf der Straße da unten rauschte der Feierabendverkehr vorbei, der Himmel stand in einem leuchtenden Violettblau, Abend wollte es werden, Dämmerung senkte sich übers stille Land. Eben trottete der Posaunist Mangelsdorff vorüber. Kam er vom Friedhof? Nein, er trug eine volle Tüte aus dem Supermarkt in der Hand. Welch schöne lange Haare, welch stolze Koteletten! Und immer die Musik im Kopf. In meinem Kopf war überhaupt nichts. Ein Stalinist also ist er, *c'est le mot,* jawohl. Und Rösselmann ein Betrüger. Und das Ganze eine verwichste Scheiße ...

Gleich würde Kloßen schellen, das wußte ich, und dann würde das Leben wieder weitergehen in alter Frische. Noch allenfalls zwei Tage, und ich würde die Besinnung verlieren. Wollte nicht irgendwer mit mir in den Schwarzwald fahren, zur Besinnung? Ach ja, Kloßen selber! Hier rundete sich der Kreis. Verdammt! Vielleicht ist wirklich die Regierung an allem schuld, durch allzu große Nachlässigkeit, ein falsch verstandenes Freiheitsspielprogramm gegenüber den Untertanen, diesen unberechenbaren Radaubrüdern und Horkheimers und Aufenthaltsgenehmigungen für die Eidgenossen ...

Es schellte. Kloßen! Doch nicht er war es, sondern Herr Jackopp. »Grüß dich«, sagte er überraschend, »kannst du mir eine 40-Pfennig-Briefmarke geben?« »Selbstverständlich«, sagte ich und überreichte sie ihm. Es schellte erneut. Diesmal war es Kloßen – und wir waren wieder alle drei vereint. »Gehst du mit einen schlucken?« fragte Jackopp Kloßen. Warum fragte er eigentlich nicht mich? Wollte er mich schonen? Ich empfand das eher als eine Beleidigung. So hart es Herrn Kloßen angekommen sein muß, vielleicht zum ersten Mal in seinem Leben auf diese Frage eine Absage erteilen zu müssen, wollte er bei mir nicht die letzte Glaubwürdigkeit verspielen, erklärte er nun Herrn Jackopp in Worten, die ich eher ahnte als verstand, er müsse jetzt mit mir zur Telegrafenpost, und es war wieder von unterschiedlichen Ziffern zwischen 4700 und 65 Mark die Rede.

»Ich komme mit«, sagte Herr Jackopp.

Mit meinem Auto fuhren wir zu dritt zur Telegrafenpost. Es stellte sich dies als ein Bauwerk heraus, das von außen nicht im geringsten als Postamt zu erkennen war, sondern es war ein Hinterhof mit mehreren greulich ineinander verschachtelten Häuserruinen. Als wir aus dem Auto krochen, schlug Herr Kloßen sofort vor, doch erst einmal in der Gaststätte gegenüber dem Hinterhof ein Bier zu trinken, das Geld sei wahrscheinlich noch nicht da, weil der Absender aus Stuttgart im Verkehrsgewühl steckengeblieben sei, wie er vor einer Stunde telefonisch erfahren habe, und außerdem ...

»Ja«, sagte Herr Jackopp, aber ich befahl Herrn Kloßen streng, doch erst mal am Schalter nachzuforschen. Ganz offenbar eingeschüchtert und aus Furcht vor meiner Autorität machte sich Herr Kloßen mit betrübter Miene auf die Socken, strich aber mutig über den Hinterhof, wurde von einer älteren graugestreiften Katze gekreuzt und verschwand schließlich in einer schäbigen Türe, die aussah, als würde sie in das Kontor einer Altpapierwarenhandlung führen. Und das sollte also ein Postamt sein, und noch gar für so hochqualifizierte und kaum durchschaubare Dinge wie Geldtelegramme!

Keine zwei Minuten später war Kloßen wieder zurück. Das Geld sei noch nicht da, das mache aber gar nichts, denn Telegramme kämen alle volle Stunden. »Gehen wir ein Bier schlucken«, sagte gleichsam abwesend Herr Jackopp. Schon saßen wir in dem Lokal. Kaum auf seinem Stuhl niedergelassen, griff Herr Jackopp sich schmerzlich ans Herz, und als ich ihn wohl besorgt anschaute, murmelte er sehr leise:

»Es ist nichts, das ist nichts, ich kann es nicht verstehen, es ist unheimlich ...«

»Paß auf!« schmetterte Herr Kloßen gnadenlos dazwischen, er fahre heute abend kurz nach acht Uhr mit der Eisenbahn nach Itzehoe. Die Reise koste hin und zurück 140 Mark, blieben also von den telegrafisch erwarteten »mindestens 300 Mark, das andere kommt dann am Dienstag« noch 160 Mark. »100 davon gebe ich dir«, sagte Kloßen feurig, »und paß auf, mit diesen 100 gehst du heute abend in den Mentz« – damit war auch schon meine Abendgestaltung festgelegt – »und gibst dem Pettler 20 Mark, dem Peter Knott 5 Mark und dem Mentz selber 9,80 Mark, der hat da von mir noch einen Bierdeckel stehen.« Vorher allerdings käme noch Herr Rohleder bei mir in der Wohnung vorbei, »den kennst du ja schon, paß auf, dem gibst du 30 Mark, der wird zwar mehr, nämlich entweder 100 oder 140 Mark, fordern, du gibst ihm aber bloß 30, klar? Und keinen Pfennig mehr, diesem Herrn habe ich nun lang genug zugeschaut.« Insgesamt seien das dann, fuhr Kloßen fort, 65 Mark, »der Rest, die 35 Mark, sind für dich. Im Augenblick kriegst du von mir 125 Mark, die kriegst du nächste Woche, wenn wir die Sache mit den Fußball-Karten erledigt haben bzw. wenn der Rest von dem Geld aus Stuttgart kommt. Wir sind dann also noch 100.«

Ich machte Herrn Kloßen darauf aufmerksam, daß 125 (Wie kam er eigentlich auf diese erstaunliche Zahl, die mir völlig unbekannt erschien?), daß 125 weniger 35 nicht 100, sondern 90 wären. »Das laß mal, Eckhard!« schnarrte Herr Kloßen, »das geht schon klar!« – Der eine schenkte mir Kognak, der andere 10 Mark. Irgendwie war mir zum Weinen zumute.

»Wo ist meine Briefmarke? Verdammt!« ächzte leise und wie im Selbstgespräch Herr Jackopp. Ich sagte, in der Reverstasche sei sie. Herr Jackopp stocherte einige Zeit in dieser herum, dann zog er die Marke endlich heraus. »Das ist gut«, sagte Herr Jackopp, die Marke anstarrend, »da ist sie. Schlucken wir noch einen? Drei Korn, bitte!«

Gleich darauf war es 18 Uhr, und Herr Kloßen brach erneut auf, in dem Hinterhof nach Geld zu suchen. Ob Herr Jackopp überhaupt ahnungsweise mitkriegte, welche hohe Politik der Geldbeschaffung und Neuverteilung sich hier vor seinen Augen und Ohren abspielte? Er starrte auf die Tischdecke, rauchte eine französische Zigarette und schien zu schlafen. Sicherlich war dieser Mann spätestens jetzt schwer betrunken, und doch, welche Haltung, welche körperliche Anmut trotz all der furchtbaren Niederschläge!

Herrn Kloßens Wiederkunft unterbrach die raunende Stille in meiner Seele. Sein Gesichtsausdruck verriet sofort Vergeblichkeit. Irgendeine Kraft preßte mir jetzt Tränen der Wehmut in die Augen. Bewegt, fast ergriffen, fragte ich diesen Mann, ob er denn genau wisse, daß das Geld auch wirklich komme. »Alles klar!« grunzte Kloßen zügig und mit nun wirklich verehrungswürdiger Tapferkeit, der Freddy Krawatzo aus Stuttgart gehöre zu seiner ehemaligen Itzehoer Mannschaft, der habe ihn noch nie im Stich gelassen und erst im vorigen Jahr, als Freddy in Itzehoe Urlaub gemacht hatte, mit ihm vier Tage durchgemacht...

Über den Namen »Krawatzo« mußte ich plötzlich ganz heftig und überquellend lachen, was Kloßen auf seinen Bericht von der Durchmacherei bezog, und er breitete sofort, wunderbar quallend und begeistert, alle Einzelheiten dieser grauenvollen vier Tage Itzehoe aus, bestellte ein neues Bier...

Aus dem Hinterhof bekam dieser Mann nie 300 Mark, das wußte er so gut wie ich. Warum spielte er mir dieses Theater vor? Glaubte er schon langsam selber dran? Was verbarg sich hinter dieser schäbigen Tür, die angeblich ins Geldamt führte? Warum auch hatte sich Kloßen ausgerechnet diesen unglaubwürdigen Hinterhof ausgesucht, mich zu täuschen? Sollte man beim nächsten Stundenschlag darauf bestehen, mit ihm zu gehen, das Geheimnis zu lüften?

Aber würde das nicht wiederum unter Umständen selbst Herrn Kloßens wind- und wetterfeste Persönlichkeitsstruktur zum Einsturz bringen...?

Als ob Kloßen meine Gedanken gewittert hätte, bat er mich auf einmal, seinen Bericht aus Itzehoe abbrechend, jetzt doch heimzugehen, denn für 7 Uhr stehe Rohleder ins Haus, sein Geld einzufordern – diesem solle ich aber bedeuten, er möge um halb 9 Uhr wiederkommen, »denn um 7 Uhr oder spätestens dann um 8 Uhr habe ich es unter Garantie«. Er selber, Kloßen, fahre es dann mit dem Taxi zu mir und werfe es in meinen Briefkasten, weil er gleich zum Bahnhof weitermüsse, und am Montag, »wenn ich dann zurück bin, dann machen wir die Sache mit den Eintrittskarten perfekt. Du ziehst gleich früh los, wenn der Kartenverkauf losgeht, und kaufst, soviel du kannst. Alles klar?«

Alles klar. Mit der Einschränkung, daß mich Herr Kloßen noch einmal um 3 Mark für seine zwei Biere bat, so daß wir nun wiederum bei der schönen Zahl 103 angelangt waren.

Wir verabschiedeten uns. Herrn Jackopp nahm ich mit mir. Auf dem Heimweg fröstelte er heftig, bekam den Schluckauf, und dann brummte er etwas, das sich anhörte wie: »Die Grace Kelly, das ist die Größte«, und dann sagte Herr Jackopp, ich müsse verstehen, hier handle es sich um eine Sache »nicht nur zwischen dir und mir, sondern auch zwischen der ganzen anderen Scheiße, dieser verwichsten«. Außerdem wolle er, wenn ich recht verstanden habe, »diese Gangsterstadt« (Zürich?) dem Erdboden gleichmachen und morgen werde er in ein Hotel ziehen, ob er wohl zwei Koffer bei mir unterstellen könne? Natürlich. Wie Kloßen auch. Dann hatte ich von jedem zwei Koffer … Ich bedeutete dem armen Herrn Jackopp, der sichtlich kurz vor dem Niedergang stand, er möge sich bei mir zuhause etwas hinlegen, ich würde ihm ein wenig auf dem Klavier vorspielen. »Ist gut«, sagte Herr Jackopp. Kurz darauf legte er sich wortlos in mein Bett und schlief sofort ein. Ich setzte mich ans Pianoforte und überlegte, was zu diesem Zusammenbruch am besten paßte. Da schellte es. Es war Herr Rohleder, der mit verbissener Miene 140 Mark holen wollte. Ich sagte ihm, er solle in einer Stunde wiederkommen, wie mir Kloßen geheißen. Das sei unmöglich, kämpfte Rohleder, er wolle jetzt mit seiner Braut essen gehen, die warte schon unten im Auto. Nun, so töricht war ich natürlich nicht, Rohleder nochmals einen Vorschuß zu geben, zumal nach der Aussage von Kloßen-Mentz noch gestern Rohleders Frau niedergekommen war, – und ich sagte, es täte mir leid, und blieb hart. Daraufhin zog Rohleder maulend ab und wollte um 9 Uhr wiederkommen.

Herr Jackopp schlief bereits fest und hart und stieß in mächtigen Zügen die Luft aus dem halboffenen Mund, als ich mich ans Piano setzte. Ich spielte zuerst Brahms' »Schlafe, Süßliebchen, im Schatten der grünen dämmernden Nacht«, und erstaunlich schön ließ ich die Arpeggios heraufrauschen aus den Tiefen des Weltengeheimnisses, gleich wie den Stimmen der Erde, die Herrn Jackopps Schlummer behüteten und ihm sanft zusäuselten. Der ächzte und röchelte schon etwas verhaltener.

Sodann wählte ich einige von Schumanns Kinderszenen, daran schlossen sich »Die Liebe von Zigeunern stammt«, das Volkslied *»Sul Mare lucica«,* dann *»La Paloma«,* dann die »Wolgaschlepper«, dann »Blaue Nacht am Hafen« und schließlich ein Potpourri aus *»Rigoletto«.*

Ich wandte mich um und betrachtete den Schlafenden. Die Schweiz – das Tessin, die faszinierende polithistorische Landschaft – und dann, *e poi: Paese d' 'o sole, paese d' 'o mare ... Santa Lucia, luntano a te quanta malincunia ... silenzio contatore nun te dico parole d' ammore ... o core 'ngrato ...*

Da glaubte ich, das Herz würde zerspringen, und ich kroch deshalb zu meinem Sofa und schlief gleichfalls sofort ein.

Es muß gegen 23 Uhr gewesen sein, als Herr Jackopp mich weckte: »Ich geh in' Krenz. Kommst du mit?« Selbstverständlich kam ich mit, was hätte ich denn sonst tun sollen? Ich hatte ja die ganze Verantwortung, den Geleitschutz. Ewig, ewig. »D u h a s t g u t K l a v i e r g e s p i e l t«, sagte Herr Jackopp, »d u h a s t d i e T e c h n i k. G e h e n w i r.«

Kloßen und Rohleder fielen mir ein. Ich hatte Rohleder nicht wieder läuten hören. Eine Bedrohung war durch Schlaf abgewiesen worden. Beim Verlassen des Hauses sah ich, um mir einen kleinen Spaß zu gönnen, in meinen Briefkasten, ob vielleicht doch 100 Mark drinnen wären. Unglaublich. Da lag etwas. Zwar kein Hundert-, aber doch ein Fünfzigmark-Schein. Nachdenklich nahm ich ihn an mich. Jetzt verstand ich überhaupt nichts mehr. »Gehen wir«, sagte Herr Jackopp.

Im »Krenz« saßen an einem Tisch vereint Frl. Majewski, Frl. Czernatzke, Herr Johannsen und der Lokalschriftsteller Wondratschek, der eben zum Zeitpunkt unserer Ankunft etwas sehr Schnelles und wahrscheinlich Einschneidendes sagte, so daß die beiden Damen entzückt quietschten, indessen Herr Johannsen königlich lächelte. Das also war die Neuaufteilung der geschlechtlichen Kräfte.

Während ich etwas unsicher hinübergrüßte und schamhaft lächelte, schenkte Herr Jackopp diesen vier Personen nicht die mindeste Aufmerksamkeit, sondern stellte sich sofort und ohne Kompromiß an die Theke, bestellte ein großes Bier und starrte vor sich hin. Ich bat, weil mir nichts Besseres mehr einfiel, um ein Libella und übereignete dem alten Herrn Mentz im Namen Kloßens 9,80 DM aus meinem Reservoir von 50 Mark. Ich erntete aber keinen Dank und keine Anerkennung, sondern Herr Mentz zog unbarmherzig einen zweiten Bierdeckel hervor und fragte, was außerdem mit den 10 Mark sei, die er Kloßen gestern abend im Zuge der Dienstreise geliehen habe. Ich wußte es nicht und wollte es nicht wissen. »Meine Herren«, hörte ich darauf den alten Mentz sagen, »man muß doch auch als Gast sein Niveau haben.« Kurz darauf bemerkte ich, wie Herr Jackopp Herrn Mentz lange und inständig und, wie mir schien, mit geradezu umfassendem Wohlwollen beschaute.

Hinter uns quiekten erneut hell und silbrig Frl. Majewski und Frl. Czernatzke im Banne des Lokalschriftstellers. Eigenartig. Der einen hatte ich gestern noch tadellos die Aufwartung gemacht, die andere war heute nachmittag noch politisch herummarschiert. Und nun dies. Es war so unheimlich wie Herrn Jackopps Camus. Der Ausdruck beginnt, wo das Denken aufhört. Gottseidank kam nun mit Herrn Rösselmann ein Vertreter des Alltags zur Tür herein und stellte sich, nach einem kurzen abwägigen Blick auf die Quieker-Gruppe und nachdem er, gleichsam die Eigentümlichkeit der Situation witternd, zweimal kurz und heftig die Nase zu einem Schnuppern hochgezogen hatte, zu uns Herren. »Aha«, sagte er munter, warum wir nicht »an diesem illustren Tisch bei den Damen« säßen?

Ich überlegte gerade eine ebenso lockere wie prägnante Entgegnung, da hörte ich Herrn Jackopp sagen: »Herr Rösselmann, trinken Sie mit mir einen Schnaps? Ich habe mich heute scheiden lassen.«

»Ah ja!« sagte Herr Rösselmann rasch aufhorchend, »das hört man gern.« Im selben Augenblick turnten Herr Peter und Frau Johanna Knott in die Wirtsstube, grüßten uns Thekensteher kurz und fast abschätzig und entschieden sich dann für den Quieker-Tisch. Und nach dem etwa halbminütigen Begrüßungslärm hörte man Herrn Knott artig sagen: »Na, herzlichen Glückwunsch auch!«

Da kam Herrn Jackopps Scheidungs-Schnaps, drei Gläser, für mich war also auch einer dabei. Und während nun Herr Rösselmann Herrn Jackopp eifrig auszuhorchen begann, brachte mein Geist ungefähr folgendes zuwege:

Seit einer Woche hatte ich Herrn Jackopps ganzes Vertrauen genossen. Immer wieder hatte er mir, dem Älteren und Reiferen, Fragen gestellt, wie ich es ihn seinerzeit bei Frau Knott gelehrt, immer hatte er mich ins Geschehen einbezogen, immer Freud und Leid geteilt – warum hatte er mir ausgerechnet diese Scheidung verschwiegen, warum den wenig vertrauenswürdigen und sogar hinterhältigen Rösselmann bevorzugt? Doch andererseits: Wann denn hatte sich Jackopp heute scheiden lassen? Er war doch den ganzen Tag über mit mir zusammengewesen, seit halb 11 Uhr morgens, und nur zwischendurch bei Frl. Czernatzke und ihrem Protestmarsch! Es muß also die Scheidung vor dem Zeitpunkt stattgefunden haben, zu dem ich Jackopp auf der Straße begegnet war und er so dringlich hatte scheißen müssen. War er da geradewegs vom Gericht gekommen? Aber er hatte doch die ganze Zeit über Camus gelesen und Pfannen Kaffee getrunken – – –

Der Bruch in der Logik ... Der Ausdruck beginnt, wo das Denken aufhört ... Camus ... Will man aber standhalten – – –

»Herr Mentz, noch drei!« rief nun Herr Jackopp munter, ja ausgelassen wie nie zuvor. Ja, die Scheidung als solche sei »direkt schön« gewesen, vernahm ich ihn in Richtung Rösselmann brummeln, »die Alte, die blöde Nuß« sei auch dagewesen – und an dieser Stelle kicherte Herr Jackopp sogar. Vom Tische her hörte man jetzt Frl. Majewski jubeln: »Nein, nein! Das gibt es doch gar nicht!« Richtig, Frl. Majewski, *c'est vrai.* Ich kann es auch nicht glauben. Und doch – – –

Wenig später brach die Tisch-Gruppe hinter uns auf. Frl. Majewski trat an mich heran, zwickte mich in den Arm und säuselte mit wohltätig lindem Ton in der Stimme, wir sollten demnächst einmal »alles in Ruhe und Besonnenheit bequakeln, vielleicht bei einem Opernbesuch«. Das letztere mußte ich zwar angesichts meines gestrigen Vorpreschens als Verweis und sogar als eine Beleidigung empfinden, aber ich nickte doch irgendwie dankbar mit dem Kopf. Gleichzeitig beobachtete ich, daß Frl. Czernatzke sich davonmachte, ohne unsere Thekengruppe auch nur einmal anzublicken. Das war eine unmißverständliche Sprache und zweifellos das Ende meiner einwöchigen Bemühungen.

Herr Knott und seine Gattin stellten sich nun locker zu uns und berichteten, Frl. Czernatzke habe heute abend mit den anderen drei Herrschaften Geburtstag gefeiert und dabei von Herrn Johannsen einen grauen Hasen, ein belgisches Riesenkaninchen, geschenkt bekommen, das als Wohnungsgast gehalten werden solle.

»Wie alt ist sie geworden?« fragte Herr Jackopp aufhorchend, aber sehr ruhig.

»25, glaub ich«, sagte Herr Knott. Seine Gattin bestätigte es nickend und ließ dabei ihre Blicke wohlgefällig über die Körperformen eines ringelbärtigen Studenten schweifen, der gerade das Lokal verließ.

»D a n n i s t s i e j e t z t s o a l t w i e i c h«, sagte Herr Jackopp heiter, »Herr Knott, Sie trinken auch einen mit? Ich habe mich heute scheiden lassen.« »Ach ja!« sagte Herr Knott und setzte eine fast geistvolle Miene auf, »warum denn das?« Mehr fiel auch diesem abgebrühten Plauderer dazu nicht ein.

Trotzdem gab ich ihm jetzt aus Kloßens Vorräten 5 Mark. Herr Knott konnte sich an diesen Betrag nicht erinnern, daraufhin versicherte ich ihn, auf Herrn Kloßens Buchführung sei absoluter Verlaß. Da mußten wir beide heftig lachen. »Herr Mentz«, rief nun geradezu ausgelassen Herr Jackopp, »machen Sie uns eine Flasche Sekt auf, Herr Mentz!«

Im Anschluß wurde es dann sogar noch ein richtiger netter Abend, offenbar hatte sich auch der alte Herr Mentz inzwischen von seiner Enttäuschung über Herrn Kloßen erholt und wohl erkannt, daß hier eine ganz besondere Feierlichkeit am Laufen sei. Ja, als sich das Lokal bereits bis auf uns Scheidungsgäste geleert hatte, dunkelte er durch Herunterziehen der Fenster-Rolladen gegenüber der Polizei ab und beschenkte uns von sich aus noch mit einer Flasche Wein, zu welcher er einprägsame Schwänke erzählte aus der Zeit, als er noch als Oberst seinen Mann gestanden hatte, und indessen der Sohn und die Gattin des Herrn Mentz im Hintergrund des Lokals sowie in der Küche erregt über die Beharrlichkeit ihres Vaters bzw. Gatten allerlei Lärm-, Schab- und sonstige hektisch mahnende Krachgeräusche vollzogen, wurde der alte Herr Mentz sogar immer aufgeräumter und schöner und lieblicher anzuschauen und mißachtete souverän die Winke seiner Restfamilie und zeigte ihr den Herrn und Meister – ja er setzte sich sogar noch demonstrativ gemütlich auf seinen Wirtshocker, und als der Wein alle war, schenkte er uns immer wieder neuen Schnaps und Bier und Apfelwein wild durcheinander aus, und als ihn seine Gattin schließlich fast weinend zu Bett bat, »du mußt auf deine Leber achten, Hans, sei doch vernünftig«, da sagte Herr Mentz mit List und Zähigkeit: »Die Herren haben ja auch noch alle einen Schluck zu trinken, und ich kann doch die Herren nicht alleine trinken lassen«, und sofort schenkte Herr Mentz zweien der Herren erneut und wachsam Bier nach. »Ich brauch ja auch nichts mehr zu trinken«, jammerte jetzt hilflos Frau Mentz, worauf Herr Mentz in größtmöglicher Behaglichkeit konterte: »Darauf beneide ich dich«, ein Satz, über den besonders Herr Jackopp fast leidenschaftlich, wenn auch verhalten lächelte.

Das war aber auch meine letzte Beobachtung an diesem Tag. Irgendwie wurden wir später allesamt weggeräumt und heimgetan – – –

SIEBENTER TAG

Um halb 9 Uhr früh schellte es an meiner Tür. Ich wußte gleich, wer es war. »Ich telefoniere mit meinem Schwager in Basel«, sagte Herr Jackopp, der einen äußerst schmucken dreiteiligen Blazer-Anzug in Mattviolett trug. Ich war noch rechtschaffen müde und rollte mich sofort in mein Bett zurück. Herr Jackopp wählte und sprach dann zehn Minuten lang in den Apparat hinein, und zwar in einem mir an ihm noch völlig unbekannten Schweizerdeutsch, das ihm einen eigenartig gelösten, ja beschwingten Ausdruck verlieh – so leicht und auch viel sprechend hatte ich diesen dunklen Mann bis dahin überhaupt noch nie erlebt. Während der Abfassung dieser Niederschrift kam mir deshalb sogar der furchtbare Verdacht, Herr Jackopp sei zweigeteilt, nämlich in der deutschen Sprache eine Katastrophe, in der schweizerdeutschen dagegen keck und lustig wie jeder andere Mensch auch. Ja, daß Herrn Jackopps Liebestragödie vielleicht sogar auf diese Krankheit zurückzuführen war, daß dieser Mann vielleicht Frl. Czernatzkes Herz bezwungen hätte, wenn er leichthin schweizerisch gesprochen statt immer so unerklärlich tief und abgehackt gebrummt hätte.

Ich habe übrigens von dem Gespräch fast nichts verstanden, bin aber sicher, daß kein Wort über die gestrige Scheidung Herrn Jackopps gefallen ist – das interessierte den Schwager, den Bruder von Frau Doris Jackopp, offenbar nicht.

Nachdem er den Hörer mit geradezu glucksendem Lachen aufgelegt hatte, wandte sich Herr Jackopp nun wieder in seiner gewohnt schwerblütigen Stimme an mich, der ich noch im Bett lag: »Gehst du mit einen Hund kaufen? Ich geh mir jetzt einen Hund kaufen. Du gehst mit?«

Ich war zwar von den mörderischen Anstrengungen des vergangenen Tags noch sehr geschwächt, ich hätte auch fragen können, warum wir das nicht später erledigen könnten, aber natürlich ging ich sofort mit. Wer wollte schon das sich abzeichnende Finale versäumen, nachdem er so lange frisch mitgelaufen war? Ein Hund – das war es sicherlich. Der Aufbruch zum Neuen, zu den unbekannten Ufern. Beim Ankleiden fragte ich Herrn Jackopp, der in der Mitte des Zimmers stand, eine Zigarette rauchte und heiter und irgendwie erleuchtet vor sich hin lächelte, wie er den schnellen Entschluß gefaßt habe, einen Hund zu kaufen. »Ein Hund ist etwas Schönes«, sagte mit tiefer Stimme, aber immerzu lächelnd Herr Jackopp.

Wir marschierten los in die Innenstadt, tranken im Tchibo-Laden einen Kaffee und gingen dann in die nächste Tierhandlung, wo wir die dort anwesenden Hunde beschauten. Herr Jackopp schritt immer wieder an den Käfigen auf und ab, in denen sich mehr als 20 sehr liebe und zum Teil sogar drollige Tierchen tummelten. Herr Jackopp musterte jedes einzelne eindringlich, dann sagte er mit fester Stimme zu der Verkäuferin: »Den will ich. Ich kaufe ihn.«

Die winzig kleine und sehr possierliche Dackelin kostete mit Leine 320 Mark. Herr Jackopp zahlte mit einem 500-Mark-Schein, und weil der Hund noch sehr jung und unversiert war und nicht ordentlich durch unsere große und verkehrsreiche Stadt trippeln konnte, packten wir ihn in einen Karton, aus dem er dann zitternd, aber interessiert seinen Kopf in das morgendliche Großstadttreiben hielt.

Wir trugen den neuen Freund ins Café Härtlein, wo wir nochmal frühstückten, und Herr Jackopp ließ sein Tier im sonst leeren Raum herumlaufen. Wenn der Hund sich einmal hinter den Ofen verirrte oder zur offenen Tür hinauswackelte, rief Herr Jackopp stets sofort »Hund, Hund, komm, Hund!« Ich fragte Herrn Jackopp, welchen Namen er dem Tier geben wolle. »Hund«, antwortete Herr Jackopp, der einen immer aufgeräumteren, ja ich möchte sagen dämonisch zufriedenen Eindruck machte, »bloß Hund.«

Sein Bruder in Zürich, sagte dann Herr Jackopp, komme demnächst in unsere Stadt, er werde mit ihm und dem Hund zusammen eine Wohnung mieten. Sein Bruder und er und der Hund würden gut zusammenleben.

Warum telefonierte Herr Jackopp mit dem Schwager, wenn die Ankunft des Bruders bevorstand? Wann wird die Dackelin elendig verhungern oder an einer Schnapsvergiftung zugrunde gehen? War dieser Hund angeschafft worden, Frl. Czernatzkes neuem Hasen Trotz zu bieten? Planten die Brüder Jackopp von hier aus die Beseitigung der Stadt Zürich?

Mit solchen und ähnlichen Fragen im Kopf verließ ich bald darauf Herrn Jackopp auf »Bis dann!« »He, Hund! Hund!« hörte ich ihn im Weggehen rufen. Ich sah ihn nie wieder.

Nach dieser Niederschrift
(Ausklang)

Hiermit endet auch schon die eigentliche Liebesgeschichte zwischen Herrn Peter Jackopp, Frl. Evamaria Czernatzke, Herrn Ulf Johannsen, Frl. Birgit Majewski und letztlich wohl auch mir. Es endet hier in eigenartiger Gleichzeitigkeit auch die Karriere des Herrn Joachim Kloßen, zumindest in unserer Stadt – in einer ganz anderen Stadt war sie allerdings inzwischen zügig, ja vehement weitergegangen. Ich darf hier zusammenfassend berichten, daß mich Herr Kloßen zwei Tage nach dem Hundekauf des Herrn Jackopp aus Garmisch-Partenkirchen anrief, wohin er gefahren war, nachdem er angeblich den Zug nach Itzehoe um fünf Minuten versäumt hatte. »Aber das muß ich dir alles später erklären«, rief Kloßen ins Telefon, im Augenblick brauche er schnell und unheimlich dringend 200 Mark, denn er habe in den letzten vierundzwanzig Stunden nur mehr zwei Semmeln gegessen. Ich solle ihm das Geld sofort abschicken, »zu deiner Sicherheit« habe er deshalb auch gleich die Geschichte von der Ziege vor Gericht für unser Fernsehspiel geschrieben und sie schon zur Post gegeben, »das läuft«, sozusagen auf Kommissionsbasis und als Wertpapier in Höhe von 200 Mark, wenn ich Kloßen richtig verstanden habe.

Das Wetter und die Gegend seien übrigens »Klasse«, jammerte Kloßen fröhlich weiter – doch ich unterbrach ihn, ihm mitzuteilen, daß ich gegenwärtig keine 200 Mark hätte. Herr Kloßen drohte nun nicht mit Selbstmord, ließ aber durchschimmern, daß dann wohl sein Schicksal besiegelt sei. Da versprach ich ihm, ich wolle mich bei Freunden und Gönnern um eine Spendenaktion für ihn einsetzen. So neu zum Leben erweckt, erwähnte Kloßen wieder einmal in hoffnungsvollem Zusammenhang die Summe von 4500 Mark.

Während ich mich an die Spendenaktion machte, dabei aber wenig Echo fand, erreichte mich ein neuer Anruf Kloßens, inzwischen müßten es 300 Mark sein. Offenbar hatte dieser Mann in der Vorfreude auf das schöne Geld tüchtig gezecht, und so schalt ich ihn denn nun doch recht ärgerlich aus, worauf mir Kloßen geistesgegenwärtig – die Ziegengeschichte war noch nicht angekommen – eine brandneue *Story* anbot, einen Erlebnisbericht über einen ungeheuer trinkfesten Niederbayern, dessen beste Leistungen mir Kloßen sofort breit und unverständlich ins Telefon schnarrte und dabei mächtig wieherte vor Vergnügen. Während der nächsten Tage erfolgten noch etliche weitere Anrufe aus Garmisch, die immer dringlicher wurden und von einer sehr ungeduldig werdenden Pensionswirtin handelten – ich mußte Kloßen aber mitteilen, daß ich erst 80 Mark unter Dach und Fach hätte. Kloßen, hörbar dem Weinen nahe, hielt sich dennoch tapfer und schilderte mir immer wieder aufopferungsvoll die Lieblichkeit der Alpen, die bezwingende Schönheit des Alpenglühns und die Freundlichkeit des einheimischen Volks. Zwei Tage später – die Spendenaktion stagnierte, und ich war schon fast entschlossen, diesem Mann wider jede bessere Einsicht neue 300 Mark zu opfern – stand Herr Kloßen plötzlich mitten unter uns im »Krenz«, eindeutig angetrunken, aber noch fideler als sonst, und er lud uns alle zum Schnapstrinken ein, »Geld spielt keine Rolle«, denn morgen werde er seine Wohnung räumen und nach Düsseldorf »in die Industrie gehen«. Wenn ich wolle, sagte Herr Kloßen dann noch aufmunternd zu mir, könne ich jederzeit mitgehen.

Der für den nächsten Tag angekündigte Auszug aus der Wohnung klappte allerdings dann doch nicht so perfekt; irgendwo mußte wohl Kloßen noch in derselben Nacht auf die Hajo-Itzehoe-Gruppe getroffen und für Tage verschollen gegangen sein, ich sah ihn jedenfalls nicht wieder, aber zwei Wochen später rief er mich aus Velbert an und bestellte mich zu seinem Nachlaß-Treuhänder, »falls irgend etwas ist mit Leuten, die an den Fernseher in der Wohnung ranwollen«, das einzig nennenswerte Möbelstück. Herr Kloßen hatte recht gewittert, denn bald darauf riß der Hausbesitzer Kaufhold Herrn Kloßens Fernsehkasten, der ja eigentlich Frl. Majewski gehörte, ohne daß ich als Treuhänder einzuschreiten vermocht hätte, an sich mit der Begründung, es stünden noch drei Monatsmieten und die Renovierung von Kloßens »total verwüstetem Zimmer« offen.

Aufgeklärt hat sich in diesen Tagen auch, woher Kloßen am Abend vor seiner Fahrt nach Garmisch 50 Mark für mich und notwendigerweise wohl auch das Fahrtgeld aufgetrieben hatte. Nämlich von dem allzu vertrauensseligen Studenten Fritz Peter, der in jenem angeblichen Telegrafenamt in dem Hinterhof logierte, den Kloßen seinerzeit so hartnäckig Stunde für Stunde auf der Suche nach Geld durchquert hatte. Dieser Fritz Peter erschien eines Tages im »Krenz«, suchte Kloßen und wollte seine 250 Mark zurück. Es war ihm da natürlich nur ein schwacher Trost, daß, wie ihm versichert wurde, der halbe »Krenz« ähnliche Wünsche hegte.

Und noch eine letzte Botschaft traf kürzlich von diesem unvergeßlichen Manne ein. Irgendwie muß Kloßen von meiner Niederschrift Wind gekriegt haben, denn er rief aus Essen im Büro des Herrn Rösselmann an, mir ausrichten zu lassen, daß er voll hinter diesem literarischen Projekt stehe und er auch jederzeit mithelfen wolle, »das Ding zu verscheuern«. Auf Herrn Rösselmanns bedachtsamen Einwand hin: soweit er informiert sei, komme er, Kloßen, in dieser Niederschrift nicht ganz unbescholten weg, soll Kloßen in alter Frische gequallt haben, das sei ihm »vollkommen egal, wenn die Story nur dufte wird!«

Ja und sonst? Ruhig ist es geworden in unserer großen Stadt, allzu ruhig, unheimlich ruhig. Herrn Jackopp hat seit dem Erwerb der Dackelin niemand mehr gesehen. Unklar ist, ob die Ankunft und das Zusammenleben mit dem Bruder den Rückzug veranlaßten. Manche meinen vielmehr, Herr Jackopp sei wieder nach Zürich zurück, um an Ort und Stelle die Bombardierung der Stadt vorzubereiten.

Frl. Majewski und Frl. Czernatzke wurden kurz nach der gemeinsamen Geburtstagsfeier aus Gründen, die bei aller Anstrengung nicht zu erforschen waren, von Herrn Johannsen verlassen, bzw. Frl. Czernatzke wird von ihm angeblich noch hie und da geliebt, während Frl. Majewski sich kurzerhand und ohne daß ich dazwischenzuprellen vermocht hätte, einen Herrn Michael Schulte zugelegt hat. Als eine beachtliche Neuerung empfinde ich es auch, daß vorgestern Frl. Mizzi Witlatschil auch noch bei den beiden Damen eingezogen ist und so die geheimnisumwitterte Stimmung und die intellektuelle Undurchdringlichkeit dieser Wohnung immer weiter eskaliert. Ich weiß nur, daß das Karnickel ohne jede Manieren zwischen den Gemächern der drei Damen herumhoppelt und alles voll Dreck macht.

Wie mir Herr Rösselmann ausrichten läßt, scheint sich aber Frl. Czernatzke neuerdings und überraschend auf Herrn Peter Knott einzuspielen – wo doch meine Intention nach Herrn Jackopps Abgang eigentlich mehr in Richtung Stefan Knott geschweift war, um so mehr, als Frl. Czernatzke auf dessen Strichliste seinerzeit auf Platz zwei gestanden hatte. Nun, ich würde die Paarung mit Herrn Peter Knott immerhin begrüßen, denn dann wäre der Weg für mich frei zu Frau Johanna und ihren strohblonden Flechten – vorausgesetzt, daß nicht schon Herr Kersten Müller im Anmarsch ist. In diesem Falle bliebe wohl für die junge Frau Müller am besten Herr Eilert oder Herr Domingo, der mir allerdings seit Wochen erotisch immer träger erscheint.

Doch wie auch immer, es wird sich schon alles regeln und neu aufteilen. Mir persönlich zeigt übrigens Frl. Czernatzke wegen meiner vermeintlichen Intrige noch immer die kalte Schulter, und ich kann also vorerst nicht angreifen. Immerhin gelang es mir, durch eine Fangfrage zu ermitteln, daß von Herrn Jackopp bei ihr nie, auch später nicht ein Brief eingetroffen sei, so daß meine Niederschrift auch in diesem Punkt voll abgesichert ist.

Überaus ehrenvoll endete mein Glasreinigungs-Auftrag. Kurz nach Herrn Jackopps Verschwinden rief mich Herr Gabriel an und teilte mir mit, die Innung sei an der Aufklärungs-Kampagne aus »verbandspolitischen Rücksichten« nicht länger interessiert, und ich solle die Akten zurückschicken. Ich wollte nun natürlich wissen, wie das mit dem Honorar sei, denn meine Arbeit für die Kampagne sei inzwischen abgeschlossen, das Informationsmaterial für alle einschlägigen Massenmedien zusammengestellt (eine grobe Lüge), alles auch hübsch mit einem gewissermaßen Fragezeichen versehen, wie erwünscht – und vertraglich, fuhr ich dezent, aber massiv fort, sei ich ja nicht zur Rückerstattung des Honorars verpflichtet, wenn der Vertragspartner aus dem Vertragsinhalt ausscheide (irgend so etwas Dummes und Eindrucksvolles habe ich gesagt), ich wolle aber gern »als Anerkennung« 50 Mark an die Innung zurückerstatten. Die könne ich auch behalten, rief nun Herr Gabriel ärgerlich ins Gerät, die Akten aber wolle man wieder, und zwar schleunigst! Und fast grußlos hängte Herr Gabriel ein. Hocherfreut tat ich das gleiche, verpackte den Akten-Kram und gab ihn zur Post.

Hatte man mich durchschaut? Hatten die Glasreiniger erkannt, daß meine Interessen wohl doch mehr in Richtung Jackopp und Kloßen ausschlugen? Nun, mein anderer Angriff auf die Sozialdemokratie ist mir dagegen hervorragend geglückt, und der Bildungspolitiker Lohmar bekam seine Hiebe weg. Ich traf ihn gewissermaßen an seinem innersten Nerv, seiner bodenlosen Eitelkeit und seinem, komme, was da wolle, unersättlichen Bildungswillen, der keine Rücksichten auf die einfacheren Dinge des Lebens mehr kennt. Herr Reinecke war sehr zufrieden, zahlte im Überschwang sogar 350 Mark und ging Gottseidank erst zwei Wochen später mit seinem Journal bankrott.

Was bleibt? Nun, nicht viel. Aber ich meine, immerhin zwei Dinge. Erstens sollten wir wieder nachdenklicher werden angesichts so erstaunlicher Dinge wie der Liebe auch und gerade in unserer Zeit, ungeachtet der Emanzipationsfrage und des Paragraphen 218 als solchem. Zweitens ist es aber so, daß zwar nach allerjüngsten Berichten zwischen Frl. Majewski und Herrn Schulte wegen einer Krise bereits die erste »große Aussprache« stattgefunden haben soll, aber irgendwie meine ich, ich sollte diese Hoffnung endlich fahrenlassen und mich wieder energischer auf die tote türkische Frau konzentrieren. Denn ich bin fast sicher, daß sie in München wohnt. Warum denn auch nicht? Wer stirbt denn schon gern in der Türkei?

Und zum dritten spüre ich nach Abschluß dieser Niederschrift, daß meine besonderen Begabungen doch mehr im Pädagogischen liegen, in der Kunst der Menschenführung und Lebenshilfe – und vielleicht sollte ich mich daher mehr dem Lehrfach oder der Sozialarbeit zuwenden, statt die letzten Endes doch eher nichtswürdigen Belange der Glasreiniger und der Kartoffel-Chips wahrzunehmen. Ich glaube, gerade Köpfe wie mich braucht das Vaterland heute am dringendsten.

Gestern abend im »Krenz« hat mir allerdings Herr Rösselmann eine interessante und merkwürdige Sache erzählt. Er sei am Nachmittag mit Frl. Bitz im Café Härtlein gesessen, da sei auf einmal die längst verschollen geglaubte Frau Doris Jackopp am Fenster vorbeigegangen – mit niemand anderem als an der Leine Herrn Jackopps winzig kleiner Dackelin. Und dies, je länger und schärfer ich auch darüber nachgrüble, will mir nicht aus dem Kopf. Und damit ist auch mein Nachbericht erledigt und abgeschlossen.

Erläuterungen

Zusammengestellt von Herbert Lichti und Eckhard Henscheid

Die Erläuterungen verstehen sich nicht als philologisch-wissenschaftlicher Kommentar nach dem Standard etwa neuerer deutscher Klassikerausgaben. Sondern vor allem als praktische Lesehilfe. Ein Leser und der Autor haben sie nach besten Kräften zusammengestellt, nämlich nach möglichst aufopfernder Erinnerungstätigkeit. Angesichts des unübersehbaren Zitat- und Verweis- und Anspielungscharakters der Trilogie-Romane schien uns die Mühe lohnend. H. L./E. H.

Die Vollidioten

Die Vollidioten: Anspielung auf Dostojewskis Roman ›Der Idiot‹. Von Dostojewskis großen und kleinen Romanen adaptieren ›Die Vollidioten‹ darüber hinaus, z. T. versteckt wörtlich zitierend, Tonfall und Erzählweise.

Von Seiten des Autors: Überschrift der Vorrede von Dostojewskis Ro- 9
man ›Die Brüder Karamasoff‹ in der Übersetzung von Karl Nötzel.

Indem ich mit der Niederschrift ...: Fast wörtlich zitierende Anspielung auf die Eingangssätze von Dostojewski ›Die Brüder Karamasoff‹ (»Indem ich mit der Lebensbeschreibung meines Helden ... beginne«) als auch von Dostojewskis ›Die Dämonen‹ (»Indem ich mich anschicke, die sehr merkwürdigen Ereignisse zu schildern ...«).

In einer gewissen Verlegenheit: Fast wörtliches Zitat aus Dostojewskis ›Dämonen‹-Vorrede.

In unserer Stadt ... sehr seltsame Ereignisse: Anklänge an die ›Dämonen‹-Vorrede. Die Stadt: Frankfurt.

Weltgeistes: Absurde Anspielung auf Hegel. 10

Liebwerten ... Vaterland: Anspielung auf verschiedene Passagen aus Dostojewski-Romanen.

Was soll denn das ...: Anspielung auf eine ähnliche Passage aus der Vorrede von Dostojewskis ›Brüder Karamasoff‹.

Nicht nur ein kleiner ... Beteiligter: Anspielung auf den ähnlich dubiosen und voyeuristischen Erzähler der ›Dämonen‹.

In der Türkei da drunten: Das Motiv der »Türkenfrau« wird – über die 11
»Witwe Strunz-Zitzelsberger« im zweiten Roman der Trilogie – wieder aufgegriffen und forciert im dritten Roman ›Die Mätresse des Bischofs‹ in Form der »Türkenwitwe« Kathi.

Ehrlicher Makler: Sprichwörtlich gewordenes Zitat des Bundeskanzlers Ludwig Erhard (ursprünglich Bismarck-Zitat).

Viel Geld zu kriegen: Ein ähnliches Motiv treibt den Erzähler von Dostojewskis Roman ›Der Jüngling‹ (I, 5).

12 *Indessen, die Redlichkeit …:* Wieder Anspielung auf Passagen der Vorrede der ›Dämonen‹ und der ›Brüder Karamasoff‹.

Im übrigen freue ich mich sogar: Wörtliches Zitat aus der ›Brüder Karamasoff‹-Vorrede.

Nun, damit ist mein Vorwort …: Fast wörtliches Zitat ebd.

Und nun zur Sache: Schlußsatz der Vorrede von Dostojewskis ›Brüder Karamasoff‹.

13 *Alle die zum Teil erstaunlichen … gemeinen Vorkommnisse:* Nochmals Halbzitate aus den beiden genannten Dostojewski-Romanen.

Aufgeschnappt … sehr rührig: Ähnliches berichtet von sich der Chronist von Bölls ›Gruppenbild mit Dame‹.

Dummem Unfug und Kramzeug: Typische Vokabeln aus diversen Dostojewski-Romanen.

Peter Jackopp: Leicht verschlüsselter Name eines kurzzeitig in Frankfurt tätigen ›pardon‹-Redakteurs, der 1984 in einem Schweizer Verlag dann auch tatsächlich mit einem eigenen Roman (›Dichter an und Pfirsich‹) hervortrat.

Evamaria Czernatzke: Verschlüsselter Name einer langjährigen ›pardon‹-Redakteurin.

14 *Herr Eilert:* Unverschlüsselter Name des nachmaligen Berater-Lektors des Romans und der gesamten Roman-Trilogie. Tatsächlich waren er und der Autor E. H. 1971 einmal und kurzfristig in besagter Weise für Maggi-Chips-Werbung tätig. Beider gemeinsamer Produkte – sie wurden abgelehnt – lauteten u. a.: »Kauf dir was Lieb's: Paprika-Chips« – »Dein Lob ich knabbernd sing: O mio bello Pizzaring« – »Baby, let's make love what's true/Baby let's get Barbecue« – »Leute, Leute, seid nicht bange: Dies ist nur die Knabberschlange«.

Rösselmann: Die einzige Romanfigur, die – in unterschiedlicher personeller und beruflicher Figuration – in allen drei Büchern der Trilogie vorkommt sowie noch eine Zeitlang in allen weiteren Büchern des Autors – mit Ausnahme des kleinen Romans ›Beim Fressen beim Fernsehen fällt der Vater dem Kartoffel aus dem Maul‹. Rösselmann ist die leicht verschlüsselte Form des Namens eines langjährigen ›pardon‹-Redakteurs.

Meine Glosse: Eine derartige Glosse über Kartoffel-Chips von Eckhard 15
Henscheid erschien im Mai 1971 tatsächlich in der ›Frankfurter Rundschau‹.

Farben meiner Lieblingsfußballmannschaft: Eintracht Frankfurt. Vgl. u. a. auch E. H., Hymne an Bum Kun Cha, in: ›Ein scharmanter Bauer‹, 1980, und die Zentralfigur Bernd Hammer (= Nickel) im Roman ›Dolce Madonna Bionda‹, 1983.

Krenz … Mentz: Das Lokal stand bis 1980 an der Abzweigung Oeder-/ 17
Bornwiesenweg in Frankfurt und wurde dann abgerissen.

Watten … Thomas Bernhard: Thomas Bernhards Roman ›Watten‹ hat mit dem besagten Kartenspiel natürlich nur im übertragenen Sinne zu tun.

Joachim Kloßen: Leicht verschlüsselter Name eines kurzzeitig zur 18
Probe in Frankfurt amtierenden ›pardon‹-Redakteurs, von dem Ende 1971 tatsächlich im Heft auch ein Artikel erhalten ist.

Itzehoe: Vgl. dazu den Artikel von Christian Meurer über die Stellung 19
Itzehoes in der deutschen Belletristik (Titanic, 1982).

Peter Knott: Kaum verschlüsselter Name eines ›pardon‹-Redakteurs.

Birgit Majewski: Verschlüsselter Name einer langjährigen ›pardon‹- 21
Redakteurin.

Durchaus allen Neuerungen aufgeschlossen: Ähnliches in ähnlichem Tonfall 22
äußern gelegentlich Dostojewskis Erzähler-Figuren.

Der alte und der junge Mentz: Der alte (Hans) Mentz starb im Frühjahr 23
1973 kurz nach der Erstveröffentlichung der ›Vollidioten‹.

Gerd Winkler: Unverschlüsselter Name eines 1978 verstorbenen 24
Frankfurter Multi-Media-Kunst-Film-Machers und ›pardon‹-Mitarbeiters – übrigens wie Autor E. H. in Amberg (Opf.) geboren.

Action: Eine Quasi-Kunstrichtung der Jahre 1965 ff.

apo: Meint »Außerparlamentarische Opposition« der Jahre 1967 ff. – hier natürlich Nonsens.

Dr. Mangold: Halb-Anspielung auf die »Mangold-Gedichte« von F. W. Bernstein in ›Die Wahrheit über Arnold Hau‹.

27 *Coup de foudre:* Liebe auf den ersten Blick.

Haupt-Faschisten: Der »Faschismus-Vorwurf« in alltäglichen Bereichen und ohne wissenschaftliche Grundlage war in den Jahren um 1970 sehr beliebt.

28 *Gestalt aus dem Gebüschschatten:* Topos ebenso bei Dostojewski wie bei Eichendorff.

Vertrauen des Lesers: Wie im Vorwort ironische Übernahme ähnlicher Dostojewski-Floskeln.

29 *Que c'est beau! Wie schön!:* Leicht hirnrissige Adaption ähnlicher französischer Floskeln aus gewissen Partien von Dostojewski-Romanen und -Erzählungen, z. B. ›Onkelchens Traum‹.

Eboli-Carlos … »Don Carlos«: Eine der Lieblingsopern des Autors E. H. Sie wird – wie auch die besagte Duett-Stelle – mehrfach traktiert in: E. H., ›Verdi ist der Mozart Wagners, Ein Opernführer für Versierte und Versehrte‹, Luzern 1979.

30 *Landsmann Max Reger:* Geboren bei Weiden, Oberpfalz. E. H. wurde in Amberg, Oberpfalz, geboren.

31 *Das Spiel … endete 1:1:* Eintracht Frankfurt – Hertha BSC Berlin 1971.

33 *Bezaubernden Gedicht:* »Unter den Linden« – wo von einem Vögelein die Rede ist.

34 *Gewissen Groddeck:* Georg Groddeck.

36 *Parzival:* Eher vage gedacht ist hier an das Epos von Wolfram von Eschenbach, auch an die Oper von Wagner.

37 *Weiberrat:* Frankfurter Institution der frühen siebziger Jahre, als z. B. Alice Schwarzers Buch ›Der kleine Unterschied‹ erschien und andere frauenemanzipatorische Literatur vor allem aus den USA in Deutschland einsickerte.

Schrecken vor Gewalttaten nicht zurück: Eine fraglose Fehlinformation des Erzählers. 38

Male-Chauvinism: Die Vokabel wurde in der deutschen Frauenbewegung ab ca. 1970 populär.

Der Polin Reiz: Lied aus dem ›Bettelstudenten‹ von Carl Millöcker.

Die Mutzenbacherin: als Buch Porno-Klassiker. Wahrscheinlich handelt es sich hier um die erste deutsche Nachkriegsverfilmung im Zuge der Liberalisierungs- und Kolle-Welle. 40

Ich denke dein: Goethes Gedicht »Nähe des Geliebten« wurde von F. Schubert zweimal vertont. Eine zentrale Rolle spielt es im 3. Teil der ›Mätresse des Bischofs‹, S. 246 42

Eric Clapton: Rock-Gitarrist der 70er Jahre. 43

Zürich in die Luft sprengen: Visionäre Vorwegnahme der Zürcher Protestbewegungen ein halbes Jahrzehnt später. Vgl. auch Dostojewskis Roman ›Der Jüngling‹, in dem dieser »plötzlich alles in die Luft sprengen, alles vernichten« (II, 9) will. 45

Wilhelm Domingo: Leicht verschlüsselter Name eines Frankfurter Romanautors und ehemaligen ›pardon‹-Redakteurs. 46

Italienischen Tenor Placido Domingo: Gemeint ist das italienische Tenorfach. In Wirklichkeit ist P. Domingo Mexikaner.

Nei cieli bigi ... Talor dal mio ... O suave ...: Drei Zitate aus dem 1. Akt von G. Puccinis ›La Bohème‹ – Tenorstellen von besonders belkantistischer Schönheit.

Mimi und Musetta: Die beiden weiblichen Hauptpersonen aus ›La Bohème‹. Vgl. ›Die Vollidioten‹, 5. Tag (Musette-Walzer) – und ›Geht in Ordnung‹, S. 14.

Lucia ... Septime ... Quint e-a: Bezugnahmen auf die große Mimi-Arie aus ›La Bohème‹.

Verwirrung im Lande: Die Meldung und das Zitat sind korrekt – und der FAZ entnommen. 47

Glasreinigungsinnung: In Wahrheit handelt es sich um die Hessische Gebäudereinigungsinnung. Die folgenden Geschichten rund um diese Innung entsprechen – romanlich stilisiert – durchaus einem wahren Vorgang aus dem Jahr 1971. Von dem damit zusammenhängenden Prozeß berichteten FAZ und ›Frankfurter Rundschau‹ noch 1974.

Reich und berühmt werden: Wieder Zitat-Anspielung auf Dostojewskis ›Der Jüngling‹.

49 *Regierungserklärung Willy Brandts:* Aus dem Jahr 1969.

50 *Einen ganz ausgezeichneten Aufsatz:* Einen solchen Aufsatz schrieb Eckhard Henscheid nie.

52 *Kategorischen Imperativs von Kant:* Er wird hier – jedenfalls sinngemäß – einigermaßen korrekt zitiert.

Sein Büro: Gemeint ist die ›pardon‹-Redaktion.

Nach Hause: Eckenheimer Landstraße 21.

55 *Toten Frau:* Siehe Anmerkung zu S. 11.

56 *Sozialkritisches Fernsehspiel:* Die Produktion »sozialkritischer Fernsehspiele« wechselnder Couleur und sozusagen von der Stange im deutschen Fernsehen folgte unmittelbar der Bildung der sozialliberalen Koalition – indirekt auch sicher als Folge der Studentenbewegung. Vgl. dazu Kloßens Auftritt in der ›Mätresse‹, S. 282.

57 *Zwei Mark … Zigaretten:* Preise der Jahre 1971/72.

58 *Zeitschrift … Verwirrung:* Der betreffende Artikel in ›pardon‹ (Juni 1972) stammt von Eckhard Henscheid selber – eine umgreifende Dokumentation aus der deutschen Presse von 1971/72 über Verwirrung auf allen Ebenen.

Jener Philosophen: Gemeint sind keine bestimmten.

Goethe: Anspielung auf ›Faust I‹ (Vorspiel).

59 *Und keine Macht …:* Aus Goethes ›Urworte orphisch‹.

Kaplan Wetzel: Ein solcher und linksklerikaler Priester war 1969 tatsächlich in der Frankfurter Telefonseelsorge tätig. Die Anschlußdialogpartien beziehen sich vage auf ein Interview Kaplan Wetzels in ›pardon‹ 11/69 – vor allem in der Papst-Thematik.

Lustprinzip: Gemeint ist die Freudsche Vokabel.

Lage der Christen … Baskenland: Ein ähnliches Buch hat Wetzel 1970 60
geschrieben.

Kicker: Führende deutsche Fußball-Zeitung.

Karsten Voigt: Zu dieser Zeit und vorher deutscher Jungsozialisten-Vorsitzender und linker Frankfurter Kommunalpolitiker – gelegentlich Mitarbeiter von ›pardon‹.

Jungwirth: Unverschlüsselter Name des damaligen ›pardon‹-Layou- 63
ters.

Halbritter: Kurt. Bekannter ›pardon‹-Zeichner. 64

Rudolph: Hagen. Langjähriger Geschäftsführender Redakteur von 65
›pardon‹.

Ein dicker Mann: Vermutlich Wim Thoelke in einer Quiz-Sendung. 70
Auch das Folgende entspricht im wesentlichen der deutschen Fernsehwirklichkeit 1970 ff.

Alles prima: Das Zitat fiel in ähnlichem Zusammenhang tatsächlich in 71
einer ARD-Quiz-Sendung aus dieser Zeit.

Von der Macht der Liebe kommandiert: Zitat-Übersetzung aus Puccinis 72
›La Bohème‹: »Ah, tu sol commandi, amor!«

Barbara! Wer vermöchte …: Gedacht ist hier fraglos auch an das Mäd- 73
chen Barbara in der Weiden-Erzählung des 4. Akts von G. Verdis ›Otello‹.

Django-Film: Der Typus Django-Film war Anfang der 70er Jahre auch 75
unter Intellektuellen sehr beliebt.

Porno-Kenner: Die neudeutsche Porno-Welle resp. Liberalisierung setzte ca. 1970 ein.

Alle Menschen … Pornofreunde: Verbreitete Ideologie der frühen 70er Jahre.

Ahmed Taheri … führende Rolle: Dies entspricht den historischen Tat- 76
sachen.

Gut überwachen: Vgl. die Überwachungsthematik des »Bischofs« = Episcos = Aufseher im 4. Teil der ›Mätresse des Bischofs‹.

Trip ... ausflippen: Modevokabeln zu Beginn der 70er Jahre.

78 *Hilmar Hoffmann:* Kulturdezernent von Frankfurt seit 1970, vorher Leiter der Filmfestspiele Oberhausen. Die gelegentliche Präsenz Hoffmanns im ›Mentz‹ ist historisch. Vgl. Hoffmann-Portrait im ›Spiegel‹ 1984.

79 *Alles zu revolutionieren ...:* Ähnliche Äußerungen tat Hoffmann sowohl mündlich im ›Mentz‹ als schriftlich da und dort.

80 *Kommunales Filmtheater:* Unter der Ägide von Hoffmann in Frankfurt etabliert. Auch die anderen Äußerungen Hoffmanns in dieser Szene stützen sich partiell auf schriftliche Auslassungen von ihm – das von ihm bevorzugte Schlagwort »Kultur für alle« erfand er allerdings offenbar erst später.

Bildungsbürgertum: Die bevorzugte Schimpfvokabel der auslaufenden Studentenbewegung.

Plastik von Rodin: Gemeint ist offenbar ›Der Kuß‹.

81 *Hausfaschist:* Vgl. Anmerkung zu S. 27.

83 *In Warenhäusern ... stiehlt:* Eine quasilinke Mode von Kapitalismuskritik der frühen 70er Jahre.

85 *Psychostruktur:* Links-wissenschaftliche Modevokabel der 70er Jahre.

Draußen vor der Tür ... von Borchert: Verkalauerung von Wolfgang Borcherts Stück ›Draußen vor der Tür‹.

Apo: Tatsächlich hielt sich zwischen 1970–75 zechend bei ›Mentz‹ viel von dem auf, was einstmals zumindest vage dem Umkreis der Linken und der Apo angehörte.

Jahn-Stube: In der Frankfurter Jahnstraße, nahe dem ›Mentz‹ im Bornwiesenweg.

86 *Schildkröte:* Spätlokal in der Eschenheimer Straße gegenüber der ›Frankfurter Rundschau‹.

88 *Oberon-Ouvertüre:* Von Carl Maria von Weber. Vgl. die analoge Passage über die Oberon-Ouvertüre in E. H., ›Helmut Kohl, Biographie einer Jugend‹, Zürich 1985, Kapitel: Der Ministerpräsident.

Rezias Jubelruf: Aus der Oper ›Oberon‹ von Weber. Diese wie andere musikdeutende Passagen aus dem Roman sind nicht falsch, musikwissenschaftlich andererseits aber auch nicht ganz voll zu nehmen. 89

Ein gewisses Treiben: Nicht nur der Erzähler, auch Autor Eckhard Henscheid, seit 1971 in Frankfurt freiberuflich als Journalist und Schriftsteller tätig, pflegte eine etwas undurchschaubar-halbseidene berufliche Existenz in der Zeit der Romanentstehung und Niederschrift, die man mit Robert Gernhardt als »Kulturkraudertum« umschreiben könnte – mal dies, mal jenes; mal Vernünftiges, mal verheerend Seltsames. 90

C'était le moment: Das war der Moment – vgl. Anm. zu S. 29. 91

Ghostwriter: Weitere Verklammerung des Gastarbeiter- und Glasreinigermotivs zum Motiv der »uneigentlichen Existenz«. 92

Dschungel-Bar: Erfunden. 96

Musical: Tatsächlich bestanden 1971 ff. derartige Projekte zwischen »Herrn Knott« und »Herrn Domingo« einerseits – zwischen »Herrn Domingo« und dem Erzähler bzw. E. H. andererseits – einiges wurde sogar vom Hessischen Rundfunk u. a. realisiert. 97

Übrigens finde ich …: Geschwätz-Floskeln dieser Art bzw. Reflexionen in Form von Dauerwidersprüchen, vor allem von Dostojewskis Figuren und Erzählerfiguren adaptiert.

Ich verspreche … auf der Hut zu sein: Wie im Roman-Vorwort Dostojewski-Erzählgesten. 98

Moderne Nervosität: Schlüsselzitat von Sigmund Freud – hier absichtlich oder zufällig von Domingo verwendet.

Kamen zwei Polizisten des Weges: Vgl. E. H., ›Über die Schönheit unserer Schutzleute‹, zuerst in ›pardon‹, wiederabgedruckt in: ›Ein scharmanter Bauer‹, 1980. 99

Paragraph 218: Die Höhepunkte der Diskussion um diesen Paragrafen überschneiden sich mit der historischen Handlungszeit der ›Vollidioten‹. 100

Voyeurismus: Das Motiv des Voyeurs bzw. Voyeurismus durchzieht – sehr ambivalent – die gesamte Trilogie, aber auch zum Beispiel E. H.s

Geschichte ›Die Gage‹ (in: ›Frau Killermann greift ein‹, 1985), welche auch als einziger späterer Text des Autors den Vollidioten-Erzähltonfall wieder bewußt aufgreift.

101 *Brief:* Brief-Motive bzw. Motive hinsichtlich »uneigentlicher« (getürkter usw.) Briefe durchziehen alle drei Romane der Trilogie (vgl. auch ›Die Vollidioten‹, 5. Tag).

104 *Hemingwayschen Pathos:* Vgl. das Hemingway-Alwin-Motiv in ›Die Mätresse des Bischofs‹.

Figuren Adornoscher Prägung: Vgl. E. H., ›Zur Dialektik des postponierten Reflexivums‹, in: ›pardon‹ 2/71, erweitert wiederabgedruckt in: ›Ein scharmanter Bauer‹, 1980.

105 *Rosafarbene Hauch eines Frühlingswetters:* Verdrehtes Zitat aus Goethes Gedicht »Willkommen und Abschied«.

Herr Gernhardt: Robert Gernhardt. Frankfurter Journalist, Schriftsteller, Zeichner und Maler. Mitarbeiter von ›pardon‹ und Co-Lektor der ersten beiden Trilogie-Romane. Auch Illustrator des zweiten Buchs ›Geht in Ordnung‹ [Ausgabe 1977] – dort auch kurz auftretend als Privatdozent Gamsbardt (S. 277).

Niedliche kleine Frau: Die Malerin Almut Gernhardt – späterhin Titelbildmalerin der Bücher ›Ein scharmanter Bauer‹, ›Roßmann, Roßmann …‹ und ›Frau Killermann greift ein‹.

Evoe!: Zitat aus Offenbachs ›Die schöne Helena‹.

106 *Poth und Traxler:* Chlodwig Poth und Hans Traxler; Zeichner und langjährige ›pardon‹-Mitarbeiter. Poth illustrierte auch E. Henscheids Opernbuch ›Verdi ist der Mozart Wagners‹, 1979.

107 *Il balen del suo sorriso:* Zitat aus der Arie des Grafen Luna aus G. Verdis ›Il Trovatore‹: Der Blitz ihres Lächelns.

Due ladri ochi belli: Zitat aus Rodolfos Arie aus G. Puccinis ›La Bohème‹ (vgl. Anmerkung zu S. 46): Zwei Räuber – schöne Augen.

108 *Frau Pistorius:* Frau von Peter Pistorius, 1970 ›pardon‹-Redakteur.

Fest-Leitung: Alle in der Trilogie vorkommenden Feste sowie das Fest in ›Dolce Madonna Bionda‹ (1983) sind in Struktur und Erzähltonfall den berühmten Dostojewskischen Festen nachempfundene und nachgebildet – ihrer chaotischen Nichtigkeit und ihrem notorischen Scheitern; vor allem dem ›Fest‹ in ›Die Dämonen‹.

Laurern und Freudig-Erregten: Wieder analog dem Personal der Dostojewski-Romanfeste. Das Motiv des Lauerns und Hoffens auf den Selbstmord ist ein bißchen an eine analoge Konstellation in Dostojewskis ›Der Idiot‹ angelehnt; auch an Kirilows verzögerten Selbstmord in den ›Dämonen‹; möglicherweise aber auch schon an Alfred Leobold in ›Geht in Ordnung‹. 109

Unruhen ... Festsaal ... mißtrauischen Blick: Halbzitierende Anspielungen auf ›Das Fest‹ in Dostojewskis Roman ›Die Dämonen‹. 110

Selbstmord: Halb-Anspielungen auf Kirilow in Dostojewskis ›Dämonen‹. Vgl. Anm. zu S. 109. 112

Umflort: Schlüsselwort aus dem Lied ›Der Abschied‹ aus Gustav Mahlers ›Lied von der Erde‹ – siehe ›Die Vollidioten‹, S. 130 ff. 113

Herr Nikel: Hans Alfons Nikel, langjähriger Verleger und Chefredakteur von ›pardon‹. Die folgenden kleinen Nikel-Zitate sind ebenso typisch wie prinzipiell authentisch.

Tant mieux: Um so besser. 114

Rut Brandt: Zur ›Vollidioten‹-Zeit Ehefrau des Bundeskanzlers Willy Brandt. 115

Brigitte Bardot: Konkurrentin von Mylène Demongeot.

Klappt die Tragik ... nicht mehr: Paraphrase eines Grundmotivs aus Ludwig Thomas ›Moral‹. 118

Man lebt davon, was ...: Variante des die Trilogie durchziehenden Voyeurs-Motivs (vgl. Anm. zu S. 100). 119

Frau Krause: In der Handlungszeit der ›Vollidioten‹ in der Anzeigenabteilung von ›pardon‹ tätig. Seit 1980 verheiratet mit Chlodwig Poth. Anna Krause-Poth ist der Essay ›Hochzeit für Anna‹ in E. H., ›Frau Killermann greift ein‹, 1985, gewidmet – zum Ausgleich. 120

Der große Henscheid ... Anzeigenkampagne ...: Ohne jeden biografischen Wahrheitsgehalt auch hinsichtlich des Autors.

121 *Karla Kopler:* Doppelanspielung auf Italo Svevo: Zeno Cosinis Geliebte heißt »Carla« – eine Hintergrundfigur des Romans ›Copler‹.

122 *Bin ich kaputt …:* Die große Kaputtheitswelle inklusive des Kokettierens mit Kaputtheit begann gleichfalls im Zuge oder in der Folge der Studentenbewegung und wurde seinerseits vor allem durch österreichische »Kreative« geschürt.

123 *Der Hirt auf dem Felsen:* Hier parallel gefügt zu dem sehr verwandten Schubert-Lied ›Ich denke dein‹ (vgl. Anm. zu S. 42).

124 *Der klassische Rotz:* Die speziell musikalische Klassik-Feindlichkeit linker Gesellschaftsgruppen erreichte, trotz Adornos Fürsprachen für E-Musik und gegen Jazz- und Pop-Musik, wohl Anfang der 70er Jahre ihre Klimax.

Rita Streich … Regensburg: Eine wahre biografische Reminiszenz des Autors. Unter vielen Einspielungen des ›Hirt auf dem Felsen‹ ist die mit Streich vielleicht die schönste.

126 *Katherine:* Namensverklammerung mit der figural teilweise identischen »Kathi« aus ›Die Mätresse des Bischofs‹, aus ›Die Lieblichkeit des Gardasee‹ (in: ›Ein scharmanter Bauer‹, 1980) sowie aus ›Roßmann, Roßmann …‹ (aus dem gleichnamigen Kafka-Buch 1982).

127 *Mozart:* Die Briefstelle ist korrekt zitiert – und wird hier durchaus über den Roman und die Rollenprosa hinaus als künstlerisches Programm des Autors verstanden. Vgl.: In brandeigener Sache, Der Rabe 4, Zürich 1983. Das bewußt artifizielle Hantieren mit Stilen und Tonarten war speziell in der deutschen Gegenwartsliteratur der frühen 70er Jahre sozusagen bei Todesstrafe verboten.

Gardasee: Das bewußt dümmliche Gedicht reflektiert partiell und z.T. im Wortlaut Passagen der Erzählung ›Die Lieblichkeit des Gardasee‹ (vgl. Anm. zu S. 126), von der zeit der Niederschrift der ›Vollidioten‹ schon eine unzulängliche Erstfassung bestand, die E. H. ursprünglich als »barock-romantische« Großdigression in den Roman einfügen wollte.

O guarda, guarda … ragazza mia pazza: Zitate aus Mozarts ›Don Giovanni‹, dort heißt es im großen Quartett des 1. Akts: »La povera ragazza é pazza, amici miei!«

Schäferin, ach, wie haben … begraben: Beginn eines Gedichts ›Süßes Begräbnis‹ von F. Rückert, bekannt geworden durch die Vertonung Loewes.

Funiculli funiculla: Zitat aus einem italienischen Tarantella-Volkslied: Italienische Kanzonenmotive finden sich nicht nur in den ›Vollidioten‹, sondern auch in den anderen Romanen der Trilogie – und vor allem auch im Roman ›Dolce Madonna Bionda‹, 1983.

Herrschenden Klasse: Politisches Allerweltsschlagwort spätestens seit der Studentenbewegung.

La notte … Ich, du Verquickung, Nie Ruh…: Parodie einerseits der schlechten Primaner- und Betroffenenlyrik im Benn-Ton der zeitlosen Nachkriegszeit – andererseits halbzitatliche Anspielung an das Chorlied »Lieb ist wie Wind … ruhet nie, das ist sie«.

Es will Abend werden: Volkstümliches Jesus-Zitat aus dem Neuen 128
Testament.

Waldung sie schwankt heran: Zitat aus Goethes ›Faust II‹ – woran auch noch das »himmelan« der folgenden Zeile anknüpft.

O Baby … Knie!: Anspielung an Schlagertexte und an eine populäre Metapher.

Deine großen blauen Augen … Sees: Trivialisierte Vorwegnahme vieler Motive aus der Erzählung ›Die Lieblichkeit des Gardasee‹ (vgl. Anm. zu S. 126), welche ihrerseits – deutlicher als der Roman – lyrische Zitate aus Mörikes ›Peregrina-Liedern‹ mit Titeln von Patricia Highsmith paraphrasiert und montiert – bis zur Unkenntlichkeit.

Ah, la terra mi manca: Zitat aus G. Verdis ›Don Carlo‹ – Posas Tod (vgl. Anmerkung zu S. 29).

Perchè così piangi?: Halbzitat aus Mozarts ›Don Giovanni‹ – dort fragt der Titelheld Donna Anna: »Perchè così piangete?«

Von Goethe gestohlen: Und zwar aus Goethes ›Faust II‹.

Die raffiniert eingesetzte italienische Sprache: Ein zugunsten verschiedenster Funktionen durchgehendes Stilmittel der Trilogie und anderer Bücher des Autors: Freilich ist das Italienische nicht durchgehend und im Ernst »raffiniert« eingesetzt, sondern zuweilen absichtsvoll dümmlich, daneben.

Mit Hölderlin zu sprechen: Zitat korrekt – der berühmte Schluß des 2. Hyperion-Buchs.

Charmant, charmant: Zitat aus der damaligen Sekt-Reklame – gleichzeitig Halbzitat aus Dostojewskis ›Onkelchens Traum‹.

129 *Brüderlich beizustehen:* Erstmalige und explizite Engführung der beiden Trilogie-Motive des Voyeurismus einerseits und der Brüderlichkeit andererseits, die von den Pärchen Kloßen-Jackopp und Leobold-Duschke endlich zu Alwin Streibl und den Iberer-Brüdern im 2. und 3. Band der Trilogie führen.

Abschied ... Lied von der Erde: Etwa gleichzeitig mit der Entstehung der ›Vollidioten‹ schrieb E. H. für den WDR ein Musikessay über Abschiedsmusik bei Beethoven, Verdi und Gustav Mahler – eben über das Lied ›Der Abschied‹, Mahlers letzte große Komposition. Die ›Vollidioten‹ geben – eher ironisch-satirisch und nicht ganz seriös – einige Wendungen aus diesem Essay wieder – vermengt auch mit einigen expliziten oder halbzitierenden Adorno-Passagen (vgl. S. 130) aus Adornos Mahler-Buch.

130 *In alle Täler steigt ...:* In der ›Vollidioten‹-Erst-Subskriptionsausgabe von 1973 heißt es noch aufgrund eines Hörfehlers unrichtig »In aller Wehmut steigt ...«

Wie durch Säure ...: Vgl. Anm. zu S. 129 – wörtliches Zitat aus Adornos Mahler-Buch.

Good night, Irene ...: Irisches Lied.

O core 'ngrato: Zitat aus der berühmten neapolitanischen Canzone ›Catari, Catari‹, das auch im 6. Kapitel der ›Vollidioten‹ und im 1. Teil von ›Geht in Ordnung‹ eine bedeutende motivliche Rolle spielt – sowie, abgewandelt und dort nochmals zitiert, in der Brüder-Handlung der ›Mätresse des Bischofs‹. Eine Art motivliche Konklusion liefert der Liedtitel ›Catari‹, der ebenfalls Teile der Trilogie und andere Erzähltexte von E. H. durchzieht (vgl. Anm. zu S. 126).

Ballade des Unterliegens: Zitat aus Adornos Mahler-Buch.

Hahaha: Nivellierungs-Methode, die vor allem von Dostojewskis 131
Erzählerfiguren adaptiert wurde.

In Venedig zu sterben: Anspielung weniger auf Richard Wagner und ein Buch von Gerhard Zwerenz – sondern vor allem auf die freie Mahler-Thomas-Mann-Verknüpfung in Viscontis damals rasch populär gewordenem Film ›Tod in Venedig‹.

Daz diu chünigin …: Zitat aus den ›Carmina burana‹ in der Vertonung von Carl Orff.

Schenkt man sich Rosen …: Lied aus dem ›Vogelhändler‹ von Zeller. 132

C'est épatant!: Das ist erstaunlich. 133

Kanzler … Vertrauen: Ein Teil der SPD-Wahlwerbung lief 1969 unter dem Signet »Kanzler unseres Vertrauens«.

Cornelia Froboess: Reminiszenz des Autors an seine Jung-Journalistenzeit in Regensburg.

Gebrauchsobjekt: Anspielung an die damals kurrenten Diskussionen 135
über die Sexualobjekthaftigkeit der Frau usw. – im folgenden auch an die damals anschwellenden Chauvi- und Softi-Klassifizierungen.

Mein geliebtes Klavier: Der Autor verfügte in seiner Frankfurter Wohnung 1970/71 nur über ein Leihklavier. Vgl. den Erzähler »Landsherr« in ›Die Mätresse des Bischofs‹.

Die Musette-Walzer: Aus G. Puccinis »La Bohème«. Die folgenden For- 136
mulierungen zu dieser Musik finden sich z. T. wieder im Opernbuch ›Verdi ist der Mozart Wagners‹ – E. H. trug sich damals auch mit der Idee eines komischen Bohème-Hörspiels mit Mimi und Musette in zeitgenössischer Verkleidung vor dem Hintergrund der Puccini-Oper. Der Plan scheiterte; ein Manuskript ist erhalten.

Herrliche Dulder: Zitat aus Homers ›Odyssee‹ – gemeint ist Odysseus. E. H. verwandte den Topos auch schon hinsichtlich seines Romanhelden Hans Herbert Wüst im Jugendroman ›Im Kreis‹.

Blauen oder grünen Schein: 10- bzw. 20-Markschein.

Herr Ender aus Wien: Kurzzeitig 1971 ›pardon‹-Redakteur. 137

Bürgerlicher Eskapismus: Linksintellektuelles Schlagwort in der Folge der Studentenbewegung.

138 *Erniedrigten und Beleidigten:* Sprichwörtlich gewordener Dostojewski-Romantitel.

Herrn Schütte: Wolfram Schütte, 1970 ff. Kulturredakteur bei der ›Frankfurter Rundschau‹.

Wie Papageno: In Mozarts ›Zauberflöte‹.

139 *Seiner Frauen Reiz:* Vgl. Anm. zu S. 38.

Viva España!: Schlagertitel.

140 *Che bella cosa:* Beginn des italienischen Volkslieds ›O sole mio‹.

Herrschaftliches: Domingo, d. i. Ableitung von »Herr«.

141 *Wittgenstein:* Das Zitat ist natürlich erfunden und Nonsens.

143 *Wim Thoelke:* TV-Quizmaster. Vgl. Anm. zu S. 70.

144 *Bald ... Abend werden:* Vgl. Anm. zu S. 128.

Meine Großmutter: Episch gestaltet später vor allem in der Figur der Schwiegermutter »Stefania Sandrelli« in der ›Mätresse des Bischofs‹ – und in der Großmutter in ›Frau Killermann greift ein‹ (Titelerzählung). Ein motivähnliches Hörspiel von E. H., ›Die Städte an der Donau oder: Großmutter rückt ein‹, produzierte der Hessische Rundfunk 1973.

Thomas Bernhard: Vgl. Anm. zu S. 17. Einen Aufsatz über den »Krypto-Komiker Thomas Bernhard« veröffentlichte E. H. 1973 in ›pardon‹.

Bernhard Frost: Die Zitate stammen aus Bernhards Roman ›Frost‹, aber auch aus anderen Bernhard-Romanen.

145 *Das war der Fehler:* Sehr verstecktes, aber in seiner Absurdität bewußtes Zitat aus Karl Valentins ›Frau Huber in der Straßenbahn‹: »Und Kinder nehmen s' auch immer mit – das ist der Fehler, das ist der Fehler ...«

146 *Echte Autorität:* Anspielung auf die 1970 ff. kurrente Diskussion um Autorität (vgl. Adornos ›Ohne Leitbild‹-Textesammlung) samt der um die sog. antiautoritäre Erziehung.

Stellenwert ... kritisch ... reflektieren: Die beiden letzteren Vokabeln Aller- 147
welts-Adornismen der frühen 70er Jahre – der »Stellenwert« hielt sich länger und ging noch 1985 in das Buch: Eckhard Henscheid u. a.: ›Dummdeutsch‹ ein.

Der Heimkehrer. ... Elegante Welt: Nicht-fiktive Periodika der 70er Jahre. 148
Item die im folgenden erwähnte Zeitung ›Links‹.

Universitäts-Dozent Schmidt: Gemeint ist nicht Alfred Schmidt, der 149
Nachlaßverwalter der »Kritischen Theorie«, die im folgenden eine Rolle spielt.

Alfred Edel: Nicht verklausulierter Name eines Werbemenschen, Filmschauspielers und führenden Frankfurter Faktotums der 70er Jahre. Vgl. E. H., ›Herr Zeitgeist persönlich‹, in: ›pardon‹ 1975. Mit dem Personal der ›Vollidioten‹ (Gernhardt, Waechter, Eilert u. a.) hatte Edel vorher und nachher auch im Rahmen von zahlreichen Film- und Funk- und Fernsehproduktionen zu schaffen.

Gabert: Volkmar Gabert, langjähriger bayerischer SPD-Vorsitzender. 150
Wieweit Edels Berichte authentisch bzw. glaubwürdig sind, ist heute nicht mehr zu entscheiden – und war es schon 1972 ff. nicht.

Alexander Kluge ... Tobler im Weltraum: Ein entsprechender Film mit A. Edel wurde vom deutschen Fernsehen seinerzeit ausgestrahlt.

Licht und Dunkel: Der Erzähler hat recht – Edel irrt (B. Brecht, ›Die Dreigroschenoper‹).

Rudolf Steiner ... Anthroposophie: Natürlich sind Edels Ausführungen nur bedingt sinnig.

Edel ... entscheidend diktiere: Ob diese Aussage von Gehalt ist, läßt sich 151
schwer nachprüfen.

Der alte Max Horkheimer: Selbstverständlich ein Nonsensablauf im 153
Roman. Ob Max Horkheimer, Adorno usw. je den ›Mentz‹ betreten haben und gar dort Seminare abgehalten haben, wie im folgenden behauptet wird, läßt sich nicht mehr überprüfen und ist eher unwahrscheinlich – so nachweislich vielfaches Schüler-Umfeld der »Kritischen Theorie« im Lokal verkehrte. Vgl. auch E. H., ›Wie Max Horkheimer einmal sogar Adorno hereinlegte‹, Zürich 1983.

154 *Dialektik der Aufklärung … Verfilmung:* Hauptwerk von Max Horkheimer und Theodor W. Adorno (1944) – selbstverständlich nicht »verfilmbar«.

Dr. Mabuse: Offensichtlich meint der junge Mentz Herbert Marcuse, gleichfalls dem Umfeld der »Frankfurter Schule« zugehörig.

Alfred Schmidt: Siehe Anm. zu S. 149.

155 *Von wegen Kritischer Theorie weiterführen:* Ein Sammelband mit dem Titel ›Die neue Linke nach Adorno‹ erschien, hrsg. von Wilfried F. Schoeller, kurz nach Adornos Tod 1969, hat zum Tenor die Weiterführung der Kritischen Theorie und liest sich streckenweise wie eine Adorno-Stilparodie von Eckhard Henscheid. – Daß die Roman-Unfugspassage im übrigen leis visionäre Züge hat, ergibt sich daraus, daß Teile des Vollidioten-Personals das stellten, was ab ca. 1975 in den Medien vermehrt als »Neue Frankfurter Schule« bezeichnet wurde.

Dany … Cohn-Bendit: Daniel Cohn-Bendit, bekannter deutscher Studentenführer in der Nachfolge der Studentenbewegung und Mitinitiator dessen, was später »Sponti-Kultur« bezeichnet wurde, die ihrerseits ihre Quellen nicht zum mindesten in gewissen Nonsens-Denkweisen rund um die ›Welt im Spiegel‹-Trias Bernstein, Gernhardt, Waechter hatte – mithin gewissermaßen gleichfalls im Personal der ›Vollidioten‹.

156 *Un sogno:* Ein Traum; hier auch Zitat aus G. Verdis ›Don Carlo‹.

Will man aber standhalten …: Korrektes Adorno-Zitat.

Vorrei e non vorrei: Zitat aus Mozarts ›Don Giovanni‹.

157 *Les jeux sont faits:* Das Spiel ist aus. Titel eines Films von J. P. Sartre.

159 *C'est la vie:* So ist das Leben.

Andiam: Schluß des Zerlina-Don Giovanni-Duetts aus Mozarts ›Don Giovanni‹ (vgl. Anm. zu S. 156).

161 *Was soll das Kramzeug:* Im folgenden etliche Halbzitate aus Dostojewski-Romanen.

Wichtige Gegenwartsprobleme … unerwähnt: Satirische Anspielung auf die Literaturmode der frühen 70er Jahre, in der z. T. mehr oder weniger unverblümt gefordert wurde, alle Romanautoren hätten ab sofort Umwelt- oder Angestelltenromane zu schreiben mit beinhartem politischem Appell.

Am Golde hängt …: Zitat aus Goethes ›Faust I‹.

Beseitigung des Kapitalismus: Sozusagen die Idioten-Polit-Formel der Studentenbewegung ff.

Beckenbauer … Netzer: Deutsche Nationalspieler, die ihren Höhepunkt mit der Europameisterschaft 1972 hatten.

Manfred Manglitz: Die folgende Geschichte im Zuge des Bundesliga-skandals von 1971 entspricht im wesentlichen den damaligen Pressemeldungen. Offenbach stieg trotzdem ab.

Bernd Hölzenbein: Stürmer und Mittelfeldspieler der Frankfurter Ein- 162
tracht in den frühen 70er Jahren. Alle folgenden Namen und Daten etc. sind im wesentlichen korrekt wiedergegeben.

Köln … Saarbrücken 0:3: Tatsächlich verfügte der Erzähler bzw. Eck- 163
hard Henscheid über diese rare Fähigkeit; ausgerechnet aber im Roman hat er sich – unfreiwillig – leicht vertan: mehrere Leser machten im Lauf der Jahre den Autor drauf aufmerksam, daß das Spiel 1:3 geendet habe.

Herr Waechter: Friedrich Karl Waechter, Frankfurter Zeichner und Autor, Illustrator der zweiten ›Vollidioten‹-Ausgabe und Initiator der Frankfurter Lohrberg- und Grüneburgpark-Privatkickerei.

Der Bundestrainer: Damals Helmut Schön.

Hölzenbein … nominieren: Tatsächlich tat das Helmut Schön Anfang 1974 in einem Länderspiel gegen Österreich – gerade noch rechtzeitig für die Weltmeisterschaft 1974, bei der Deutschland nicht zuletzt durch eine gekonnte »Schwalbe« Hölzenbeins (einen Flug bei vorgetäuschtem Stolperfall) im Endspiel gegen Holland einen Elfmeter zugesprochen bekam und in der Folge siegte und Weltmeister wurde. In gewisser Weise taten die ›Vollidioten‹ das ihre zur Nominierung Hölzenbeins – z. T. über komplizierte Umwege, nämlich u. a. über die Sportredaktion der Frankfurter ›Bild-Zeitung‹, die sich in ihrer Werbung für Hölzenbein nicht scheute, auch aus den ›Vollidioten‹ den betreffenden Passus zu zitieren. – Ein analoges Hölzenbein-Plädoyer findet sich auch in einem seinerzeitigen Leserbrief an den ›Kicker‹ vom 3.9.73, der wörtlich die Passagen aus den ›Vollidioten‹ wiederholt; sowie in einem Gespräch zwischen Ror Wolf und Eckhard Henscheid über die bevorstehende WM 1974, das die FAZ druckte und das sich wiederabgedruckt findet in Karl Rihas Fußball-Anthologie im Fischer-Taschenbuchverlag.

164 *Netzer … 14. September:* Die Information ist korrekt.

Drucks der Springerpresse: Die Springerpresse – ›Bild‹ – schwenkte aber dann ein; siehe Anm. zu S. 163.

165 *Frisch und munter … Die Sonne war schon prächtig auf:* Zitate und Halbzitate aus Eichendorffs Roman ›Ahnung und Gegenwart‹ bzw. aus ›Aus dem Leben eines Taugenichts‹.

Das zweite Ei: Anspielung auf mehrere Poirot-Romane von Agatha Christie, in denen Poirot das zweite Ei angeblich sogar immer in einer bestimmten Minute anschlägt.

166 *Abschälen der Eier … Abhäuten der … Würste:* Vgl. die Erzählung ›Der Feind‹ in: ›Ein scharmanter Bauer‹, 1980, – wo eine Neu-Inkarnation »Rösselmanns« diese Eigenart zum Exzeß ausweitet.

167 *Zauber des Ewiggleichen … Nietzsche:* Sehr laxe Wiedergabe eines Nietzscheschen Zentralmotivs.

168 *Wer aber standhalten will …:* Siehe Anm. zu S. 156 – hier offenbar in verballhornter Fassung.

169 *Mir war so recht wohl:* Eichendorff-Zitat aus ›Taugenichts‹.

In die schöne Welt hinunter: Zitat aus Eichendorffs Gedicht ›Blaue Luft kommt lau geflossen‹, vertont von Mendelssohn, das – persifliert – auch im 2. und 3. Teil der ›Mätresse des Bischofs‹ eine Rolle spielt.

170 *Bewegten meine Seele:* Offenbar halbzitatische Anlehnung an Hölderlin.

Camus … Mythos des Sisyphos: Camus' berühmte Abhandlung über das Absurde und den Selbstmord war eher ein Kultbuch der mittleren 50er Jahre – möglicherweise drang es in die Schweiz erst mit großer Verspätung ein.

Herr Reinecke: Wider den Anschein nicht gemeint ist der spätere Zweitausendeins- und Trilogie-Verleger Lutz Reinecke; sondern der Herausgeber einer damaligen Studentenzeitung ähnlichen Namens. 172

Polemik … Lohmar: Tatsächlich schrieb E. H. in dieser Zeit in der besagten Studentenzeitschrift einen Artikel über Ulrich Lohmar.

Sozialdemokratie … Mutterpartei: Autor E. H. war 1967 bis 1969 aktives SPD- und Juso-Mitglied.

Laden läuft … verladen sie dann: Vgl. Kloßens zweiten großen Auftritt in der Trilogie – im 3. Teil der ›Mätresse des Bischofs‹ (S. 281 f.). 175

Jener Alt bei Gustav Mahler: Siehe S. 129 ff. 177

Demonstration … Paragrafen 218: Derlei hob in Frankfurt und anderswo vermehrt an 1970 ff. 180

Los, Genosse … Reihn!: Eine der damals landläufigen Kampfparolen für verschiedene Zwecke.

Ich bin Stalinist: Politische Gruppierungen, die sich zum »Stalinismus« bekannten, entstanden in der Bundesrepublik in den frühen 70er Jahren – mit ähnlichen Analysen und Parolen, wie sie Herr Jackopp im folgenden äußert. 181

Verwichst: Das Allzweck-Schimpfwort etablierte sich gleichfalls im Zuge der deutschen Studentenbewegung. 182

Dämmerung … stille Land: Eine Eichendorff-Kontraktion aus dem Gedicht »Dämmerung will die Flügel spreiten« und dem Gedicht ›Im Abendrot‹: »Vom Wandern ruhn wir beide nun überm stillen Land«. 183

Posaunist Mangelsdorff: Albert Mangelsdorff, wohnhaft zur Zeit der ›Vollidioten‹ in Frankfurt.

C'est le mot: Das ist das rechte Wort.

Die Regierung: SPD/FDP unter Brandt und Scheel.

Krawatzo: Ein anderer »Krawatzo« kommt im 3. Teil des Trilogie-Romans ›Geht in Ordnung‹ zum Einsatz; ein weiterer Krawatzo figuriert im Sammelband ›Welt im Spiegel‹, 1979. 186

Grace Kelly: Amerikanische Filmschauspielerin. 187

188 *Die Liebe von Zigeunern stammt:* Aus Bizets Oper ›Carmen‹. Das Motiv spielt auch im 2. und 3. Teil der ›Mätresse des Bischofs‹ eine explizite Rolle.

Sul Mare lucica ... La Paloma: Italienische Volkslieder.

Wolgaschlepper: Russisches Volkslied (Stenka Rasin).

Blaue Nacht ...: Deutscher Schlager.

Rigoletto: Oper von G. Verdi.

Paese d' 'o sole ... Santa Lucia ... Silenzio cantadore ... o core 'ngrato: Vier italienische Volkslieder und Canzonen. Zur letzten vgl. Anm. zu S. 130.

Das Herz würde zerspringen: Anspielung auf das Brüder-Grimm-Märchen vom ›Eisernen Heinrich‹.

Lokalschriftsteller Wondratschek: Wolf Wondratschek lebte und arbeitete 1970 ff. vorübergehend in Frankfurt – zum ehemaligen ›pardon‹-Umkreis bestanden und bestehen nur begrenzt freundliche Beziehungen.

190 *Der Ausdruck beginnt ... aufhört:* Camus-Zitat.

Will man aber standhalten ...: Siehe Anm. zu S. 156.

191 *Im Anschluß wurde es dann ...:* Beim folgenden Passus handelt es sich um einen der letzten großen Auftritte des realen Hans Mentz kurz vor seinem Ableben 1973, weitgehend im Original – die zentralen Mentz-Zitate wurden noch dem Fahnen-Exemplar der ersten ›Vollidioten‹-Ausgabe eingefügt.

196 *Spendenaktion:* Eine derartige »Spendenaktion« zugunsten des realen Kloßen-Modells hat ähnlich 1971 tatsächlich stattgefunden – auch die anderen Nachtragsgeschichten dieses Romanausklangs entsprechen weitgehend der Frankfurter Gruppen-Wirklichkeit der Jahre 1971–73.

Nach Düsseldorf in die Industrie: Dergleichen ist, so weit es das reale Kloßen-Modell anlangt, nicht belegt. Wohl aber – mehr als zehn Jahre nach der Niederschrift des Romans – eine kurzzeitige Tätigkeit »Kloßens« in einer Bielefelder Werbeagentur.

Ding zu verscheuern … wenn die Story nur dufte wird: Dieser Vorgang und diese Zitate sollen, laut Herrn »Rösselmann«, weitgehend authentisch sein. Es war ähnlich in der Wirklichkeit, wie es hier im Roman beschrieben wird: »Kloßen« hatte über das Roman-Projekt ›Die Vollidioten‹ Vages erfahren – und soll sich »Rösselmann« gegenüber telefonisch angeboten haben, 20 Exemplare der Subskriptionsausgabe von 1973 zu »übernehmen«. 197

Michael Schulte: Autor und u. a. Herausgeber Karl Valentins; wohnhaft in Frankfurt 1970 ff. 198

Glasreinigungs-Auftrag: Erhalten, soweit dieser Komplex der autobiografischen Wahrheit entspringt, ist der schriftliche Vertrag mit den Gebäudereinigern (Privatarchiv des Verfassers). 199

Auf vielfachen Wunsch
wird hier nochmals die Liste der Finanziers
der ersten ›Vollidioten‹-Privatausgabe
von 1973 abgedruckt.

SUBSKRIBENTEN-LISTE
Mit einmal oder mehrmals 10 Mark haben sich an der
Vorfinanzierung der ›Vollidioten‹ beteiligt

Alfred Abel
Hertwig Achinger
Arend Agthe
Bernd Albrecht
Herbert Albrecht
Bernd Ankenbauer
Karl-Heinz Arendt
Reinhold Arnoldi
Erwin Aselment

Dr. Bauer
Klaus Ernst Behne
Georges Bertschinger
H. Bortfeldt
F. Böhme
Wilfried Braunwahd
Winfried Boss
Herbert Brauneck
Hartmut Bernecker
Hans H. Bürger
Paul Bense
Armin Büttner
Raimund Berger
W. Bonin
Böddeberg
Michael Bengel
Hannelore Bitsch
Christian Bruhn
H. J. Baars
Jochen Becher
Horst Bickel
Hans Beer
Oskar Bäcker

C. J. Cohausz
Gerhard Christmann

Anne Daniel
Engelbert Dietz
Stefan Döring
Hermann Döring
Joh. Dietmar
C. Dieditz
Marlen Diekhoff
Chr. Drefers
Gottfried Dercks
Elli Dreßler
Adolf Dvorschak
E. Dobmeier

Rolf Edinger
Erlanson

Hermann Eichele
Thomas Emde
Hanns Eigner

Horst Felkel
Wolf Fleischer
Hans-Dieter Fuchs
Michael Fromm
Helmut Frank
Ulrich Förster
Jürgen Fritsch
Rainer G. Feucht
Bernd Fichtner
Wolfgang Firlus
Wolfram Fuß
Friedrich Fern

Manfred Gillig
Peter Glück
Harald Gräffker
Thomas Garzke
Bernd Gräf
Antje Goldau
H. Chr. Gattermann
Wilhelm Genazino
Robert Gernhardt
Heinrich Gröner
Raimund Geiger
Wilfried Grieß
Gisela Geier
Klaus Goltermann
Hans-Werner Grohrock

Kurt Halbritter
Richard Hartgenbusch
Ulrich Hoppe
Jürgen Hölzinger
Günter Heitmann
Harald Heutrich
Hans J. Heilgeist
Herbert Herzberg
Thomas Huperf
Andreas Hoppe
Ulla Hünlich
Manfred Held
Hans Höll
Heino Hoener zu Drewer
Bernd Heidenreich
Thomas Herzig
Willi Hochheim
Peter Harth
Dieter Hartwig
Ulrich Hartmann
Manfred Heidenreich
Alfred Happ
Jochen Hennig

Marion Ivanov

Thomas Jensch
Helmut Jungschaffer
Albert John
Nikolaus Jungwirth

Rudolf Koop
Kuhlmann
Hildegard Klöss
Hans Peter Krüger
Ulrich Krüger
Johannes Klee
Hanns-Peter Keßler
Joachim Knecht
Dieter Kief
Manon Kredenwischer

Karl Knoll
Volker Kugel
Jan H. Kolbaum
Rudolf Kühne
B. Kreuzberg
M. Kock
Karlheinz Kopp
Wilfried Kraft
D. Klaas
Paul Kiofsky
Bernd Krygel
Manfred Kurz
Hermann Kreie
Benno Käsmayr
Georg F. Kühn
Peter Knorr
Stefan Knorr
R. Kuhn
Klaus Kieswald
Wilfried Kürschner
Klaus Köppler
Heinz Hermann Kolbrink

Barbara Lange
Alfred Leopold
Hanns G. Lang
Gernot Liebisch
Bernd Linhart
Bernd Lutz
P. Leuschen
Gert Lucas
Bernd Leukert
Horst Langner

Walter Mann
Christian Merle
Kersten Müller
Jürgen Müller
Wolfgang Mainardy
Andreas Müser
Klaus D. Mitschek
T. Marder
Gerda Merkle
Elsemarie Maletzke
Heinz Möllinger
Helmut Montag
Werner Meyer
H. Herbert Mirbach
Joachim Metzler
Paul Müller
Norbert Mnoßen
Werner Merklein
Hans Mentz

Hans A. Nikel
Dieter Nord
Klaus Noack
Irene Niebler
Rosemarie Nonkie

G. Opula
M. G. Ossenbach

E. Pfister
Gerhard Pflughöft
Heiko Postma
Peter Panzer

Joachim Randzio
Franz-Josef Rofallski
G. Riemer
Jan-Herms Reich

Harry Rowohlt
Friedrich A. Rode
Max Rohrer
Norbert Roth
Armin Raith
Hilke Raddatz
Wolf D. Rogosky
Winfried Reuter
Bernd Rosema
Franz Rahm
Ellen Raume
Werner Reichelt
Hagen Rudolph
Joachim Rossbroich
G. A. Roberts
Wolfgang Rudolph
Heide u. Wulf Reinshagen
Dieter Rebner

Nikolaus Sandmann
Heinrich Scholz
K. Sell
Alois Segerer
Hartmut Schwarz
Th. Straßer
Rainer Schnabel
Jörn Scheer
Axel Stuppy
Ilse Schmidt
Gerhard Stoz
Axel Schweiger
Hans Stangl
Wolfgang Schröder
Peter Schäffer
Stögelmeier
H. A. Schuchtle
Reinhard A. Schulz
Wolfgang F. Schreiner
Witta M. Smith
Bernd Schneider
Wolfgang Schneider
J. Steffan
Tom Schroeder
Uwe Schmitz
Theo K. O. Stein
Karin Storch
Karin u. Heinz Schroeder
Gisela Stümpel
Peter Schäffer
Werner Schreck
Wolfgang Schuster
Michael Schall
Konrad Schwitzgebel
R. Schmidt
Klaus Schäfer
Gerd Schonemann

Walter Tecklenburg
Klaus Tim
Wolf-D. Tölle
Claus Tingelhoff
Franz Twardy
Gerhard Tröger
Rolf Thomson
Helmut Taufer

Thilo v. Uslar

Elisabeth Vollmers
Rainer Völckel
Wilfried Voigt
Horst Voithenleitner
Axel Vogt

R. Waeschle
Ute Waechter
Ernst Wilhelm
Friedrich Walter
Bert Wesner
Günter Wiegand
Rainer Winz
Otto-Peter Westphal
Klaus te Wildt
Wolfgang Wurtz
H. D. Weidemann
Fritz Weigle

Uli Wähner
M. Wöbcke
Ernst Winter
W. Weber
Thomas Wenner
Paul Wagner
Inge Werth

Dietmar Zastrow
Peter Ziller
Gisela Zabka
Gerd E. Zehm

EDITORISCHE NOTIZ

Die Vollidioten wurden, wie seinerzeit vielfach berichtet, 1971/1972 »im Auftrag der Leser« geschrieben und im Frühjahr 1973 als Subskriptionsbuch im Selbstverlag veröffentlicht: im miserablen Kleid eines Papp-Klebebands einer Amberger Druckerei – erst in der schon beschlossenen und beinahe fertigen »Trilogie«-Gestalt erschienen sie Anfang 1978, unverändert, aber vermehrt durch die Zeichnungen von F. K. Waechter, in ordentlicher und sogar recht schöner Buchgestalt.

Die »aparte Idee« *(Frankfurter Rundschau)* der Vorfinanzierung durch noch etwas unklare Leserschaften, vor allem wohl durch die Romangestalten und ihr personales Umfeld selber, war, wie z. B. die *Welt* damals leis spottete, tatsächlich gar nicht so neu und revolutionär, wie sie da und dort verstanden wurde; sie verstand sich vielmehr genaugenommen von Anfang an vor allem aus jener Not geboren, die manchmal aus sich selbst eine Tugend macht: 1972/73 hätte sich, das wurde inzwischen dutzendfach beschrieben und sogar bewiesen, kaum ein herkömmlicher Verlag für die Veröffentlichung dieser forciert altmodischen und darum neuartig wirkenden Romanprosa gefunden.

Erst mit dem 1978 ff. rasch steigenden, ja vielfach wohl blendenden Erfolg des Buchs meldete sich allerlei Verlags- und Taschenbuchverlagsinteresse; vielfach jener Häuser, die vorher partout nicht wollten oder gewollt hätten. Man sollte sich allerdings nicht täuschen: Einen wirklichen Richtungs-, Geschmacks- oder gar literarischen Paradigmenwechsel bezeichneten die zentralen Werke der sogenannten Neuen Frankfurter Schule wie dieses mitnichten. »Die Vollidioten« wurden zwar – ähnlich wie etwa »Arnold Hau« – verehrt, adaptiert, imitiert und z. T. gründlich mißverstehend kopiert – spätestens mit den neunziger Jahren des letzten Jahrhunderts geht jedoch alles im alten Trott des waltenden

Neo-Biedermeier, letztlich im Literatur- und speziell Romanverständnis der fünfziger Jahre, weiter. Und eben wieder retour.

Legendenbildend war der »Vollidioten«-Roman von Anfang an bzw. er schleppte die diversesten Legenden mit sich. Im Trilogie-Kommentarband von 1986 ist genauer nachzulesen, wieweit z.B. die Sache stimmt, daß durch den romanlichen Appell an den damaligen Bundestrainer Schön, den Frankfurter Bernd Hölzenbein in die damalige Nationalelf zu berufen, der Trainer wirklich erreicht wurde; mit der Folge, daß kraft Hölzenbeins elfmetererzwingender »Schwalbe« Deutschland 1974 Fußballweltmeister wurde – erstmals durch einen Roman also; Thomas Manns »Krull« schaffte das 1954 nachweislich noch nicht, ja sein Autor kriegte, via Tagebücher gleichfalls nachweislich, vor lauter Züricher Altersabsenz nicht einmal den Berner Endspieltermin mit. Ein kulturpolitisches Novum also, von dem Schön freilich auch post mortem bis heute gar nichts weiß? Hölzenbein, in einer TV-Sendung von 1993, schloß immerhin die Möglichkeit nicht ganz aus.

Eher dürfte aber schon wahr oder jedenfalls plausibel sein, was der *Spiegel* dreizehn Jahre später (4/1987) schrieb: daß die Nebenfigur des damaligen Frankfurter Kulturdezernenten Hilm. Hoffmann keineswegs mit seinen seichten politischen »Kultur für alle«-Labereien und Goethepräsidentschaften, sondern durch jenen Roman »zu den Unsterblichen aufgestiegen« sei. Weniger gilt das für die Nebenfigur des auch sonst kunst- und erinnerungsträchtigen Alfred Edel sel.; und der Fall der Nebenfigur D. Cohn-Bendit: er ist in der Wirklichkeit wie im Buch gleich unerheblich.

»Die Vollidioten« wurden seit 1973 insgesamt zu sehr als Bier- und Kneipenverherrlichungsroman rezipiert, als Epiphanie eines chaotisch-rumtreiberischen Lebensgefühls; ziemlich falsch auch als Kultbuch und schon völlig falsch als »Szenebuch« (in Ton und formalem Gestus waren sie ja exakt kontrapunktisch gegen diese sogenannte Szene oder Scene und ihre Jargons und Lieblingsattitüden gewirkt); auch, etwa von der *Stuttgarter Zeitung* Jahrzehnte später, als Kanonbuch des »Milieus« und seiner »Strahlkraft«, der der Alternativkultur und ihres noch die Literatur einsaugenden

»Lifestyle«. Andererseits da und dort, zum Beispiel vom *Rheinischen Merkur* (und da aus naheliegenden strategischen Motiven), wiederum umgekehrt allzu dezidiert als »politischer Roman«, nämlich primär als desillusionierte Abrechnung mit den Achtundsechzigern und der Studentenbewegung. Nicht ganz falsch, aber übertrieben wäre und war auch diese Lesart.

Mit den frühesten Formationen der etwas später sogenannten Sponti-Bewegung hatten die »Vollidioten«, wie ähnlich das Großwerk der »Welt im Spiegel«, allerdings tatsächlich einiges zu tun. Und umgekehrt.

Was 1970 ff. mit den ersten Plänen und Notizen und sodann 1973 so mühvoll und kurven- und auch rückschlagreich anhob, das hielt sich dann aber, so oder so, zum Ausgleich schon genau dreißig Jahre lang recht frisch und offenbar überlebensfähig. Ein Redakteur der *Welt* wollte noch 2002 den Roman in seinen persönlichen Jahrhundert-Kanon deutscher Epik aufgenommen wissen; der *Playboy* akkordierte schon drei Jahre zuvor: »Ein Jahrhundertroman«; und bereits 1973, anläßlich der Erstausgabe, hatte Herbert Rosendorfer, darin ja eigentlich Konkurrent, in dem Trilogie-Debutwerk »den komischsten Roman seit 1945« behuldigt.

E. H.

Zum Weiterlesen: Die beiden anderen Bände der Trilogie des laufenden Schwachsinns. Nur bei uns.

Geht in Ordnung – sowieso – – genau – – –

Eckhard Henscheids zweiter Roman der Trilogie. »Der Autor beschreibt die nervtötenden Konflikte eines Jungrentners mit zwei Teenagern, die er schließlich frustriert sausen lässt, um sich den Rest seines Lebens mit einem bumsfidelen alten und einem sanften jüngeren Trinker zu vertreiben. Die drollige Geschwätzigkeit des pfiffigen Trios und seiner Trabanten und die kernigen Frechheiten (besonders Hans Duschke, ein beängstigend furioser Greis) entzücken deshalb so sehr, weil sie weit entfernt von kalkuliertem Witz sind«, befindet der Kölner Stadtanzeiger. »Astrein. Echt Spitze. All die wunderbaren Tonfälle, die sich der Sprache abgewinnen lassen« (Dieter E. Zimmer, Die Zeit). Mit Erläuterungen des Autors. 399 Seiten. Broschur. 2001-Taschenbuch 16. 9,90 €. Nummer 200516.

Die Mätresse des Bischofs

Eckhard Henscheids dritter Roman der Trilogie »entfächert ein Kleinstadt-Kaleidoskop von wahrhaft kosmischen Provinzdimensionen. Über das Gespann der Iberer-Brüder Fink und Kodak, dem weizenbierschwitzigen Alwin Streibl und der vergreisten Tschibo-Bande wird ein schillerndes Heimatgefühl erzeugt, das von barocker Heiterkeit nur so strotzt – und das alles am Rande des laufenden Schwachsinns«, freuen sich die Nürnberger Nachrichten. Mit Erläuterungen des Autors. 590 Seiten. Broschur. 2001-Taschenbuch 17. 9,90 €. Nummer 200517

Erzählungen 2. »Roßmann, Roßmann ...«, »Franz Kafka verfilmt seinen ›Landarzt‹«, »Wir standen an offenen Gräbern«, »Geschlechtsarbeit und Pflöckeln«, »Das gerettete Füchslein«, »10:9 für Stroh« u.a. 648 S. Nummer 200204.

Musik. Opernkritiken, Essays, Glossen und Musikerporträts. 798 Seiten. Nummer 200253.

Lyrik und Drama. Über klassische deutsche Literatur und Fußball. Dazu die Gedichte und Kurzhörspiele. 615 Seiten. Nummer 200303.

Polemiken. »Der Entfeinder«, »Karasex«, »Leidkultur«, »Recruiting-Event«, »Flirt-Faktor«, »Luder«, »Kochs Comeback«, »Inverno infernale«, »Vom Feinsten«, »Postfungesellschaft«, »Chef im Schweinering«, »Ekstatisch Sinn machen« u.a. 787 Seiten. Nummer 200182.

Literaturkritik. Essays, Glossen und Aufsätze aus Presse und Rundfunk der Jahre 1971 bis 2004. Mit Personenregister. 936 Seiten. Nummer 200323.

Biografie & Theologie. Mit »Helmut Kohl. Biografie einer Jugend« und »Die Zwicks«, der Geschichte einer der größten Korruptionsaffären des Landes. Dazu »Die geheime Lebensgeschichte von Karl Marx« und »Welche Tiere und warum das Himmelreich erlangen können«. 580 Seiten. Nummer 200345.

Die Hörwerke. MP3-CD. Hörspielklassiker wie »Eckermann und sein Goethe« (Regie Hanns Zischler), »Goethes größte Pleite« (Goethe bewirbt sich um die Stelle als Stadtschreiber in Bergen-Enkheim, Reich-Ranicki ist strikt dagegen), die legendäre Theatersimultanreportage »Oskar Blose, bitte melden!«, Lesungsmitschnitte und Interviews. **Auf der Hörbuchbestenliste**. MP3-CD in einem Leinenband mit Schmuckschuber. 7,5 Stunden Spielzeit. Nummer 230072.

Die von ihm entworfenen Politpossen wurden oft genug nur wenig später von der Realpolitik übertroffen – seine zynischen Visionen wirkten oft geradezu erschreckend in ihrer Zielsicherheit. Volker Kühn hat aus den Büchern, Soloprogrammen und Conférencen sowie 40 Kartons mit unveröffentlichten Arbeits- und Notizbüchern die große Beltz-Werkausgabe, eine Art »Best of Beltz« zusammengestellt, die den ganzen Facettenreichtum des geistreichen Spötters zum Leuchten bringt, dessen gewiefte Rhetorik die Weltpolitik ebenso ins Visier nahm wie die Dialoge der Babbelköpfe in seiner Stammkneipe »Der kleine Oggershäuser«.
Matthias Beltz »Gut und Böse. Gesammelte Untertreibungen in einem Band«. Herausgegeben von Volker Kühn. 20 Bilder. 975 Seiten. Broschur. 2001-Taschenbuch 12. 14,90 €. Nummer 200512.

Eugen Egner: Aus dem Tagebuch eines Trinkers

Eugen Egner schreibt wie »Kafka unter LSD«, sagt das Schweizer Nachrichtenmagazin Facts. Der Wiener Express lobt das legendäre, komische Trinkerjournal: »›Das Tagebuch eines Trinkers‹ schnupft man locker im Trinkverlauf eines Achterls, und außerdem passt es sogar mit Flachmann bequem in jede Westentasche.« Von bemerkenswerter Sachkunde geprägt, ist das von Eugen Egner geschriebene und illustrierte »Tagebuch« kurz und knapp wie das Leben eines Alkoholikers: »9.6. Der Arzt macht mir Hoffnung; ich höre, wie die Urologen lachen. Heute zum ersten Mal versehentlich Wein in die Pfeife geschüttet. 1.8. Geträumt: Nach 37 Jahren erstmals wieder aus dem Fenster geschaut. Die Landschaft hatte sich stark verändert, der Fluss trug sogar Koteletten.« Herbert Rosendorfer fordert: »Ich bitte, Herrn Egner den Nobelpreis zu verleihen, zumindest aber, ihn zum Papst zu wählen (Eugen V.).«
Eugen Egner »Aus dem Tagebuch eines Trinkers«. 78 Seiten. Broschur. 2001-Taschenbuch 13. 4,90 €. Nummer 200513.